una chica como ella

una chica como ella

tanaz bhathena

Traducción de Aida Candelario

Plataforma Editorial

Título original: *A girl like that*, publicado en inglés, en 2018, por Macmillan
Publishing Group, Nueva York

A GIRL LIKE THAT

Copyright © 2018 by Tanaz Bhathena

Published by arrangement with Farrar Straus Giroux Books for Young Readers
An imprint of Macmillan Publishing Group, LLC through Sandra Bruna
Agencia Literaria SL. All rights reserved

Primera edición en esta colección: octubre de 2018

© de la traducción, Aida Candelario, 2018
© de la presente edición: Plataforma Editorial, 2018
© de las fotografías de la cubierta, Ali Smith, 2018

Plataforma Editorial
c/ Muntaner, 269, entlo. 1ª — 08021 Barcelona
Tel.: (+34) 93 494 79 99 — Fax: (+34) 93 419 23 14
www.plataformaeditorial.com
info@plataformaeditorial.com

Depósito legal: B 23939-2018
ISBN: 978-84-17376-88-8
IBIC: YF

Printed in Spain – Impreso en España

Diseño de cubierta:
Elizabeth H. Clark

Adaptación de cubierta y fotocomposición:
Grafime

El papel que se ha utilizado para imprimir este libro proviene
de explotaciones forestales controladas, donde se respetan
los valores ecológicos y sociales y el desarrollo sostenible del bosque.

Impresión:
Liberdúplex
Sant Llorenç d'Hortons (Barcelona)

Para mis padres y mis difuntos abuelos,
con gratitud y amor.

PRÓLOGO

Zarin

LOS LAMENTOS QUE *MASI* PROFIRIÓ AL VERME resultaban tan desgarradores que cualquiera habría pensado que la que yacía muerta ante ella era su única hija en lugar de un parásito salido del vientre de su hermana, como me llamó una vez. Debería haberse dedicado a hacer de plañidera. La madre de Porus se arrodilló en medio del charco que formaba la sangre de su hijo y se sumó al cacofónico lamento de *masi*. *Masa* se mostró más comedido. Se secó los ojos con la manga de la camisa, realizó inspiraciones profundas e intentó recobrar la compostura. El agente a cargo del escenario del accidente le dijo a *masa* que se encargaría de que llevaran nuestros cadáveres a una morgue de la zona hasta que se realizaran los preparativos para los funerales.

Su fuerte voz se elevó hasta donde Porus y yo flotábamos ahora, a unos cuantos metros por encima de los restos del accidente ocurrido en la autopista Al-Harameen de Yeda, completamente muertos, pero todavía presentes. Observamos la escena que se desarrollaba más abajo: la humeante camioneta Nissan de Porus abollada como una lata de Pepsi, los coches patrulla de color verde y blanco, las parpadeantes luces de una ambulancia de la Media Luna Roja, los agentes de policía saudíes con sus uniformes color caqui de manga larga y boinas negras, nuestras desconsoladas familias… La policía había cortado varios kilómetros de arcén de la autopista y la mayor parte del carril derecho con conos de tráfico de un intenso tono anaranjado. La zona que rodeaba el vehículo estaba señalizada con cinta amarilla.

Habían tardado una hora en extraer nuestros cuerpos de la camioneta, y la labor había resultado bastante desagradable. Había sangre por todas partes. Sangre, de olor metálico, que manaba a chorros de nuestros cuerpos. Sangre, que había salpicado el parabrisas y se había acumulado en el suelo del vehículo. Aproximadamente a un metro de distancia, un neumático que se había soltado de algún modo durante el accidente también estaba cubierto del mismo líquido oscuro y reluciente.

—Soy su tía —oí que *masi* le decía en inglés al agente de policía cuando este le preguntó si éramos parientes—. La hermana de su madre.

«Masi gare de phansi», solía mofarme yo en gujarati cuando estaba viva. «Mi tía, a la que le gustaría estrangularme con una soga.» El estrangulamiento o la asfixia eran métodos habituales para deshacerse de los bebés no deseados en

la India, el país en el que nací. Una forma fácil y rápida de librarse de hijas que deberían haber sido hijos, de huérfanos como yo que les endilgaban a parientes renuentes. En una ocasión, mientras estábamos de vacaciones en Bombay, oí que la Señora del Perro le decía a *masi* que, alguna que otra vez, las familias muy adineradas les pagaban a sus criadas para que se ocuparan del asunto. Aquellas mujeres fuertes y ágiles, procedentes de barrios pobres como Char Chaali, empleaban una almohada o a veces sus propias manos para acabar con la vida de un recién nacido.

Ahora mismo, las manos de *masi* estaban temblando. Se trataba de un efecto secundario de las pastillas que mi tío le hacía tomar a causa de sus «problemas para dormir», como a él le gustaba llamarlo. Con *masi*, todo era un efecto secundario: las lágrimas, los cambios de humor, las palizas que me dio a lo largo de los años, los arrebatos de ira que sufría a veces cuando yo hacía algo que le recordaba a mi difunta madre o, aún peor, a mi difunto padre.

A poca distancia, *masa* estaba hablando con otro agente, un hombre bajito y barrigón que gesticulaba con frenesí. Puesto que no éramos saudíes ni musulmanes, yo sabía que ni Porus ni yo seríamos enterrados aquí. A los expatriados que fallecían en el reino los enviaban de regreso a sus países de origen para que las exequias se llevaran a cabo allí. Había trámites que seguir y papeleo que rellenar en la morgue y en el consulado indio. Ritos que precedían a los ritos fúnebres.

No obstante, me resultó evidente, incluso desde aquí arriba, que el agente barrigón no estaba hablando de papeleo. Señalaba nuestros cuerpos, gritando en una mezcla de inglés y árabe. Si me acercara un poco más, como Porus, seguramente oiría todo lo que estaba diciendo. Pero no me hacía falta. Teniendo en cuenta el contexto de la escena, no era demasiado difícil suponer qué era lo que desagradaba al agente. Existían pocas infracciones que indignaran más a las autoridades de Arabia Saudí que el hecho de que una chica buscara voluntariamente la compañía de un chico, sobre todo de uno que no fuera su hermano o su marido.

—Echaré de menos a mi madre —dijo Porus con suavidad.

No contesté. No me parecía que yo fuera a echar de menos a nadie. Tal vez a *masa*, por las veces en las que había demostrado algún atisbo de cordura: las pocas ocasiones en las que decía lo que pensaba a pesar del mangoneo constante de *masi*. Pero, por mi propia conveniencia, procuré olvidarme de mi tía. Durante mi breve existencia terrenal, no me había comportado precisamente como la madre Teresa, así que nada me garantizaba que me fuera a pasar la otra vida en una celestial playa de arena blanca. ¿Qué sentido tenía acumular más recuerdos desagradables si acababa yendo al infierno?

Un agente de policía sacó mi carné escolar de mi bolso desgarrado. Lo vi echarle un vistazo a mi nombre y anotarlo en su cuaderno: «Zarin Wadia, mujer, dieciséis años, estudiante, accidente de tráfico». De haber estado aquí mi profesora de Inglés, la señora Khan, habría añadido más cosas: «Alumna brillante, aficionada a los debates, inadaptada, problemática».

El agente levantó un borde de la sábana blanca y comparó mi cara con la fotografía del carné. Se trataba de una de las pocas ocasiones en las que un fotógrafo había logrado captarme sonriendo; un rizo negro me asomaba por debajo del pañuelo y me tapaba ligeramente el ojo izquierdo. *Masa* decía que, en esa foto, me parecía a mi madre de adolescente. Aunque no era de extrañar. Desde que tenía memoria, la gente me había dicho que era el vivo retrato de mi madre. Una réplica de sus rizos oscuros, piel clara y ojos castaños, con el lunar en el labio superior incluido.

Yo, por mi parte, apenas recordaba a mi madre. A veces me venía a la mente el suave arrullo de una canción de cuna, el frío roce de un brazalete de cristal contra la mejilla, el ahumado aroma a sándalo y *loban* de un templo de fuego. Esos recuerdos eran muy escasos y apenas consistían en destellos de sensaciones. A menudo solía recordar, con más claridad, el primer día que fui consciente de la ausencia de mi madre. Un silencio hueco y casi tangible en una habitación cálida. Las motas de polvo danzando en el rayo de luz que entraba por la ventana. El 28 de noviembre de 2002. Era otoño y yo tenía cuatro años. Hacía una semana que mi madre había muerto… de cáncer, según me contaron, aunque yo sabía que no era verdad.

También fue el día en que una vecina me acompañó desde el tranquilo apartamento de dos habitaciones de mi madre situado en el centro de Bombay hasta el norte de la ciudad, al apartamento de una habitación propiedad de mi tía materna y su marido en la colonia parsi de Cama. A *masa* le gustaba la idea de tenerme allí, ya que *masi* no podía tener hijos. Ella, por el otro lado, estaba furiosa.

—¡Cuidado con la tiza! —me espetó en cuanto entramos en el apartamento—. *Khodai*, mira lo que ha hecho.

Bajé la mirada hacia donde ella señalaba, a los dibujos con tiza que había hecho en las baldosas del umbral del apartamento. Peces blancos con delicadas escamas y ojos rojos rodeaban una banderola en la que ahora ponía «B......te» o «Buena suerte», como descubrí después. «Buena suerte» con la huella de mi zapato estampada en el centro, de modo que empolvadas líneas rosadas desdibujaban la mayor parte de las palabras «Buena» y «suerte».

—Todos estos años, he vivido con vergüenza por culpa de mi hermana —le dijo a *masa* esa noche, cuando creyó que me había dormido—. Al menos, al casarme contigo pude alejarme de todo eso y ponerles fin a las horribles habladurías del panchayat parsi.

Yo carecía de estatus social (como solía ocurrirles a los bastardos huérfanos) y todos en la colonia Cama se aseguraron de recordármelo, incluso después de que *masa* me adoptara y me diera un apellido para llenar el espacio en blanco que había dejado mi padre.

—No sabes la suerte que tienes, niña —me dijo la vecina de *masi*, a la que los niños de la zona llamaban la Señora del Perro, una mujer que siempre olía a agua de colonia 4711 y sudor de Pomerania—. ¡Muchos niños en tu situación acaban en las calles! O algo peor.

Un mes después de que me fuera a vivir con mis tíos, el abogado de mi padre consiguió localizarme. Fue a través de este abogado que *masi* se enteró de la existencia del testamento y la cuenta bancaria de mi padre.

—¿Que cuánto dinero hay en la cuenta? —El abogado repitió la pregunta de *masi*—. Alrededor de quince *lakhs* de rupias, señora. Los tutores de la niña gestionarán la cuenta hasta que ella cumpla veintiún años.

—Menos mal que la tenemos aquí con nosotros —le dijo *masi* a *masa* cuando el abogado se marchó—. ¿Quién sabe qué habría pasado con ese dinero si la niña hubiera caído en las manos equivocadas?

Dos años después, *masa* aceptó un nuevo empleo como ayudante del encargado en una fábrica de procesado de carne en Yeda, en Arabia Saudí. Dijo que necesitábamos empezar de cero.

Y, durante un tiempo, eso hicimos. En Yeda, con sus costas relucientes, sus rotondas gigantes y sus centros comerciales con luces brillantes. Donde el aire era caliente y denso y, de algún modo, siempre olía a mar.

La primera semana que pasamos aquí, *masa* nos llevó a Balad, el centro histórico de la ciudad, por recomendación de un amigo.

—Será como viajar al pasado —había dicho su amigo. Y era verdad.

Si las luces relumbrantes y los rascacielos de la costa del mar Rojo eran los adornos de la ciudad, entonces Balad era el antiquísimo y palpitante corazón de Yeda, cuyas calles estrechas se conectaban con la principal plaza comercial como si fueran arterias. Un aroma a café tostado y sal flotaba en el aire como si fuera perfume: en el zoco, donde los hombres masticaban *miswak* y pregonaban todo tipo de mercancías, desde collares de oro a sandalias de cuero; entre los callejones de viejas casas hiyazíes abandonadas, donde mujeres cubiertas con velos y con las uñas pintadas con henna iban de acá para allá vendiendo patatas fritas, golosinas o juguetes. Regresamos a casa por la noche, portando fragmentos de la ciudad vieja en bolsas de plástico llenas de almendras tostadas y delicias turcas y en la botella de cristal verde de *attar* de jazmín que *masa* le había comprado a *masi* en una perfumería de la zona. No obstante, al día siguiente, *masi* se quejó de que el olor del perfume le daba dolor de cabeza y tiró la botella a la basura. Fue un día feliz que nunca se volvió a repetir.

Ahora mi vida había terminado y yo observaba cómo el agente de policía continuaba interrogando a *masa* mientras *masi* observaba a poca distancia, con cara de preocupación. La expresión de *masi* me recordó a aquel chico sirio del centro comercial Red Sea. El que tenía el pelo negro y rizado, la nariz aguileña y una cicatriz encima de la ceja izquierda. Fue el primer chico con el que salí, después de que me lanzara su número de teléfono, garabateado en un trozo de papel arrugado, desde detrás de una de las altísimas palmeras de pega que hay dentro del centro comercial. También fue el primer chico por el que falté a clase, aunque nunca estuve realmente colada por él. Nos pasamos la mayor parte de la cita dando vueltas en su coche, mirando con nerviosismo a nuestro alrededor por si nos cruzábamos con la policía religiosa. Apenas hablamos, pues su inglés era malo y mi árabe, aún peor. No dejamos de sonreírnos el uno al otro, hasta que incluso las sonrisas se volvieron incómodas. Todavía recuerdo el final de la cita: el modo en el que volvió la cabeza de un lado a otro para asegurarse de que no hubiera nadie por los alrededores, el ligero ceño en su frente, el rápido y nervioso beso en mi mejilla. Yo tenía catorce años en ese entonces.

A mi lado, Porus suspiró. La depresión empezaba a lastrarlo. Sentí que me arrastraba con él hacia abajo. Tuve el horrible presentimiento de que, si descendíamos, quedaríamos encadenados al escenario del accidente para siempre.

—Olvídalo, Porus —le dije—. No podemos regresar. Debemos seguir adelante.

Lo agarré de la mano.

Cuando tenía nueve años, un sumo sacerdote del templo de fuego situado junto a la colonia Cama en Bombay nos hizo escribir una descripción de lo que pensábamos que ocurría después de morir. Aunque yo sabía que aquel ejercicio era inútil (nuestras respuestas nunca le parecían correctas al sacerdote que impartía teología en verano en el templo de fuego), acabé escribiendo dos páginas. Suponía un cambio divertido con respecto al incesante chasqueo de los dedos para alejar a los espíritus malignos y el monótono recitado de las oraciones que constituía el ruido de fondo de la mayor parte de mis vacaciones en la India.

Describí las almas como me las imaginaba: invisibles y ligeras como plumas, elevándose a través de un manto de nubes que parecían hechas de algodón blanco, pero que al tacto eran frescas, vaporosas y muy húmedas. Cuando las almas terminaban de cruzar la cobertura de nubes, sus ropas terrenales estaban empapadas de humedad. Luego atravesaban una zona cálida y soleada que olía a tostadas, y luego otra capa fría y húmeda. Calor y frío, frío y calor, hasta que el aire se iba desvaneciendo y el color del cielo pasaba de azul claro a azul marino y, después, a negro.

Escribí acerca del espacio exterior. Millones de estrellas que relucían como diamantes. Brillantes llamaradas blancas que crepitaban en las colas de los cometas. Meteoritos que caían formando una lluvia de tonalidades rojas, anaranjadas y azules. Planetas de colores vistosos que giraban alrededor de soles abrasadores. Las almas continuaban ascendiendo a través de este inmenso y resplandeciente espacio durante mucho tiempo hasta que llegaban a la más absoluta oscuridad y sus cabezas rozaban algo parecido a un techo: una capa compuesta por una delicada membrana con finas venas que se rasgaba fácilmente al pincharla con el dedo. Al otro lado de esa membrana se encontraba el cielo o el infierno, dependiendo de cómo se hubieran comportado las almas en la Tierra.

El sacerdote reunió nuestras redacciones y les echó un vistazo a las descripciones.

—Algunos tenéis mucha imaginación —nos dijo—. Pero esto no es lo que pasa de verdad.

Nos explicó que, al morir, los zoroástricos emprendían un viaje que se iniciaba tres días después, al pie de un puente plateado que ascendía hacia un brillo cegador. Todas las almas debían cruzar ese puente, llamado Chinvat, tres días después de morir.

Al hacerme mayor, me gustaba pensar en ese puente como el paseo de la fama o de la infamia. Tu destino te aguardaba en el sagrado resplandor de lo alto o en el oscuro abismo de las profundidades. Si habías cometido demasiados pecados, el puente se volvía tan fino como el filo de un cuchillo y caías al abismo, aunque sin el componente de condena eterna que incluían muchas religiones monoteístas. Para los zoroástricos, solo se trataba de un infierno temporal, algo parecido al concepto judío y católico del purgatorio.

Hasta que cumplí doce años, creía que el propio concepto del Chinvat era exclusivo de los zoroástricos, pero entonces Mishal Al-Abdulaziz, la chica más mala de la Academia Qala, me informó de que existía un puente similar en el islam llamado As-Sirat o el Puente del Infierno.

A lo largo de los años, hubo ocasiones en las que me pareció inútil discutir con Mishal acerca de este tema. Después de todo, sus conocimientos acerca de lo que ocurría después de la muerte se extendían a cadáveres en ataúdes y tumbas rectangulares, mientras que los míos se limitaban a cuerpos amortajados que los portaandas se llevaban escaleras arriba; cuerpos que acabarían convirtiéndose en alimento para los buitres que daban vueltas alrededor de las torres del silencio que se alzaban en las proximidades del cerro Malabar, en Bombay.

Unas luces destellaron abajo: había llegado otra furgoneta al lugar del accidente. Bajaron dos hombres con uniformes blancos que portaban una camilla, seguramente para llevarse nuestros cuerpos a la morgue. Porus no pareció darse cuenta. Seguía mirando a su madre, que era la única que, aparte de mi tío, parecía derramar lágrimas auténticas.

Porus

EL CIELO QUE SE EXTENDÍA SOBRE YEDA ERA DE un tono azul brillante. Como el sari que mamá se puso hace once años para mi *navjote*, azul y amarillo, a juego con la corbata de mi padre. Abajo, el polvo era cada vez más denso: el polvo del tráfico, el polvo de la gente, nuestros cuerpos convirtiéndose en polvo como creían los cristianos, reduciéndose a cenizas como promulgaban los hindúes, mientras los policías con uniformes polvorientos se cernían sobre nuestros cuerpos como si fueran buitres en una torre del silencio zoroástrica.

Habría sido normal que Zarin hiciera algún comentario sarcástico en este momento: algo acerca de cómo su *masi* se sonaba la nariz o tal vez que su constante llanto estaba haciendo que los policías se sintieran incómodos. Pero hoy nada era normal. Podía sentir a Zarin flotando a mi lado en completo silencio. Su cabello, que solía rizarse como el humo, ahora estaba hecho completamente de humo. Humo y fuego.

—¿Novia? —El agente de policía señaló nuestros cuerpos mientras le gritaba al tío de Zarin. El móvil de Zarin, que seguía intacto, brillaba en la mano del policía—. ¿Novio?

Entonces me pregunté si habría hecho venir expresamente a nuestras familias a la escena del accidente para hacerles esta pregunta en lugar de indicarles que fueran directamente a la morgue. Mi jefe, Hamza, me contó una vez que en ocasiones la policía les aplicaba un castigo ejemplar a aquellos que infringían las leyes que prohibían que un hombre y una mujer se reunieran en privado. Hamza me dijo que ese delito se llamaba *khilwa* y, acto seguido, se embarcó en una diatriba acerca de que nunca salía nada bueno de que un chico y una chica se vieran solos sin supervisión. Pero ¿qué podían hacernos ahora que estábamos muertos?

Vi que el *masa* de Zarin abría su *iqama* por la página de la foto.

—Por favor, señor —suplicó—. Por favor, mírela. Era una niña…, una chiquilla…

Sentí lástima al oírlo. A pesar de que no éramos parientes, el *masa* de Zarin me trató como a un hijo cuando lo conocí.

—Llámame tío Rusi, muchacho. O simplemente Rusi, si lo prefieres —me había dicho, guiñándome el ojo—. Todavía no soy tan viejo.

No tan viejo como hoy, pues daba la impresión de que los años se le habían echado encima en cuestión de horas. Si hubiera podido oírme, le habría dicho que suplicarle a este agente en concreto sería inútil. Me di cuenta por la expresión de desdén que tenía el policía en su gordo rostro, por la forma casi desganada con la que sujetaba la tablilla, como si le diera igual lo que los demás tuvieran que decir ahora que él había sacado sus propias conclusiones sobre la situación. Aunque la mayoría de los interrogatorios policiales eran bastante razonables («Una hora como máximo, *ya habibi*, y luego te dejan ir», me había dicho mi jefe), algunas veces podían amargarte la vida.

—¿Novia? —Ahora el policía hablaba a voz en cuello mientras señalaba hacia la zona en la que una grúa con luces anaranjadas intermitentes enganchaba la humeante masa de metal y plástico que solía ser mi camioneta—. ¿Novio?

—¡Hermana! —contestó el tío Rusi, también a gritos—. ¡Hermano!

Detrás del agente había un GMC negro listo para ponerse en marcha, con el sello redondo y dorado de la policía religiosa saudí pintado en las puertas. Dos hombres, con barbas largas, esperaban allí cerca; llevaban cortos *thawbs* blancos que les dejaban a la vista los huesudos tobillos y arrugaban la nariz a causa de la mezcla de olores a sudor, gases, metal y sangre.

La labor de la policía religiosa (a los que aquí se denominaba *mutaween* o la Haia) consistía en hacer cumplir la *sharía* (sus actividades incluían desde atacar comercios por vender productos de contrabando como cerdo y alcohol a pedirles a las mujeres que se cubrieran la cabeza en lugares públicos), aunque debían ir acompañados de la policía de la ciudad para efectuar arrestos. La señal distintiva de un *mutawa* solía ser que no llevaba un *agal*, el cordón negro y redondo que la mayor parte de los saudíes se colocan en la cabeza, sobre un *shemagh* a cuadros rojos y blancos.

—Cuando veas uno, echa a correr en la dirección opuesta —me había dicho Zarin—. Bueno, a menos que quieras que te metan en una celda por estar conmigo.

Zarin había conseguido asustarme con eso un par de veces, hasta que me daba cuenta de que los hombres que me señalaba en el centro comercial no formaban parte de la policía religiosa, sino que se trataba de civiles que habían salido con sus familias.

—¡Deberías haberte visto la cara! —se reía—. ¡Porus, aunque fuera un *mutawa* de verdad, no empezaría a perseguirnos en cuanto nos viera juntos!

No obstante, los policías religiosos presentes en el lugar de nuestro accidente sí que eran de verdad. Lo supe por el meticuloso modo en que escrutaban a nuestras familias, el despreocupado aire de autoridad con el que uno de ellos se acercó por fin al policía que estaba interrogando al tío Rusi y le susurró algo al oído.

En algún lugar a lo lejos, más allá del GMC, en medio de la llana y polvorienta extensión de palmeras, farolas, rascacielos de cristal y edificios de apartamentos, se encontraban Aziziya y el colegio de Zarin, la Academia Qala, donde dio comienzo toda esta pesadilla.

El sudor hacía brillar el rostro del agente de policía, que dio un golpecito con un lápiz contra la tablilla y luego, con un suspiro, garabateó algo.

—¿Por qué tienen apellidos diferentes? —Señaló detrás del tío Rusi, donde la tía Khorshed y mi madre seguían llorando, abrazándose la una a la otra—. ¿Dos esposas?

El tío Rusi se puso colorado y empezó a soltar palabrotas, insultando al policía en hindi. Yo nunca lo había visto ponerse así. Si el policía lo hubiera entendido, lo habría arrestado y enviado a un centro de deportación. La tía Khorshed gritó su nombre.

El agente de policía apretó los puños. El sol se movió ligeramente y, durante un momento, pensé: «Ya está, el tío Rusi está acabado». Y entonces:

—¡*Khallas!* —El policía volvió a enganchar el lápiz a la tablilla—. ¡Fuera de aquí! —le espetó—. ¡FUERA!

Dejé escapar el aliento que no me había dado cuenta de que estaba conteniendo y vi cómo los tíos de Zarin ayudaban a mi madre a regresar al coche. Mi madre continuó mirando hacia mí, o lo que quedaba de mí: la más grande de las dos manchas con forma humana que había sobre el asfalto.

«Lo siento mucho, mamá —quise decirle—. No pretendía dejarte sola.» Así no. En realidad, ni siquiera estaba seguro de cómo había ocurrido el accidente.

—Olvídalo, Porus —dijo Zarin, como si me hubiera leído la mente—. No podemos regresar. Debemos seguir adelante.

Me tomó de la mano, entrelazando nuestros dedos, algo que nunca hizo de manera voluntaria cuando estábamos vivos.

Algo se relajó en mi interior. Vi que el *mutawa* seguía al policía que había estado interrogando al tío de Zarin mientras hablaban en árabe a toda velocidad.

—¿Qué crees que estarán diciendo? —le pregunté a Zarin, que entendía un poco ese idioma.

Ella soltó un suspiro de impaciencia.

—No les estoy prestando atención, Porus. De todas formas, están hablando demasiado rápido para mí y, además, no quiero saber lo que dicen. No quiero volver ahí.

—Lo siento —contesté.

Zarin tenía motivos (motivos de sobra, en realidad) para no querer regresar. Vacilé un instante y luego le apreté un poco la mano; la noté sorprendentemente suave y delicada, ¿o se debía a que estaba muerto?

—Tienes las manos ásperas. —Parecía sorprendida.

Así que la de ella sí era suave.

—Pues sí. Pero suponía que ya lo sabrías. Teniendo en cuenta mi trabajo y todo eso.

—Pensaba que trabajabas detrás del mostrador.

—Hay muchas cosas detrás del mostrador. Como una zona de carga y camiones de reparto.

Supe que Zarin estaba sonriendo, aunque no podía verle la cara. No directamente. La rodeaba un resplandor que me impedía verla con claridad. Pero podíamos sentir las reacciones del otro. Podíamos tocarnos. Era raro.

Estábamos agarrados de la mano, igual que íbamos mi padre y yo el día que cumplí seis años. Con las palmas unidas y los dedos entrelazados como dos personas que temieran perder el equilibrio y caer al mar Arábigo: yo más que papá, a cuya mano me aferraba mientras él me llevaba al barco de un pescador cerca del muelle de ferris en Bombay.

—Ten cuidado —me dijo mientras el barco se mecía bajo mis pies—. Ten cuidado al subir.

Me agarré a su mano aún más fuerte e intenté recobrar el equilibrio, esperando no caerme por la borda a causa de la emoción.

—Será algo especial —me había prometido mi padre el día anterior—. Un trocito del cielo en medio del mar.

En lo alto, se extendía un manto de nubes. El pescador predijo que iba a llover antes de murmurarle una oración a la diosa y zarpar.

Cuando salió el sol, vimos cómo las nubes flotaban sobre las chabolas que proliferaban cada vez más en la costa, sobre las mujeres que lavaban ropa y utensilios en las charcas de agua estancada, mientras los niños se bañaban cerca de allí y una fina capa acuosa cubría sus pieles oscuras.

A esa hora, los pescadores ya se habían hecho a la mar y sus barcos y arrastreros pintados se balanceaban en medio de una ondulada extensión azul. Cuando la temporada de pesca no era buena, aceptaban pasajeros como papá y yo para ganarse un dinerillo extra y los llevaban a alta mar cuando quisieran. A veces, se adentraban en aguas tan negras que apenas se veía nada salvo el tenue resplandor dorado de las luces de la ciudad en el agua cerca de la costa.

—Estáis locos —le había dicho mi madre a mi padre—. Estáis todos completamente locos.

Recordé esas palabras en la oscuridad, rodeado por los sonidos de la respiración de mi padre y el golpeteo del remo del pescador contra el agua. No obstante, un momento después, el remo se detuvo.

—Ahora toca esperar —dijo papá.

El pescador encendió una cerilla y se la acercó a la cara para encender un *bidi*, que le ofreció primero a mi padre, aunque él lo rechazó.

Transcurrió otra media hora antes de que los primeros rayos iluminaran el cielo de color naranja y luego amarillo, hasta que el sol salió por fin, radiante y redondo como un melocotón. El agua oscura se volvió pálida y traslúcida y diminutas criaturas marinas adquirieron un brillo dorado bajo la superficie.

—Esto es con lo que sueño, hijo mío. Lo que siempre he querido enseñarle a tu madre —me había dicho papá—. Así será el cielo cuando muramos.

Un año después, cuando nos hicimos de nuevo a la mar, el barco empezó a hundirse a medio camino y nos vimos obligados a regresar a tierra nadando, una habilidad que mi padre había aprendido de niño, pero que yo no había adquirido nunca. Ese día descubrí que el agua se te podía meter en la boca y las orejas. Que podía quemarte la garganta como el fuego cuando salía por fin. Mi padre había tenido que llevarme hasta la orilla. Después de reanimarme, fuimos al hospital para asegurarnos de que me encontraba bien. Fue lo más cerca que había estado de ver el cielo con mis propios ojos. Mamá se había puesto echa una furia.

—¡Basta! —me ordenó Zarin—. ¡Lo estás haciendo otra vez!

—¿El qué?

—Nos estás haciendo descender.

Pude comprobar que nos encontrábamos más cerca del suelo, más cerca de las voces que sonaban más fuertes que antes, del numeroso tráfico de Yeda, cuyos vehículos serpenteaban alrededor de mi vieja camioneta y la policía, con los capós reluciendo bajo el sol de la tarde. Si quisiera, podría acercarme lo suficiente como para tocar las formas de las personas situadas más abajo, el leve rastro de humedad en las mejillas de mi madre.

Zarin me apretó la mano con fuerza y ascendimos de nuevo.

—¿Quieres que nos quedemos atrapados ahí para siempre?

—Mientras esté contigo, me da igual —contesté y, al instante, pude sentir que ella ponía los ojos en blanco.

—Me asustaste —admitió.

No tanto como me había asustado ella a mí cuando empezó a salir con aquellos gilipollas el año pasado.

—¿Acabas de soltar un taco mentalmente? —me preguntó de pronto.

—¿Cómo lo has sabido?

—No estoy segura. Pude…, no sé, sentir tu hostilidad o algo así. Nunca te había oído decir un taco…, bueno, técnicamente ahora tampoco te oí.

Por supuesto que nunca me había oído decir algo así. Tras la muerte de mi padre, me volví un experto en ocultarles la rabia que sentía a las personas que amaba. Aunque tenía el presentimiento de que Zarin me había visto —o tal vez oído— machacar a aquel tío hasta hacerle ver las estrellas, y puede que también el sol y la luna. No estaba del todo seguro. La única conversación que mantuvimos al respecto no había ido demasiado bien.

Sin embargo, aquí y ahora, los chicos de su pasado parecían carecer de importancia.

—Un caballero no blasfema delante de una dama —recité en perfecto inglés. Aquella frase, que debía haber oído en algún sitio, salió de mi boca como si hubiera estado aguardando este preciso momento.

Zarin se rio y sentí que me volvía más ligero.

El inglés no era mi lengua materna. Casi nunca hablaba en inglés con Zarin, sino que normalmente prefería usar el gujarati, el idioma en el que impartían las clases en mi antiguo colegio de Bombay y que yo estaba seguro de dominar mejor al hablar con ella, pues, con una sola mirada, Zarin todavía conseguía algunas veces que me costara encontrar las palabras para expresarme.

Por debajo de nosotros, mi madre estaba rezando. Lo supe por la forma en la que sus labios se movían. Mamá me había dicho una vez que, cuando alguien moría, un simple Ashem Vohu era suficiente, aunque yo nunca entendí por qué era siquiera necesario.

—Total, ¿quién entiende las oraciones? —solía decir siempre Zarin, y yo estaba de acuerdo. Sobre todo cuando se pronunciaban en un idioma que solo unos pocos sacerdotes allá en la India podían traducir.

Fue Zarin quien me contó la historia de los tres magos de la Biblia, que en realidad eran sacerdotes zoroástricos a los que los cristianos llamaban los Reyes Magos.

—En el colegio, nadie me creería si se lo contara —me había dicho entonces, riéndose—. Salvo, tal vez, Mishal. Aunque ella fingiría no saber a qué me refiero solo para fastidiarme.

—¿Cómo lo sabes? —le pregunté, asombrado.

—¿Y cómo es que tú no? —repuso, tomándome el pelo—. ¡Técnicamente, no soy zoroástrica y, aun así, lo sé!

Como su padre era hindú, los templos de fuego de la India prohibían que Zarin se iniciara en la fe zoroástrica. Aunque a ella le gustaba fingir que este hecho le era indiferente, yo sabía que le molestaba. De nosotros dos, Zarin siempre era la que sabía más acerca del zoroastrismo, la que se había pasado horas leyendo sobre el tema durante los viajes de regreso a Bombay. Yo, por el contrario, ya no estaba seguro de si creía en Dios, sobre todo después de la muerte de mi padre.

—Mi madre quería que me hiciera sacerdote, ¿sabes? —le dije ahora—. Su familia era muy religiosa.

—¿Sacerdote? —Eso pareció interesarle—. Bueno, ¿y por qué no lo hiciste?

—La familia de mi padre no era religiosa. Así que no pude.

Todavía recordaba la expresión de mi madre, la decepción que no fue capaz de disimular del todo.

Zarin me apretó la mano de nuevo, aunque esta vez para consolarme.

Todavía había muchas cosas que quería contarle a Zarin: cosas de las que nunca habíamos tenido ocasión de hablar, cosas que ya le había dicho antes, pero a las que ella no había hecho caso. Pero ahora nos estábamos desvaneciendo (¿o era la luz la que se estaba volviendo más brillante?) y ya no recordaba qué quería decirle.

—Voy a ir al infierno, ¿verdad? —me preguntó ella de pronto.

Y entonces lo recordé todo de nuevo, poco a poco. No fue la voz de Zarin lo que despertó mis recuerdos, sino el miedo que dejaba traslucir; una emoción que ella ya había expresado delante de mí una vez, aquel día de pesadilla en el que todo se fue al traste.

Los recuerdos, me había dicho papá, pueden ser como astillas: se te clavan cuando menos te lo esperas y se quedan aferrados de manera dolorosa, como cuando se te mete un trocito de madera debajo de una uña.

Noté que los dedos de Zarin me apretaban la mano.

—No pienso permitirlo —le aseguré.

Mishal

EL DÍA DESPUÉS DE SU MUERTE, VOLVÍ A MARCAR aquel número.

—¿Diga? —Al otro lado de la línea telefónica, la mujer tenía la voz ronca de tanto llorar.

No hablé. No respiré. Había aprendido a hacerlo durante aquellas llamadas mudas, en los primeros ensayos de hace años (antes de que el identificador de llamadas se volviera casi tan habitual como los Happy Meals), cuando me dedicaba a gastarle bromas a la segunda mujer de mi padre, Jawahir, cuya mera existencia había convertido a mi madre en un caso perdido.

El número que acababa de marcar no parecía contar con identificador de llamadas. O, si lo tenía, Zarin Wadia nunca me lo había reprochado; nunca se había molestado en preguntarme por las llamadas mudas que le había hecho. Aquel silencio, en sí mismo, no parecía propio de ella. Zarin era una solitaria, pero nunca se quedaba precisamente callada cuando algo la cabreaba. Yo lo sabía de primera mano.

—... remolque... accidente... autopista...

Mi oído izquierdo captó las tenues palabras que flotaron escaleras arriba hasta mi cuarto. Abdullah estaba viendo las noticias de nuevo en Channel 2.

Sin embargo, mi oído derecho seguía concentrado en la mujer del teléfono, cuya respiración se estaba acelerando, impacientándose. Casi pude notarla sobre mi piel.

—¿Quién es? —preguntó la mujer alzando la voz—. ¿Qué quiere?

En el colegio la llamaban inmoral, quise decir. Destacó desde el día en que llegó a la academia. No encajaba.

Quise hablarle a la mujer de aquella vez, en segundo curso, cuando descubrimos que Zarin había mentido sobre que sus padres seguían vivos. Que se puso roja como un tomate cuando se lo eché en cara. «Mentirosa, mentirosa», entonábamos mis amigas y yo después de eso cada vez que ella salía al patio. «Eres una mentirosa.»

Quise hablarle de aquella vez en noveno, cuando noté por primera vez que Zarin olía a cigarrillos. Cuando sacó la lengua e hizo una pedorreta, manchándome la cara de saliva.

—Te voy a denunciar —la amenacé. Y eso hice. Aunque, a esas alturas, a ella parecía darle igual.

Rocé con los dedos el nombre y el número escritos a mano en el listado fotocopiado con los teléfonos de mis compañeras de clase. Los trazos eran descuidados, la presión no había sido uniforme, algunas letras eran más oscuras que otras. Zarin había colocado una raya en los sietes y en la Z de su nombre. El número era el mismo, año tras año, desde que apareció por primera vez en la clase de segundo con su pelo corto y sus extrañas mallas marrones; no había añadido un nuevo número de móvil, aunque yo sabía que el año pasado había empezado a llevar uno antiguo de tapa.

Me enrollé el cable del teléfono con fuerza alrededor de los dedos.

«No fue nada», quise decirle a la mujer. Solo un puñado de chicas diciendo tonterías, compartiendo fotos tontas en Facebook y Twitter. Pasaban cosas así constantemente en el colegio. Zarin lo sabía. ¡Seguro que lo sabía! Solía reírse de los rumores. Solía llamar cabeza de chorlito a quien los creyera. ¿Cómo íbamos a saber que intentaría huir?

Abrí la boca para hablar.

—¿Mishal? —me llamó Abdullah—. ¿Dónde estás?

Colgué al instante, con el corazón acelerado. Maldije a mi hermano por su voz: aquella potente voz de Capitán de Deportes que utilizaba para darles órdenes a los chicos de la Academia Qala durante los desfiles del Día de los Deportes; una voz que sin duda habría llegado hasta los oídos de la mujer que se encontraba al otro lado de la línea telefónica, como había llegado a los míos.

—¡Baja! —me gritó—. Están poniendo la noticia sobre tu amiga.

La misma noticia que nos comunicaron esta mañana, en una reunión especial convocada en el patio del colegio. La directora dio un discurso, las profesoras se secaron los ojos con el borde de los saris o los *dupattas*, se recitaron oraciones y todo el mundo cumplió los dos minutos de silencio obligatorios por los muertos. No obstante, segundos después de que finalizara la reunión, a mi alrededor todo el mundo empezó a comentar entre susurros los detalles de lo sucedido.

—¡*Inna lillahi wa inna ilaihi raji'un*! ¡*Ya Allah*, qué tragedia!

—¿Tragedia?, y un cuerno. Con todos esos cigarrillos que fumaba, probablemente fuera culpa suya. ¡Seguro que uno hizo que el coche se incendiara!

—¿Cómo puedes decir algo así de alguien que acaba de morir?

—¿Qué? ¿De qué habláis? La directora dijo en la reunión que fue un accidente. Que se salió una rueda del coche o algo así...

—Olvidaos de eso... ¿Estaba otra vez con ese charcutero?

En mi cuenta de Tumblr, usuarios anónimos se habían dedicado a sugerir aún más teorías, lo que me obligó a publicar el siguiente mensaje cuando llegué a casa del colegio.

«Habéis estado haciendo un montón de preguntas sobre cierta alumna de undécimo (todos sabéis quién **era**). Entiendo que tengáis vuestras propias teorías y os agradezco de corazón las peticiones y las sugerencias que me habéis enviado. Pero YA NO voy a seguir publicando nada más acerca de esta persona en Tumblr, pues no me parece justo para ella ni su familia.»

PUBLICADO HACE 2 HORAS POR **NICABAZUL**, 45
NOTAS #en serio #anónimos #os quiero #pero no
hablemos mal de los muertos vale #anuncios de
azul #cotilleos de AQ

En la página de Facebook de Zarin (que apenas usaba, teniendo en cuenta que en la lista de amigos solo contaba con doce personas), había una única actualización de estado el 13 de octubre de 2010: «¿Así que esto es facebook? parece aburrido». Ni siquiera se había molestado en incluir una foto de perfil. En el muro, que estaba configurado como público, había un montón de mensajes: algunos eran de nuestras compañeras de clase, pero la mayoría eran de desconocidos, cuyas opiniones abarcaban desde «Ding dong, la bruja ha muerto» a «Descansa en paz». Mi mensaje, que escribí y borré varias veces antes de pulsar Intro, había sido un breve «R.I.P.» y nada más.

Me senté en la cama y abrí el libro de Física. Abdullah la había llamado «mi amiga», como si yo fuera la única que la conocía, como si fuera una competa desconocida para él.

—¿Mishal?

—¡Estoy estudiando! —grité—. ¡Tengo un examen mañana!

Él se quedó callado. Los días en los que entrábamos en el cuarto del otro sin llamar y lo sacábamos a rastras para enseñarle algo que acabábamos de ver en la tele habían quedado atrás hacía mucho. En aquella época, padre vivía con nosotros los fines de semana y jugaba con Abdullah y conmigo, a veces incluso convencía a madre para que se uniera.

De los dos, Abdullah era el que se parecía más a madre, con su boca amplia, su piel clara a la que el sol de Yeda daba un tono bronceado y el pelo negro que se rizaba alrededor de su cabeza. Madre, por su parte, tenía el pelo largo y durante su época de estudiante de música clásica en la India solía llevarlo suelto.

—Era lo primero en lo que se fijaba la gente —nos decía—. En mi pelo, que me llegaba a las caderas.

Después de casarse con mi padre saudí, tuvo que trenzarse el pelo y cubrirlo con pañuelos, de modo que ningún otro hombre volviera a verlo.

—No me importó —me aseguró cuando le pregunté por eso—. Tu padre se casó conmigo en contra de los deseos de su familia, ¿sabes? No querían que se casara con una mujer que no fuera saudí, aunque yo fuera musulmana. Tuve mucha suerte.

En la habitación de al lado, oí el suave murmullo del viejo reproductor de CD de mi madre: una canción clásica que reconocí de mi infancia. Cuando era más joven, mi madre tocaba el sarangui, un instrumento de cuerda con forma de caja que se había traído a Yeda desde Lucknow tras la boda. Nunca se desprendió de ese instrumento, ni siquiera después de casarse, a pesar de la desaprobación general de la familia de mi padre.

—Ya he renunciado a demasiadas cosas —sentenció.

Después de que padre se casara con Jawahir, se centró cada vez más en aquel instrumento, y a menudo le frustraba la falta de interés que Abdullah y yo mostrábamos por su música. No entendía que se trataba de un lenguaje desconocido que a ambos nos molestaba; un lenguaje que, a nuestro entender, había influido, de algún modo misterioso, en que nuestros padres vivieran ahora en casas diferentes.

39

—¡Siéntela, Mishal! —solía exclamar madre en aquella época, a menudo mientras tomaba mi mano y me la colocaba sobre el corazón—. Aquí, Mishal. Siente la música aquí.

No se fijaba en mis notas ni en las prolongadas ausencias de Abdullah de la casa, un hecho que este aprovechó al máximo cuando padre le compró su primer coche, un GMC en el que salía a pasear con sus amigos, y a veces tardaba dos o tres días en regresar.

En el colegio, las chicas solían sorprenderse al descubrir que Abdullah era mi hermano, algo que a mí no me extrañaba. Mientras que él había heredado el aspecto de mi madre, yo había heredado el de mi padre: mi piel era tan oscura como la suya, a pesar de que hacía todo lo posible por mantenerme alejada del sol, tenía los ojos grandes y saltones y la cara demasiado larga y delgada.

—¡Tu hermano es guapísimo! —decían mis compañeras de clase con entusiasmo cada vez que tenían ocasión.

Tenían la esperanza de que les hiciera de casamentera para hacer realidad sus fantasías de Bollywood y proporcionarles un final feliz con un chico al que acechaban en Facebook y en la feria escolar anual, un evento que lograba que los chicos y las chicas de la Academia Qala salieran de sus edificios separados y se reunieran en el enorme aparcamiento de la sección masculina.

A diferencia de la sección femenina de la academia de Aziziya, en la que el patio estaba rodeado de cuatro edificios blancos, de modo que los autobuses escolares debían hacer cola fuera de la verja, el aparcamiento de la sección masculina estaba abierto al público y servía de campo de fútbol durante el año lectivo. Cuando había feria, era el único lu-

40

gar que la administración del colegio consideraba lo bastante grande (y, por lo tanto, seguro) para albergar al mismo tiempo a chicos y chicas cargados de hormonas sin desatar las iras de los padres ni de la policía religiosa.

—Escupe Pepsi por la nariz —les contaba yo a algunas de aquellas chicas que no dejaban de soltar risitas tontas, y la mayoría de las veces obtenía la reacción de repugnancia que esperaba: un «¡puaj!» o un «¡qué asco!» que le ponía punto y final a una conversación bastante irritante.

Mi hermano se buscaba sus propias chicas, a juzgar por lo que había averiguado fisgoneando sus mensajes o escuchando a escondidas las conversaciones que mantenía con los amigos a los que invitaba a veces a casa. Quise decirles que las prefería rubias y con las tetas grandes.

Aunque las chicas no sabían nada de esto, por supuesto. No sabían nada de la revista que me encontré en el cuarto de Abdullah cuando tenía trece años, ni de lo que me dijo cuando me vio hojeándola, tan fascinada como horrorizada.

En cambio, se burlaban de mí a mis espaldas. Algunas incluso me acusaban de estar celosa, creyendo que lo que sentía por Abdullah era más que amor fraternal:

—Seguramente quiere quedárselo para ella sola.

Pero ninguna tenía las agallas de decírmelo a la cara. No solo las intimidaba mi lengua afilada, sino que querían ser amigas mías por la información que les proporcionaba: los cotilleos, los escándalos, las historias que sabía de todos los del colegio.

Todas, salvo Zarin, por supuesto. La única chica por la que Abdullah me había preguntado, probablemente porque ella lo ignoró por completo en la feria escolar cuando tenía quince años. La chica de la que todo el mundo en el colegio hablaría durante años porque la habían encontrado con un chico. Dirían que esa era la prueba de que los rumores que habían estado circulando sobre ella eran ciertos. Zarin, la chica con una muerte tan escandalosa como lo había sido su vida, cuyo recuerdo yo llevaba grabado en la piel como el mordisco que me había dado cuando teníamos siete años, en el patio situado detrás de la biblioteca del colegio.

Me llevé la mano automáticamente al brazo y me lo froté, aunque las marcas se habían difuminado hacía mucho tiempo.

La pelea había comenzado con una pregunta inocente surgida de la clase de Ciencias Sociales de esa mañana:

—¿Qué sois: hindúes, musulmanas, cristianas o judías?

Les había hecho esa pregunta a las niñas durante el recreo, a las que no estaban persiguiéndose unas a otras, saltando a la comba o jugando a la rayuela en una cuadrícula dibujada con tiza en el asfalto.

Musulmana, musulmana, hindú, musulmana.

Cristiana, musulmana, cristiana, musulmana.

—Zoroástrica —contestó Zarin.

—Eso no existe.

—Claro que sí.

Cuando arrugó la frente, me recordó a las fotografías de hombres hindúes que la maestra nos había mostrado en clase: tres líneas de color pálido en una frente roja de rabia.

—Venga ya —dije, molesta por aquella palabra que no había oído nunca, una palabra que pensé que Zarin se había inventado de puro aburrimiento por no tener amigas en clase—. No hace falta que nos mientas. ¿Qué eres: hindú, musulmana, cristiana o judía?

—No estoy mintiendo.

Sus zapatos negros cubiertos de polvo rasparon el suelo cuando se puso en pie. Tenía las rodillas, que eran más oscuras que el resto de sus piernas, llenas de cardenales, marcas rojas y arañazos que se iban volviendo morados poco a poco a causa de las peleas en las que se metía a veces con las niñas de la clase de al lado.

Noté que me ponía tiesa, aunque no alteré la voz.

—Bueno, también nos dijiste que tenías padres. Pero no tienes. Vives con tus tíos.

—No estoy mintiendo —repitió ella, pronunciando la última palabra con un gruñido.

—Mientes otra vez —insistí en voz alta, intentando hacerme oír por encima del alboroto que reinaba en el patio de recreo—. No tienes padres ni tampoco tienes religión.

De hecho, hablé tan fuerte que muchas de las niñas que estaban jugando cerca se quedaron calladas y dejaron de jugar para observar la reacción de Zarin.

Y menuda reacción tuvo.

Antes de darme cuenta de lo que estaba pasando, me agarró el brazo y me clavó los dientes. Rodamos por el patio, mordiéndonos, tirándonos del pelo, arañándonos y chillando, hasta que una profesora nos separó y nos dijo que éramos un par de gamberras.

Naturalmente, Zarin no mentía acerca de su religión, como me explicó mi madre cuando llegué a casa esa tarde.

—Debes aprender, Mishal —me regañó madre—, ahora todavía estás a tiempo. Mañana le pedirás perdón a esa niña.

No obstante, aunque tomé nota de aquella información sobre el zoroastrismo por si me resultaba útil en el futuro, no tenía ninguna intención de pedirle disculpas a Zarin. Ella tampoco me las pidió a mí. En cambio, siempre intentábamos superarnos la una a la otra en las clases que más nos gustaban, aunque nunca conseguí batir a Zarin en inglés ni ella a mí en árabe. Cuando no estábamos compitiendo en las aulas, competíamos fuera de ellas, normalmente en el autobús escolar que nos llevaba a casa. Nuestras batallas se limitaban a pullas e insultos.

Clavé la mirada en la página de mi libro de texto: «Si un vehículo se desplaza en línea recta...».

Al otro lado de mi ventana, en la mezquita, el almuédano entonó la llamada a la oración del *isha*.

En la planta baja, Abdullah cambió de canal y puso *The X Factor Arabia*. Cualquier otra noche, podría haberle gritado por subir tanto el volumen. Incluso podría haber desenrollado mi alfombra y rezado. Pero, de todas formas, no podía estudiar. Y no estaba segura de si mis oraciones serían escuchadas después de las cosas que había hecho. Lancé el libro a un lado.

En la habitación contigua a la mía, madre había empezado a tocar otra canción. El suave punteo de las cuerdas fue lento al principio y luego se hizo más rápido. Me pareció recordar que ella lo llamaba notas en *staccato*. Pequeñas y rápidas punzadas en el corazón.

COMIENZOS

Zarin

EL CHICO, QUE ESTABA DE ESPALDAS, TENÍA ALGO que me llamó la atención, que me hizo detenerme de camino al puesto de libros de segunda mano y observarlo colgar luces sobre un puesto de madera pintado en la feria escolar anual, el verano que cumplí catorce años. Horas después, cuando el aire se refrescara y el cielo se oscureciera, las luces rojas, azules, verdes y amarillas se encenderían y montones de estudiantes se apiñarían en el aparcamiento de la sección masculina de la Academia Qala en Sharafiya para atiborrarse de palomitas y algodón de azúcar, comprar brazaletes y DVD y lanzarles dardos a globos de colores para ganar juguetes baratos que debían costar unos dos riyales y estaban hechos de relleno de sofá y terciopelo cubierto de pelusas.

Tal vez fuera la traslúcida camisa de poliéster blanco que dejaba ver que no llevaba una camiseta interior como la mayoría de los alumnos. O la brisa que pegaba dicha camisa contra la larga y lisa hendidura de su columna: un túnel que se extendía desde la nuca hasta la cintura, flanqueado de músculos marcados a ambos lados. O tal vez se tratara simplemente de la novedad de poder mirar a un chico con calma, sin *masi* rondando constantemente a mi alrededor como si fuera un bulldog sobreprotector.

—Está creciendo rápido —la oía quejarse con frecuencia a *masa*—. Demasiado rápido.

Demasiado rápido a juzgar por las miradas que, según ella, me dedicaban los chicos e incluso algunos hombres en la charcutería, el supermercado y el centro comercial. Por mi forma de caminar, «balanceando las caderas como una mujerzuela»; si el hecho de que un chico me siguiera a casa desde la tienda de DVD cuando tenía once años servía de indicio…, aunque en aquel entonces yo no sabía qué significaba ser una mujerzuela.

Demasiado rápido, como mi madre. Una mujer que, incluso de adolescente, no se ponía un *sudreh* bajo la ropa ni se ataba un *kusti* a la cintura.

—¿Cómo iba a hacerlo? —decía *masi*, cuya voz resonaba por la casa, tan fuerte como la de un sacerdote durante la oración—. Con esas faldas tan cortas que se ponía. «No iría a la moda», repetía ella siempre.

Según *masi*, el cine alternativo indio podría haber rodado un drama acerca de la historia de mi nacimiento. Mi madre trabajaba en un bar de Bombay, bailando versiones modernas de canciones hindis populares bajo una lluvia de billetes de rupia con la cara de Gandhi, acompañada de los piropos y silbidos de los borrachos. Tras la muerte de su abuelo, era la única forma que tenía de ganar dinero para mantenerse a sí misma y a su hermana pequeña, mi *masi*…, aunque esta última nunca se mostró agradecida. Mi padre trabajaba de sicario para un jefe del crimen de Bombay. Mi madre y él se enamoraron y, aunque no se casaron, me tuvieron a mí. Luego mi padre abandonó a mi madre, se fue a Dubái y lo acribillaron a balazos. Fin.

Se publicaron varios artículos en los periódicos acerca de la muerte de mi padre. «Gánster fugitivo de Bombay muere en un tiroteo en Dubái.» «Masacre en Deira.» «El último *salam* de Suraj Shinde.» Una tarde, durante un viaje de regreso a Bombay, busqué esos titulares en los archivos de una biblioteca pública e incluso logré encontrar una pequeña foto de él a color: un hombre de hombros anchos con la mandíbula cuadrada y la piel de un cálido tono marrón y que fruncía el ceño exactamente como yo.

La muerte de mi madre, por otro lado, no había quedado registrada en ninguna parte, salvo tal vez en la morgue de Bombay. A veces, oía a *masi* hablando del tema por teléfono con la Señora del Perro, de que algunos de los clientes del bar en el que trabajaba se presentaron en el funeral, hasta que la conversación se dirigía inevitablemente hacia mí y cómo me comporté tras su muerte.

—La niña ni siquiera lloró —decía siempre *masi*—. Cualquiera diría que no tiene sentimientos. A veces, me hace enfadar muchísimo. No deja de pincharme hasta que le pego.

A mi tío nunca le había parecido bien que me pegara. Los oí discutir por ello una vez, hace un par de años, cuando *masi* me dejó un moretón en la mejilla por suspender un examen de Matemáticas. Pero aparte de eso, rara vez, por no decir nunca, intervino en ninguna otra forma de castigo que ella me aplicara. Él tampoco aprobaba mi desobediencia, solía decirme que *masi* y yo nos llevaríamos mejor si le hiciera más caso, si me esforzara más en clase, si no la hiciera enfadar tanto por replicarle.

En cualquier caso, *masa* nunca podía seguir enfadado con ella durante mucho tiempo. La noche en que discutieron, *masi* nos había despertado con sus gritos.

—¡No te lo permitiré! —*Masi* levantó el cuerpo bruscamente mientras forcejeaba con mi tío, que la sujetaba por las muñecas. Le rechinaban los dientes y tenía baba blanca en las comisuras de la boca—. ¡Ella no se irá…, no se irá contigo!

Vi cómo *masa* la ayudaba a calmarse con dulzura, como había hecho muchas veces antes en Bombay.

—No pasa nada, Khorshi. No pasa nada. ¿Te has olvidado de tomarte la medicación otra vez?

Tardó dos horas en convencerla para que se tomara las pastillas y luego tranquilizarla para que se volviera a dormir, cantándole suavemente una vieja canción de amor hindi. Una nana para una mujer adulta. Ninguno de los dos pareció darse cuenta de que yo estaba allí, observando detrás de la puerta entreabierta del dormitorio.

Yo, por mi parte, nunca gritaba cuando tenía una pesadilla. Ni *masa* ni *masi* sabían que solía despertarme de madrugada cubierta de un sudor frío cuando me fui a vivir con ellos en Bombay o que a veces todavía me pasaba aquí en Yeda. La mayoría de las noches soñaba con mi madre, veía velas brillando, notaba el sabor de las virutas de chocolate en los labios. «¡Sonríe!», me decía mi madre, y un *flash* destellaba varias veces, hasta que me despertaba de golpe. Otras noches, tenía otro tipo de sueños. Sueños más aterradores de un hombre lanzándome muy alto en el aire. Un fuerte estallido. El grito de una mujer. Pero entonces, igual de rápido, se hacía de día y la voz de *masi* se alzaba, sonora, al rezar. Y yo me transformaba una vez más en la Zarin que conocían: una chica que ya no lloraba ni daba un respingo de sorpresa cuando su tía le daba una paliza.

Un día, me hizo enfadar tanto que metí mi ropa interior en un cajón y permití que la tela azul marino del *kameez* del colegio me tocara la piel sin obstáculos, resistiendo el picor del algodón áspero. Valió la pena cuando oí el chillido que soltó *masi* al ver que se me marcaban los pezones a través de la tela; fue incluso más satisfactorio que ver cómo la cara se le ponía púrpura cada vez que yo le guiñaba un ojo a un chico en el centro comercial o intercambiaba sonrisas con algún otro en el supermercado.

Ya me daba igual lo que Rusi *masa* dijera en su defensa: «¡Sus intenciones son buenas!» o «¡Es por tu propio bien!». Para entonces, tenía catorce años y ya sabía la verdad: el proteccionismo de *masi* no se debía a una preocupación sincera por mi bienestar, sino a que la ponía paranoica que hubiera miembros del sexo masculino a mi alrededor, sobre todo los que le recordaban a mi padre, «ese gánster inútil».

Mishal Al-Abdulaziz nos explicó en el colegio que se trataba de psicología básica. A las chicas solían atraerles los chicos que les recordaban a sus padres y a los chicos, a su vez, les gustaban las chicas que les recordaban a sus madres.

Pero ese día, en la feria del colegio, yo no pretendía hacer enfadar a mi tía. Eché un vistazo a mi alrededor con rapidez, examinando las caras de la creciente multitud en busca del destello de las grandes gafas con montura dorada de mi tía o la cabeza calva de mi tío. No vi a ninguno de los dos, por lo que debían seguir hablando con aquel hombre de la oficina de *masa*, en el otro extremo de la feria. Fue ese hombre el que sugirió el puesto de libros de segunda mano cuando *masa* le dijo que me gustaba leer.

—Déjala ir —le había dicho *masa* a *masi*—. A lo mejor encuentra esos libros de Harry Potter de los que siempre están hablando los críos.

Masi frunció el ceño un momento, pero, para mi sorpresa, me dejó ir, probablemente porque no quería armar un escándalo delante de un compañero de trabajo de su marido.

—Nada de deambular por ahí —me advirtió con voz cortante—. Nos reuniremos contigo enseguida.

La tenue llamada a la oración del *magrib* flotó en el aire procedente de una mezquita cercana. Pronto le seguiría el susurro de las alfombras de oración al desenrollarlas sobre el asfalto delante de los puestos, el chasquido de los cordones y el roce del velcro cuando los hombres se quitaran los zapatos; luego se lavarían la cara, las manos y los pies con agua de una botella y se situarían encima de rectángulos con estampados de vivos colores, cubriéndose la cabeza con pañuelos o casquetes tejidos.

Yo siempre había asociado el sonido del *salat* con Arabia Saudí, un momento en el que el trabajo se detenía y las tiendas cerraban durante unos minutos, cinco veces al día. En Bombay, la vida seguía como siempre y el estruendo de los cláxones competía tanto con el sonido de las mezquitas como de los templos o las iglesias. En Yeda, sin embargo, una especie de quietud lo envolvía todo. Aquí, la melodía de la oración era nítida, se oía por encima de cualquier otro sonido. Cuando tenía seis años, solía quedarme dormida oyendo un *salat* después de una pesadilla. Incluso al hacerme mayor, aquel sonido siempre lograba aliviarme cuando me sentía inquieta. Hasta ahora.

El chico estiró los brazos y luego saltó de la silla, levantando polvo con las zapatillas de deporte al pisar el suelo. A diferencia de los hombres que había cerca de los puestos, él no se arrodilló ni se volvió hacia La Meca, sino que se giró hacia mí.

Pelo negro. Piel bronceada. Mandíbula estrecha. Pero fueron sus ojos lo que captó mi atención: los iris eran de color avellana, de un tono casi dorado pálido a la menguante luz del atardecer. Aquellos ojos me recorrieron entera, desde la parte superior del pañuelo hasta la punta de las zapatillas de deporte que asomaban debajo del *abaya* negro. Fui consciente de la ausencia de forma de la prenda, de los cordones gastados de mis zapatillas, del corte de pelo masculino que *masi* me obligaba a llevar desde que tenía cuatro años. Durante un momento, deseé que mi *abaya* fuera más elegante: que fuera de un tono blanco pastel, azul cielo o amarillo en lugar del negro habitual o que tuviera bordados o lentejuelas como los que llevaban Mishal y sus amigas. Deseé poder hacer como otras chicas de la feria y sentirme lo bastante audaz como para dejar el *abaya* abierto por la parte delantera para que se entreviera un nuevo y colorido atuendo. Sin embargo, incluso debajo del *abaya*, mi ropa no era mucho mejor: una vieja camiseta y los vaqueros baratos que *masi* compraba por docenas en Manara Market.

—Total, nadie va a ver lo que llevas puesto —me decía ella siempre, y yo nunca había encontrado un motivo para poner en duda ese razonamiento. Hasta esa tarde.

El chico ladeó la cabeza ligeramente y luego me dedicó una sonrisa: dientes blancos y un profundo hoyuelo en la mejilla izquierda.

Me puse colorada. Lo cual era completamente ridículo. Nunca me había sonrojado delante de ningún chico…, ni siquiera en presencia de *masi*. «Devuélvele la sonrisa —me dijo mi mente—. Devuélvele la sonrisa.»

Sin embargo, para cuando noté que las comisuras de mi boca se alzaban, el chico ya se había distraído con otros asuntos; concretamente, con la delegada escolar, que pasó trotando con una caja para dinero en las manos mientras sus grandes pechos rebotaban como si fueran globos de agua.

—¡Nadia! —la llamó el chico—. Oye, Nadia, ¿necesitas ayuda?

—Farhaaaan. —Yo nunca la había visto así, sin aliento. Le tendió la caja al chico—. Oh, Farhan, eres mi salvación. ¡Que Alá me perdone por saltarme mis oraciones de hoy, pero es que he estado liadísima! ¿Podrías llevarle esto a la directora por mí?

—Por supuesto, Nadia.

Esta vez, la sonrisa fue para ella, aunque en esta ocasión fue aún más brillante. La sonrisa megarresplandeciente de un chico que por fin ha conseguido que la chica que le gusta desde hace una eternidad se fije en él. En lugar de irse cada uno por su lado, siguieron hablando. La delegada soltó una risita por algo que dijo el chico, ajenos aparentemente a las miradas de desaprobación de los hombres que estaban rezando. Cuando se separaron, el *salat* ya había terminado y las voces se alzaron de nuevo a mi alrededor, indicando que los puestos habían vuelto a abrirse.

—Ahí estás. —La voz de *masi* llegó a mis oídos un momento después, tan agradable como el golpe de una goma elástica contra la piel—. Te hemos estado buscando por todas partes.

Les di la espalda al chico y a la delegada con la cara ardiendo. Mis tíos se acercaron: *masa* sonreía, con paquetes de plástico llenos de algodón de azúcar azul y rosado en las manos, y *masi* fruncía el ceño, fijando su vista amplificada con lentes bifocales en algún punto situado sobre mi cabeza.

—¿Quién es ese chico? —me preguntó.

—Nadie.

—Lo estabas mirando. Está claro que no es nadie.

—¿Ahora es un delito mirar a la gente?

—Basta —nos interrumpió *masa*. Me pasó uno de los paquetes de algodón de azúcar—. Dejadlo las dos.

Arranqué con los dedos un trozo de azúcar rosado hilado y me lo metí en la boca, sin prestarle apenas atención al sermón de *masi* sobre malos modales. Por suerte, no volvimos a ver al chico ni a Nadia durante el resto de la tarde, aunque tampoco es que nos quedáramos allí mucho tiempo.

Horas después, en mi cuarto, saqué el anuario del colegio y fui pasando página tras página hasta que di con la foto del chico. Farhan Rizvi, capitán del equipo de fútbol de la Academia Qala, subcampeón del campeonato de debate escolar regional celebrado el año pasado en Dubái.

Su sonrisa ya no me parecía tan especial. Enseñaba demasiado los dientes, me dije, los tenía demasiado blancos.

Como si estuviera posando para un anuncio de dentífrico. Su nariz estaba tan perfectamente formada y centrada que parecía haber sido modelada por un cirujano plástico. Falsa, decidí. Completamente falsa.

Me quedé observando la foto un momento más, recordando cómo su mirada me había recorrido entera, casi como si estuviera trazando un mapa de mi cuerpo, cómo había entrecerrado los ojos levemente, como si faltara algo, como si hubiera algo en mí que no estaba a la altura de sus expectativas.

—Será difícil. —Oí que *masi* le decía un día a *masa*, refiriéndose a mí—. Será muy difícil encontrarle un chico decente en cuanto se enteren de lo de su familia.

—Eso pasó hace mucho tiempo. No tendrá importancia.

—No todo el mundo es como tú, Rusi. —Por primera vez, la oí hablar con tristeza, con resignación—. La mayoría de los chicos hacen caso a sus padres. Y ellos no van a pasar por alto su pasado.

La Señora del Perro lo llamaba «el estigma de la mala sangre». Daba igual lo buena que fuera tu reputación o lo guapa que fueras. Aunque yo nunca había pensado en casarme, podía imaginarme lo que dirían la Señora del Perro y *masi* cuando llegara el momento.

—Tendrá suerte si logra encontrar a alguien —diría la Señora del Perro con su habitual tono de condescendencia—. Ya sabes, Khorshed, querida, lo complicado que es encontrarle pareja a alguien nacido de un matrimonio mixto, y en este caso…, bueno, ya sabes cómo le gusta hablar a la gente.

Por supuesto que *masi* lo sabía. Y yo también.

56

Ilegítima. Medio hindú. Hija de un gánster. Ya lo había oído antes.

Miré de nuevo la foto de Farhan Rizvi. Me puse colorada y me enfadé de pronto con él por recordarme esas cosas. Por comerme con los ojos primero y luego irse detrás de la delegada escolar. Por dedicarme su sonrisa perfecta: una migaja de afecto para una niña enamorada. Noté una punzada de dolor en el pecho. Cerré el anuario de golpe y lo arrojé a un lado.

* * *

La primera vez que fumé un cigarrillo fue como si me hubiera tragado un trozo de carbón ardiendo. A Asfiya, la chica que me lo ofreció en el tejado de la academia, no pareció sorprenderle mi ataque de tos.

—Suele pasar —me dijo con voz áspera—. Pero te acabas acostumbrando.

Era la frase más larga que me había dicho desde que yo había empezado a subir allí, a mediados de noveno curso. Ninguna de las dos había planeado el primer encuentro. En aquellos días, solía saltarme la clase de Educación Física y me escondía en una silenciosa escalera del segundo piso, donde me ponía a leer una novela que había sacado de la biblioteca del colegio. Un día, sin embargo, en lugar de dirigirme de nuevo a la escalera, subí al último piso de la academia, donde había una terraza en la que almacenaban pupitres y pizarras rotos y un depósito de agua cuya pintura blanca se estaba desconchando por los lados. Sentada encima del depósito de agua estaba Asfiya: una alumna de último curso que yo no sabía cómo se apellidaba, principalmente porque todo el mundo decía que era mala estudiante y fumadora. ¡Fumadora! Por cómo hablaban de ella las chicas de mi clase, cualquiera habría pensado que se trataba de la encarnación de Satán.

Asfiya estaba creando anillos de humo en el aire, soltando una breve bocanada tras otra, formando ondulantes círculos blancos que se elevaban hacia el cielo azul antes de desvanecerse sin dejar rastro. Pensé que se detendría cuando me vio, puede que hasta me gritara, pero no hizo ninguna de las dos cosas. Nos quedamos mirándonos la una a la otra un momento hasta que señalé hacia la base del depósito de agua y le pregunté:

—¿Puedo sentarme aquí?

Ella se encogió de hombros y simplemente dijo:

—Como quieras.

A medida que transcurrían las semanas, se convirtió en una especie de ritual: yo me sentaba a leer en la base del depósito de agua y ella se sentaba encima a fumar. Desde nuestra posición, ambas disfrutábamos de una vista panorámica de tres de los cuatro edificios encalados que constituían el complejo cerrado de la sección femenina de la Academia Qala y partes del vecindario situado más allá: sombríos edificios de apartamentos con sus tendederos y polvorientas antenas parabólicas, la punta en forma de media luna de una mezquita resplandeciendo a la luz del sol. Cuando hacía viento, yo no leía ni Asfiya fumaba. Simplemente nos sentábamos juntas, disfrutando la tregua del calor húmedo de Yeda, y observábamos el patio, donde las chicas jugaban al voleibol, al baloncesto y al críquet. Sus voces sonaban agudas y tenues allá abajo, como supuse que serían las de las muñecas si cobraran vida.

—¿Es interesante? —me preguntó Asfiya un par de días después de darme mi primer cigarrillo—. El libro que estás leyendo, digo.

Levanté la mirada.

—Está bastante bien. Va de animales que fijan sus propias normas y se encargan de una granja. Aunque los cerdos dan un poco de repelús.

—Ummm, supongo. No me van mucho los animales.

Clavé la mirada en la distancia. El calor desdibujaba un poco la vista.

—Yo tuve un gatito una vez —dije—. Lo encontré aquí en la academia hace cuatro años, en el pasillo del segundo piso. Su madre había muerto.

La gata muerta, que no era más que un puñado de costillas cubiertas de un sucio pelaje gris y blanco, tenía el lomo apoyado contra la pared recién pintada.

—Avisa a la encargada de la limpieza —había dicho la directora. Como si el cadáver fuera un persistente trozo de chicle masticado que hubiera que raspar de las baldosas de mármol moteado.

Fue entonces cuando vi moverse algo por el rabillo del ojo. El gatito me miró con unos enormes ojos amarillos y luego se escondió detrás del cuerpo de su madre. Me acerqué despacio para tocarlo. Unas garras diminutas se me clavaron en las manos. El gatito gimió e intentó liberarse. Me asaltó la combinación de olores a pintura fresca y a gato muerto.

—No pasa nada —le dije al gatito—. Mi madre también está muerta.

—¿Tenía nombre? —preguntó Asfiya, sacándome de mi ensimismamiento.

—Fali.

Fue *masa* quien me ayudó a ponerle nombre. *Masi* había odiado a Fali desde el principio y lo llamaba «gasto innecesario».

—¿Es que acaso el dinero crece en los árboles? —me gruñó, dilatando las aletas de la nariz—. ¿Quién va a pagar la comida del animal?

Cuando sugerí que podía sacar el dinero de la cuenta bancaria que me había dejado mi padre, me dio una bofetada por «ser impertinente».

—Tranquilízate, *jaanu*. —*Masa* siempre la llamaba «*jaanu*», mi vida, cuando le daba una rabieta—. ¿Qué problema hay en comprar unas cuantas latas de comida para gatos? Podemos permitírnoslo sin problemas ahora que me han subido el sueldo.

Puesto que *masi* no tenía una buena excusa frente al razonable argumento de *masa*, cambió de táctica y, en lugar de protestar por el precio de la comida para gatos, se centró en la limpieza de la casa. Al principio, empezó por cosas pequeñas: se quejaba de que Fali dejaba pelos en el sofá y tosía bolas de pelo. Los típicos murmullos y rezongos que yo había aprendido a ignorar a lo largo de los años. Entonces, una tarde, mientras yo estaba haciendo los deberes de Ciencias, *masi* perdió los estribos.

—¿Cómo te atreves a traer alergias y excrementos a nuestra casa? —le gritó a Fali, como si el gatito pudiera entender lo que le decía—. ¿Quién va a limpiar esto?

A continuación, lo agarró del pescuezo, lo tiró fuera del apartamento y cerró de un portazo. Luego me encerró en mi cuarto, pataleando y gritando, hasta que llegó mi tío del trabajo.

—¿Has visto cómo me replica esta chica? —protestó *masi*—. ¿Cómo pelea y me tira de los brazos? ¡Se comporta como una maldita luchadora!

Salí disparada en cuanto *masa* abrió la puerta. Encontramos a Fali tirado en una montaña de basura fuera del edificio. Rígido. Cubierto de sangre.

Masi le dijo una y otra vez a *masa* que había sido sin querer. Le suplicó como si Fali fuera de él y no mío. Le aseguró que no pretendía que el gato muriera. Que lo sentía. Lo sentía mucho.

No me lo creí ni por un momento.

—Te odio —le solté—. No eres más que una bruja vieja y mezquina.

Ni los ruegos ni las amenazas de *masa* me hicieron retractarme de esas palabras.

Tras contarle la historia, Asfiya se quedó callada un buen rato. Luego soltó un suspiro y me dio un golpecito con un cigarrillo.

—Venga. Vamos a ver si hoy puedes fumar sin toser.

Cuando se graduó al año siguiente, encontré medio paquete escondido en una grieta detrás de la escalera del depósito de agua, probablemente olvidado, lo cual fue una sorpresa, porque Asfiya solía atesorar sus cigarrillos con sumo cuidado. Hasta que no iba por el segundo cigarrillo de esa tarde no se me ocurrió que tal vez no se los hubiera olvidado. Que tal vez los había dejado a propósito para mí.

* * *

A lo largo de los años, aprendí a lidiar con mis pesadillas centrándome en lo que me rodeaba. En las cosas buenas de mi vida, como empecé a denominarlas: la lámpara de noche que *masa* me había comprado en el zoco de Balad, cuya pantalla elaborada con hojas de cristal verde relucía en la oscuridad como salida de un cuento de hadas; el crujido de las barritas Lion que tenía escondidas en los cajones, seguido del sabor dulce del chocolate y el caramelo derritiéndose en mi lengua; la llamada a la oración desde la mezquita situada enfrente de nuestro apartamento, con su tono fuerte, nasal y relajante.

Algunas noches, me permitía recordar a Porus Dumasia: lo más parecido a un amigo que tuve en los dos años que pasé en la colonia Cama.

Vi a Porus por primera vez un par de meses después de la muerte de mi madre. Para entonces, ya había descubierto que las tardes eran el único momento en que podía disfrutar de cierta paz sin tener que preocuparme por el constante escrutinio de *masi*, cuando la Señora del Perro venía a tomar el té y a cotillear con ella acerca de los demás residentes de la colonia.

Masa también solía escabullirse, normalmente con el pretexto de ir a hablar con su hermano, Merzi *kaka*, que vivía en el edificio enfrente del nuestro. Allí los veía ponerse colorados y sonrientes cada tarde, a medida que se bebían un *whisky* tras otro en el balcón. Uno de los hijos de Merzi *kaka* se sentaba en el suelo con las piernas cruzadas detrás de ellos, con unos auriculares puestos y la mirada fija en el objeto plano, gris y con forma de mando a distancia que sostenía en las manos. Merzi *kaka* decía constantemente que el chico necesitaba salir más y jugar a otra cosa que no fueran videojuegos, pero en esos momentos incluso a él parecía darle igual dónde estuviera su hijo. Al contrario de *masi*, cuyos ojos parecían seguirme adondequiera que fuese.

Esa tarde, eché un vistazo para asegurarme de que *masi* y la Señora del Perro seguían hablando y luego salí al balcón común, que compartían todos los residentes del segundo piso. La colonia Cama consistía en un grupo de seis edificios situados unos frente a otros y con un amplio patio sin asfaltar en el centro. Fuera de la colonia, resonaban los cláxones de los automóviles y los autobuses. Dentro, la música de las radios y los reproductores de CD se entremezclaba: la aguda voz de Freddie Mercury competía con una popular canción hindi de una película de Aamir Khan sobre críquet. Aquí y allá se percibían distintos olores. Las madres freían pescado y preparaban *dal* en sus cocinas mientras miraban de vez en cuando por la ventana para vigilar a los niños que jugaban abajo.

En mi balcón, sin embargo, no había nadie. Me senté y extendí mi falda como si fuera una nube, notando las baldosas frescas contra la piel desnuda. A continuación, avancé centímetro a centímetro, empleando las manos y los hombros. Me fui acercando más y más hasta que pude rodear la barandilla de madera con brazos y piernas y observar a los niños que jugaban abajo: las niñas de mi edad saltaban a la comba y las mayores montaban en bicicleta, mientras que los niños del club juvenil de críquet de la colonia corrían arriba y abajo por una larga y desgastada franja de tierra. Uno de ellos, un niño con una camiseta azul pálido del jugador Tendulkar, entornó los ojos al verme y frunció el ceño. Yo respondí entrecerrando los ojos también. Entonces, el niño me dedicó una sonrisa desdentada tan amplia que casi no le cabía en la cara. Aunque aparentaba tener un par de años más que yo (puede que tuviera seis o siete), no parecía tan mayor como los otros niños, que tenían nueve o diez años. Probablemente por eso lo mangoneaban y lo obligaban a ir a por la gastada pelota constantemente, persiguiéndola por la colonia con sus piernitas regordetas. Después de que alguien golpeara una bola que salió disparada por la verja («¡SEIS! ¡SEIS!», gritaron los otros niños), él se desplomó en el suelo polvoriento, jadeando, y miró de nuevo hacia mi balcón. Contento de que yo siguiera allí, me lanzó de nuevo aquella sonrisa bonachona y me saludó con la mano. Esta vez, sonreí y le devolví el saludo. Los niños mayores se rieron.

—Parece que Porus se ha echado novia —dijo uno de ellos, haciendo que el niño con la camiseta azul se pusiera colorado.

No me di cuenta de que las voces a mi espalda habían dejado de hablar; de hecho, no noté nada hasta que unas manos esqueléticas y de dedos largos me rodearon los brazos y me levantaron de un tirón.

—¿Qué estás haciendo? —*Masi* me zarandeó por los hombros—. ¿Cómo se te ocurre abrir las piernas y sentarte como un chico? ¿Es que no tienes sentido común?

—L-lo s-siento… —contesté, juntando las rodillas.

No sabía qué había hecho mal, pero sí sabía que no quería que ella me viera temblar. *Masi* me llevó de nuevo al apartamento y cerró la puerta de golpe.

Incluso la Señora del Perro parecía sorprendida. Carraspeó y dijo:

—Khorshed, solo es una niña.

—Me da igual. —Unas franjas rojas le teñían los pómulos—. Puede que ella todavía sea joven, pero no todos los que la rodean lo son. Vi cómo algunos de esos chicos se la quedaron mirando embobados. Hoy en día, más vale pecar de precavido.

Fue hasta el armario en el que estaba guardada mi ropa, situado al lado de una foto enmarcada de mi madre que colgaba de la pared y que ahora estaba adornada con guirnaldas de flores de sándalo para señalar que había muerto. *Masi* sacó un pijama cuidadosamente doblado y me lo pasó, dos horas antes de que me tocara irme a la cama.

—Toma. Póntelo.

Una semana después, hizo venir al *kabaadi* a la colonia y le vendió mis vestidos a precio de ganga.

—Se estaban poniendo viejos —mintió cuando *masa* le preguntó el motivo—. De todas formas, se le iban a quedar pequeños.

—Pero ¿y el pelo? —*Masa* parecía perplejo y, por algún motivo, un poco enfadado—. Tenía el pelo muy bonito, Khorshi. ¿Tenías que cortárselo?

—¿Es que quieres que se le peguen los piojos?

Masi me había explicado que eran bichos negros que se me comerían la cabeza momentos antes de hacerme inclinar la cabeza hacia el lavabo, mojarme el pelo rizado que me llegaba a los hombros con un chorro de agua fría y, a continuación, cortármelo despacio y metódicamente con unas tijeras.

Masa frunció el ceño.

—Ahora parece un niño.

—Da igual. —*Masi* soltó una extraña carcajada que sonó amarga y luego pasó la plancha sobre los pantalones de pana que me había comprado en la tienda de artículos de segunda mano que había al otro lado de la calle. Una nube de vapor se alzó de la tela, ocultándole parcialmente la cara—. Es la hija de mi hermana. No parecerá un niño para siempre.

Los chicos de la colonia no tardaron en darse cuenta de mi cambio de aspecto ni en hacer comentarios al respecto; sobre todo los hijos de Merzi *kaka*, que empezaron a llamarme al instante como a un niño.

—¿Esa es Zarin? —preguntó el mayor de mis primos, fingiendo asombro—. Pero si está igualita que Mocoso, ese crío del colegio, ¿no es verdad? Lo único que le falta es un poco de flema bajándole por la boca y la bragueta abierta.

A partir de entonces, algunos chicos de la colonia (principalmente mi primo y sus amigos) solían gritarme desde distintas direcciones y luego se echaban a reír cuando les lanzaba piedras por la frustración.

Las burlas empeoraron cuando un nuevo lechero empezó a repartir botellas en la colonia. «Eh, niño, ¿necesitáis leche hoy?», me decía cada vez que me veía. O: «¿Niño, mamá o papá están en casa?». Nunca supe si lo hacía a propósito o simplemente era corto de vista. Ninguno de los otros repartidores me llamaba niño, aunque ellos probablemente me habían visto cuando todavía llevaba vestidos y tenía el pelo largo.

De vez en cuando, veía al niño del campo de críquet, normalmente saliendo con sus padres por las tardes o montando en bicicleta con los otros chicos por el recinto. Él era uno de los pocos niños de la colonia Cama que no me insultaba. A veces levantaba la vista hacia el balcón en el que me había visto, casi como si pudiera notar mi presencia allí, mientras yo atisbaba por un hueco entre las cortinas de *masi*. Cuando pasaba eso, siempre me escondía y no salía hasta estar segura de que él se había ido.

El corazón me dio un vuelco cuando lo vi una tarde en el balcón del segundo piso de nuestro edificio…, en mi balcón, como había empezado a considerarlo. El niño llevaba la misma camiseta azul y tenía los labios ligeramente curvados hacia arriba. ¿Me había visto espiándolo? ¿Iba a quejarse a *masi*? Esperé que no lo hiciera. Me había costado dos meses armarme de valor para volver a salir aquí por las tardes. Dos meses que pasé refugiada dentro, en mi cama, mirando por la ventana mientras *masi* y la Señora del Perro parloteaban de cosas aburridas como recetas de *rava* y aspiradoras o la gente con la que trabajaban en organizaciones comunitarias zoroástricas como el panchayat parsi.

—Hola —me dijo tras mirarme un momento—. ¿Cómo estás?

Tenía la voz áspera y un poco tímida.

Eché un rápido vistazo a mi espalda y avancé poco a poco por el balcón, acercándome al niño y saliendo de la línea de visión de *masi*.

—No deberías estar aquí —le dije con tono severo, procurando no alzar la voz—. Mi *masi* no quiere que hable con chicos. Y, si has venido a burlarte de mí, te daré una patada.

No me gustó la forma en la que frunció el ceño. Hizo que las comisuras de sus labios se inclinaran hacia abajo y el espacio entre sus cejas se arrugara. Prefería sin duda su sonrisa bonachona y desdentada. Aunque, evidentemente, no podía decirle eso.

—*Ey su che?* No me voy a burlar de ti. Quiero que seamos amigos.

A diferencia de mis primos, que alardeaban de estudiar en un colegio de monjas hablando en inglés siempre que podían, él empleaba el fluido gujarati característico de los niños que iban al colegio que dirigía la fundación benéfica parsi de Bombay y en el que las clases se impartían en la lengua de la región.

—No puedo ser tu amiga. Ni siquiera te conozco.

Me sentí mal en cuanto lo dije, principalmente porque el niño parecía dolido. Pero no me retracté. *Masa* había prometido regalarme un libro al año siguiente por mi quinto cumpleaños. Uno de esos grandes libros de Disney con ilustraciones perfectas de harapientos niños de la calle, chicas francesas amantes de la lectura y leones danzarines de la sabana africana. Deseaba desesperadamente contemplar aquellos bonitos dibujos que me transportarían lejos, muy lejos de la vida que llevaba aquí, aunque solo fuera durante unas horas. Si hacía enfadar a *masi* por hablar con este niño, nunca conseguiría ese libro.

Un momento después, el niño asintió con la cabeza, con una extraña expresión decidida en la cara.

—Me llamo Porus. ¿Y tú?

—Zarin —contesté, demasiado desconcertada para pensar detenidamente a qué venía la pregunta.

—Vale, ya me conoces. —Sonrió cuando yo fruncí el ceño—. Y tu nombre es tan bonito como tú.

—No me mientas. Sé que parezco un niño. Todo el mundo lo dice.

—Pues, entonces, esas personas mienten —me dijo muy serio—. Eres demasiado guapa para ser un niño.

A continuación, para mi asombro, se inclinó hacia delante y me olfateó el hombro. Lo aparté de un empujón.

—¿Qué haces?

—¿Lo ves? Yo tenía razón. Ni siquiera hueles como un niño. Hueles a polvos Pond's y flores. Los niños no huelen así.

—Zarin —me llamó *masi* desde el interior del apartamento—. Zarin, ¿dónde estás?

—Tengo que irme.

Me di la vuelta, agradecida de tener una excusa para evitar a aquel niño tan raro que iba por ahí oliendo a la gente para demostrar sus teorías. Exceptuando las pocas veces que les había dicho a mis primos y sus amigos que se callaran cuando me llamaban Mocoso, nunca había hablado con un chico. Probablemente se estuviera burlando de mí. Sin embargo, a diferencia de mis primos, cuyas palabras a veces me hacían enfadar durante horas y horas, las palabras de Porus me hicieron sentir extrañamente bien conmigo misma. Las repasé mentalmente esa noche, una y otra vez, mucho después de que *masa* y *masi* se durmieran.

A lo largo de las semanas siguientes, vi a Porus a menudo, aunque nunca en mi balcón. Tal vez lo había ahuyentado. O tal vez presintió, de algún modo, que me metería en problemas con *masi* si alentaba sus intentos de entablar amistad. Algunas mañanas, cuando *masi* estaba ocupada rezando, salía a hurtadillas al balcón para observar las idas y venidas de los otros residentes. Era entonces cuando solía ver a Porus, aferrado a la mano de su padre mientras se dirigían a la parada del autobús, al otro lado de la calle. De algún modo, la mirada de Porus siempre se veía atraída hacia mí, y entonces me sonreía y me saludaba con la mano. Algunas veces, su padre también me saludaba, y yo recibía una versión mayor y otra más joven de la misma sonrisa.

Poco a poco, después de una semana o dos, empecé a devolverles el saludo. Era una cuestión de buenos modales, discurrí. Y, aunque no me gustaba admitirlo, casi siempre me sentía más relajada los días en que veía a Porus y su padre caminando hacia la parada de autobús. Algunas mañanas, incluso iba por ahí con una sonrisa en la cara; un hecho que no le pasó inadvertido a mi tío.

—Alguien parece contenta hoy —comentó un día *masa*—. ¿Ha pasado algo especial?

Yo me encogí de hombros, sin decir nada. Me lo guardé dentro (aquella extraña amistad nuestra a base de saludos), junto con los recuerdos de mi última tarta de cumpleaños, mis esperanzas de tener un libro ilustrado de Disney y las amplias sonrisas de un niño que me consideraba guapa.

* * *

Para cuando cumplí los dieciséis, ya había aprendido un par de cosas.

Aprendí que el jueves era el mejor día para escabullirme del colegio con un chico: aprovechaba el momento ideal entre las dos últimas clases (Economía Doméstica y Educación Física) y salía por la puerta lateral sin vigilancia situada en el extremo sur de la Academia Qala, donde me esperaba un coche. Así disponía de una hora y media para comerme un *shawarma* y fumarme un cigarrillo o dos, tal vez incluso hablar si el chico era conversador, antes de que mi acompañante me dejara a una manzana de nuestro edificio de apartamentos momentos antes de que pasara el autobús escolar.

También había aprendido que, cuando me enfrentaba a la amenaza de pasarme el resto de mi vida encerrada en mi cuarto o en un matrimonio no deseado, podía convertir mi expresión en una máscara y mentirle a mi tía con convicción.

—¿Dónde estabas? —me gritó *masi* un jueves cuando llegué a casa más tarde de lo esperado—. Estaba a punto de llamar a tu *masa*.

—Tuvimos una práctica de debate en el último momento y perdí el autobús. Me trajo el padre de mi amiga Noor.

Ni siquiera conocía a nadie llamada Noor, pero, por suerte, *masi* no me hizo más preguntas.

No obstante, después de aquello, decidí no correr ningún riesgo. Acorté las citas, a pesar de las protestas del chico, y procuré regresar a casa más rápido. Por lo general, las prácticas de debate eran los lunes y duraban unas dos horas después de que se terminaran las clases. Si *masi* le preguntaba a mi profesora o a la directora, me metería en un buen problema. Aunque hubiera aprendido cómo engañar a mis tíos, no podía volver a usar esa excusa.

Para las demás chicas, los jueves tenían otro tipo de encanto. Suponían el final de la semana lectiva en Arabia Saudí, un momento en el que la mayoría de los estudiantes de la academia dejaba sus libros de lado para disfrutar de dos días de respiro de las rigurosas tareas del undécimo curso.

—Los cursos sin exámenes estatales son una maravilla —declaró la encargada de nuestra clase, Alisha Babu, el día que la academia volvió a abrir sus puertas después de los dos meses de vacaciones de verano—. ¡Qué pena que los profesores no estén de acuerdo!

Dichos profesores nos encargaron un montón de trabajos y ejercicios el primer día de clase, nos regañaron por no completar a tiempo los deberes de vacaciones y nos recordaron las pésimas notas que habíamos sacado en el examen del primer semestre en mayo. Comenzaron a repartir castigos a diestro y siniestro, normalmente en forma de más ejercicios o redacciones.

Incluso la señora Khan, nuestra afable profesora de Inglés, estaba de mal humor.

—No olvidéis que el próximo año tendréis los exámenes estatales —dijo un día cuando sorprendió a Mishal Al-Abdulaziz bostezando en su clase—. Así que suspender Inglés este curso no te vendrá bien, querida Mishal.

Fue un comentario bastante injusto, un sorprendente e inusitado despliegue de mal genio que hizo que la mayoría de las chicas le diagnosticara a la señora Khan menopausia precoz. En el fondo, yo no podía culparlas. Por muy mal que me cayera Mishal, no era mala estudiante, ni mucho menos. Gracias a la rivalidad perpetua que manteníamos desde que estábamos en segundo, Mishal solo estaba cinco puntos por debajo de la mejor nota en Inglés de nuestra clase…, que era la mía.

A diferencia de otras asignaturas, el inglés me resultaba fácil; bastante más fácil que el hindi, que precisaba mucho más que unos conocimientos rudimentarios de canciones de Bollywood. La ventaja que le sacaba a Mishal en esa asignatura a menudo se debía a los debates: discutir con mi tía a lo largo de los años me había proporcionado bastante práctica para pensar en respuestas rápidas.

Masa me dijo una vez que Inglés también había sido la asignatura favorita de *masi*.

—¡Solía leer un montón de libros! —me había dicho con tono alegre—. Como tú, Zarin.

Mi interés por la lectura también había supuesto una sorpresa para *masi*, y eso que no teníamos muchos libros en nuestro apartamento, salvo por unos cuantos ejemplares viejos de Los Cinco y una copia desgastada de *Jane Eyre*. Las visitas a la librería Jarir, el único lugar en el que se podían conseguir novelas interesantes, eran sumamente infrecuentes. Jarir era un sitio caro, incluso *masa* lo decía. ¿Quién iba a gastarse cuarenta y dos riyales («¡¿Seiscientas siete rupias?!», exclamó *masi*) en un libro sobre un grupo de adolescentes intentando matarse unos a otros en un *reality show*?

—Lo siento, querida —me había dicho la señora Khan cuando le pregunté si la biblioteca del colegio tenía esos libros—, pero ese tipo de libros no suelen formar parte del material didáctico recomendado.

Los ojos le brillaron como gemas oscuras y, por un momento, no noté las bolsas que tenía debajo de los ojos.

—¿Por qué no se los pides prestados a alguna de las chicas?

Era buena idea, salvo porque la mayoría de las chicas no me prestaría ni un lápiz roto. Con mucha frecuencia, mi reputación de fumadora y mi hostilidad general se anteponían a todo lo que había hecho en el colegio, bueno o malo. En cierta ocasión, una chica había sido completamente franca y me había dicho a la cara:

—A mi madre no le gustaría que fuera amiga de alguien como tú.

—Quiero que me prestes un libro. Eso no nos convierte en amigas.

Alisha Babu, que acabó prestándome su ejemplar de *Los juegos del hambre*, me explicó que la mayor parte de mis compañeras de clase me consideraba intimidante.

—Si fueras un poco más amable, le caerías mejor a la gente. Comprobarías que el resto no estamos tan mal.

Pero a mí no me engañaban. Podía ver la ladina curiosidad que subyacía tras sus ofertas de amistad. En la colonia, había visto en acción a mujeres como la Señora del Perro, mujeres expertas en ese tipo de amabilidad desleal. Primero, te hacían preguntas sobre tu vida: «¿En serio? ¡Sigue, sigue!». Luego se lo contaban a los demás: «¿Sabes lo que me dijo? ¡Nunca me lo habría imaginado!». Primero se reían de ti, luego te criticaban y después iban en grupo a por ti. «Ya sabes que hay cosas de ti que deberías cambiar. Te lo decimos porque nos preocupamos por ti.»

La Señora del Perro era uno de los motivos por los que *masi* era tan neurótica. Mi tía dependía de sus consejos incluso aquí en Yeda. A veces, hacía llamadas de larga distancia a Bombay que duraban hasta treinta minutos.

—¿Tú qué opinas, Persis? —le había oído preguntarle a menudo—. ¿Crees que hice lo correcto?

A veces, me preguntaba si *masi* se daría cuenta de lo ridícula que sonaba cuando hablaba así, de lo débil que parecía. Me daban ganas de decirle que no puedes ganarte la aprobación de nadie intentando encajar, ni siquiera haciendo lo que se espera de ti. Yo lo había aprendido cuando tenía siete años.

Era más fácil, mucho más fácil, no decir nada. Saltarme la clase de Educación Física y subir al depósito de agua a fumar en silencio, a pensar en lugar de hablar. Al observar a aquellas chicas y a la Señora del Perro, había aprendido que hablar solo conducía a revelar secretos. Secretos que podían volver a abrirse como una herida que apenas había sanado bajo un vendaje y comenzaba a sangrar a través de la superficie blanca.

Pero estar en undécimo curso no era como estar en segundo. Ahora teníamos dieciséis años y nos preocupaban otras cosas aparte de las rivalidades por ver quién era la mejor alumna de la clase o la favorita de cierta profesora. Los chicos habían entrado en escena. No solo los famosos, sino también los reales, sobre todo los capitanes y subcapitanes de la sección masculina de Sharafiya. Muchas de las chicas nunca conseguían verlos de cerca, mucho menos tener citas con ellos (a menos que uno contara mandarse mensajes desde diferentes tiendas del mismo centro comercial), por lo que aquellas que lo hacían se convertían de manera automática en objeto de envidia y escarnio.

—Menuda zorra —había dicho Mishal de una chica por salir con Farhan Rizvi en décimo—. Llevaba un pañuelo alrededor del cuello como si fuera una bufanda para esconder las marcas que él le había dejado en la piel.

—Qué asco —había contestado su amiga Layla Sharif antes de soltar una risita—. Pero no la culpo. Está buenísimo.

El hecho de que este año hubieran nombrado a Farhan Rizvi delegado escolar le añadía más atractivo. Ese título permitió que la mayoría de las chicas pasara por alto los numerosos rumores que habían estado circulando sobre él desde que rompió con la delegada escolar: que se dedicaba a dar vueltas por las calles en su BMW negro, que salía de fiesta con universitarios saudíes, que cambiaba de novia como de calcetines…

—Su cara es perfecta —suspiró otra chica—. Dios mío, os juro que cada año que pasa está más guapo.

A mí todavía me costaba mirar dicha cara sin recordar aquel día en la feria, sin sentir el antiguo aguijón del rechazo. No obstante, no todo el mundo en nuestra clase era susceptible a los encantos de Farhan Rizvi. Mishal Al-Abdulaziz lo odiaba y solía contarnos rumores de sus salvajes aventuras. Algunas de las historias eran tan disparatadas que me preguntaba si Mishal dedicaría el tiempo libre a inventárselas.

—Deberíais haber visto cómo se comportaron sus amigos y él este año en la feria —dijo Mishal la semana que regresamos a clase después de las vacaciones—. Se juntaron en grupos de seis o siete y acorralaron a tres o cuatro chicas en un puesto para magrearlas. ¡Os lo juro! ¡No miento! Fue tan vergonzoso…, ¡y las chicas se reían, alentando sus groserías!

Puse los ojos en blanco, preguntándome si Mishal sabría siquiera lo que significaba «magrear». La feria era sin duda una de las pocas ocasiones en las que los chicos y las chicas de la academia podían verse sin que la policía religiosa se entrometiera, pero se trataba de un lugar público, con encargados de puestos, profesores y padres dando vueltas por allí. Darle un toque a una chica por Facebook o lanzarle tu número de teléfono en el centro comercial era una cosa, pero la idea de que un chico (o un grupo de chicos) intentara hacer algo semejante en un sitio abarrotado de chaperones era tan absurda que incluso las amigas de Mishal se habían echado a reír.

Puede que Mishal hablara de penes y vaginas con el tono indiferente de un profesor universitario de Biología, pero todo el mundo sabía que le daría un infarto si un chico le guiñara un ojo siquiera. Seguramente se pondría hecha un basilisco si averiguaba que yo salía con su hermano, Abdullah, cuyas insinuaciones ignoré al principio, sobre todo porque sabía con quién estaba emparentado.

Abdullah, que era alto y guapo y tenía los hombros anchos y el pelo negro y rizado. Abdullah, que les lanzaba miradas asesinas a los chicos que miraban a su hermana, pero que no veía ningún inconveniente en que él mirara a las chicas, algo que me quedó claro cuando me encontré cara a cara con él el verano pasado en la feria escolar.

—Ey. —Se detuvo junto al puesto de libros de segunda mano en el que me encontraba y apoyó un codo en el mostrador—. Estás en undécimo, ¿no?

A modo de respuesta, agarré una revista expuesta y observé la portada. Se trataba de un viejo ejemplar de *Vogue* con una foto de una cantante pop estadounidense a la que le habían cubierto las piernas desnudas con rotulador. Cuidadosas líneas negras seguían la curva de sus pantorrillas y muslos, dando la impresión de que llevaba mallas.

—Holaaa. —Abdullah chasqueó los dedos junto a mi oreja.

—No me interesa —dije en voz alta.

Por muy guapo que fuera aquel chico, yo ya sabía quién era. Había visto muchas fotos suyas en el anuario del colegio y había leído muchos boletines informativos acerca de los trofeos que había logrado y los récords de su equipo de atletismo. En cualquier caso, su apellido, que llevaba sujeto a la solapa del *blazer* azul marino del uniforme junto con el título de Capitán de Deportes, lo delataba. Solo había un Al-Abdulaziz entre los chicos del colegio al que hubieran designado para ese puesto ese año, y su hermana me odiaba a muerte.

—Estás siendo maleducada, ¿sabes? —dijo, siguiéndome—. Quería saber qué opinabas sobre los puestos de la exposición sobre el Día de la Independencia. Estoy escribiendo un artículo para el boletín del colegio y quería tener la opinión de una chica de undécimo.

—¿En serio? —Enarqué las cejas—. En ese caso, ¿por qué no le preguntas a tu hermana?

—Bueno, pues porque es mi hermana, evidentemente —contestó con una sonrisa—. ¿Qué sentido tiene escribir un artículo si no puedes entrevistar a chicas guapas?

No pude contener una sonrisita de complicidad.

—Estarías cometiendo *khilwa*, ¿sabes?

Él abrió mucho los ojos fingiendo estar horrorizado.

—Ay, no me digas que me he topado con otra integrante de la policía religiosa en la academia. ¡Pensaba que Mishal era la única!

La broma me hizo soltar una carcajada. Esa sensación me acompañó el resto de nuestra conversación, mientras Abdullah me mostraba las exposiciones sobre el Día de la Independencia y me hacía preguntas, tomando notas cada vez que yo decía algo. La Señora del Perro siempre decía que, si podías hacer reír a una chica, podías conquistarla. Puede que esa afirmación tuviera algo de verdad, porque al final de la entrevista, cuando Abdullah me pidió por fin mi número de teléfono, se lo anoté en la hoja del cuestionario junto con mi nombre.

* * *

—Eres muy valiente —le dije a Abdullah una semana después, mientras me subía al asiento del acompañante de su enorme GMC de color granate—. A la mayoría de los chicos les preocuparía meterse en problemas con la policía. O con la Haia.

A diferencia de los otros chicos con los que había salido, Abdullah nunca parecía sentirse amenazado por la policía religiosa, algo que podría deberse en parte a tener un padre saudí con contactos en el Gobierno. Me contó que Yeda estaba considerada la ciudad más liberal de Arabia Saudí, a pesar de que su nombre significaba «abuela». Al parecer, la ciudad estaba libre de centinelas del Comité para la Promoción de la Virtud y la Prevención del Vicio: como si fuera una vieja dama vestida de negro a la que le gustaban las travesuras. Aquí parecía perfectamente natural que mezquitas de elaborados diseños coexistieran con gigantescas esculturas de bicicletas y figuras geométricas. Yeda les ofrecía a las escasas parejas de novios oportunidades que se les negaban en la mayor parte del resto del reino, aunque estas relaciones casi nunca duraban. Yo había aprendido por experiencia que una historia de amor que comenzaba lanzando un número de teléfono escrito en un trozo de papel en un centro comercial abarrotado podía terminar de manera repentina, en cuestión de días, sin dejar rastro.

Abdullah se rio de mí entonces.

—¿Problemas, dices? Tú tendrás más problemas que yo si nos pillan. Por lo menos, yo soy musulmán, y tú no. Caray, ni siquiera eres cristiana. Si murieras en un accidente mañana, el Gobierno le daría una miseria a tu familia. Déjame pensar… ¿Cuánto se paga actualmente por una chica parsi encontrada muerta en una cuneta?

—Tres mil trescientos treinta y tres riyales —respondí—. Ni la mitad del salario de tu padre, *ya walad*.

Él se rio aún más fuerte al oír eso.

—Hablas árabe con un acento muy indio.

Ese comentario dio pie a una pregunta que había querido hacerle desde que empezamos a salir.

—¿Cómo es que Mishal y tú no fuisteis a un colegio saudí?

En Arabia Saudí, la segregación no se limitaba solo al género. Aparte de alguna que otra reunión para celebrar el Eid en las oficinas, parecía existir una división natural entre los saudíes y los expatriados y cada comunidad se ocupaba de sus propios asuntos en cuanto a educación y relaciones sociales. Los saudíes contaban con su propio sistema escolar, con un plan de estudios enteramente en árabe y centrado en temas islámicos. También había colegios privados de los que me había hablado Abdullah, donde los árabes ricos enviaban a sus hijos para que los educaran en inglés y aquellos que se graduaban tenían la oportunidad de solicitar plaza en universidades de Estados Unidos y Europa. A mí me parecía más normal que tanto Abdullah como Mishal fueran a uno de esos colegios en lugar de a la Academia Qala, que no era tan elegante y donde el plan de estudios estaba dirigido principalmente a sudasiáticos que planeaban regresar a sus países de origen.

Abdullah me dirigió una sonrisa con los labios apretados.

—Lo decidió mi madre. Y mi padre estuvo de acuerdo. Además, yo también soy medio indio, ¿recuerdas?

Se produjo un breve e incómodo silencio hasta que él sacó un paquete de cigarrillos y un encendedor.

—¿Quieres uno?

Me lo ofreció de pasada, de una forma que me indicó que en realidad no esperaba que aceptara la oferta.

—Claro.

Saqué uno del paquete y lo encendí.

Él sonrió. Fue una sonrisa bonita, que resaltó el hoyuelo que tenía en la barbilla y en el que no me había fijado antes.

—Eres diferente —me dijo—. No te pareces a ninguna de las otras chicas que conozco.

—Tú también eres diferente —admití—. Me sorprende que Mishal y tú seáis parientes.

Eso lo hizo reír de nuevo.

Un año antes, Mishal había intentado meterme en problemas al contarle a nuestra sádica profesora de Física que llevaba cigarrillos en la mochila. Me salvé por los pelos. Fue cuestión de suerte que me hubiera gastado el último paquete esa mañana y lo hubiera tirado a la basura antes de entrar en clase, que mi aliento oliera a menta y no a tabaco cuando la profesora me hizo abrir la boca y me olfateó como un sabueso rabioso. Después de eso, nunca llevaba cigarrillos encima, sino que solía esconderlos en pequeños recovecos y grietas en el colegio, normalmente en el hueco detrás de la escalera del depósito de agua que había en la terraza.

No obstante, para cuando cumplí los dieciséis, los chicos como Abdullah me ayudaban a saltarme las clases, me ofrecían sus propios cigarrillos y fumaban conmigo en sus coches los jueves por la tarde, en un aparcamiento desierto situado junto al paseo marítimo.

Abdullah fue el único que se convirtió en algo más que un chico con el que salía simplemente para ir a fumar y comer;

algo que quedó claro cuando me besó en nuestra tercera cita. Fue una ligera y agradable danza de labios y lenguas que me hizo olvidar durante un momento que estábamos en un lugar público.

—¿Qué pasa? —preguntó cuando lo aparté—. Pensaba que yo te gustaba.

Me reí y le pasé el dedo con suavidad entre las cejas para que dejara de arrugar el ceño.

—Y me gustas. Pero tal vez no deberíamos seguir haciendo esto aquí.

Señalé a lo lejos, hacia la barandilla, donde un hombre contemplaba el reflejo del sol en el agua.

Abdullah puso los ojos en blanco.

—Está muy lejos, Zarin. Ni siquiera está mirando hacia aquí.

—Y, cuando mire, nos habremos metido en un lío. No pienso arriesgarme.

—Venga ya. —Él sonreía de oreja a oreja—. ¿Me estás diciendo que nunca has hecho esto?

—Pues no, aunque te sorprenda —contesté con sinceridad.

Por muy temeraria que me mostrara en la mayoría de las circunstancias, no me apetecía besar a todos los chicos con los que salía. A la mitad de ellos les preocupaba demasiado que la policía religiosa apareciera y nos pillara in fraganti, mientras que a la otra mitad yo los intimidaba demasiado y nunca intentaron darme nada más que un tímido beso en la mano o en la mejilla.

Abdullah suponía una excepción en muchos sentidos. Para empezar, disfrutaba sinceramente de su compañía. Era inteligente, me hacía reír y también olía bien. Por lo que, cuando se inclinó para besarme, se lo permití.

Algunas veces, cuando hablábamos, Abdullah mencionaba el nombre de aquel otro chico. «Rizvi y yo hicimos esto» o «Rizvi y yo hicimos aquello» o «Rizvi es un auténtico pringado a veces, no sé ni por qué soy amigo suyo». Yo escuchaba atentamente aquellas breves historias: fragmentos de información acerca de un chico al que, de momento, solo había visto en fotografías y de lejos durante los actos escolares. Esas noches me imaginaba los labios de Rizvi sobre los míos en lugar de los de Abdullah, como un atisbo de curiosidad que revoloteaba por mi mente cuando me estaba quedando dormida, un pensamiento que lograba acallar antes de que aflorara del todo. Entonces me sentía culpable al instante; a veces, incluso rechazaba salir con Abdullah cuando me enviaba un mensaje la semana siguiente y ponía como excusa una cita con el médico o un examen.

Lo bueno de Abdullah era que nunca ponía en duda mis mentiras ni me hacía más preguntas. «Vale. La semana que viene entonces», me escribía siempre como respuesta. Era casi como si esperase que me guardara una parte de mí misma, igual que él mantenía partes de su vida rodeadas de misterio, eludiendo cualquier pregunta que tuviera algo que ver con su familia o su infancia.

—Algunas cosas son demasiado difíciles de explicar —me decía, y yo estaba de acuerdo.

Vernos parecía lo más normal del mundo. Reunirnos cada jueves para hablar, fumar y, a veces, besarnos. Evadirnos durante una hora con conversaciones banales sobre el colegio, películas o música y olvidar quiénes éramos en realidad.

Mishal

LAS ESTRELLAS BRILLABAN CON INTENSIDAD LA
noche en que Layla llamó. Salpicaban el cielo como si fueran
diamantes, como las gemas que adornaban el caro *abaya* que
la segunda esposa de padre llevó la semana pasada a la boda
de un primo, con pañuelo y nicab a juego.

—Me costó dos mil riyales —había dicho Jawahir cuando las mujeres de la fiesta le preguntaron al respecto.

Como si ella hubiera ganado ese dinero, como si no usara
la tarjeta platino de padre cada vez que iba al centro comercial; una tarjeta que yo sabía que él nunca nos había ofrecido
ni a madre ni a Abdullah ni a mí, ni siquiera para los gas-
tos domésticos básicos, mucho menos para algo tan frívolo
como irse de tiendas a comprar ropa de marca.

—Arpía —la había llamado Abdullah cuando se lo conté.

—Arpía avariciosa y cazafortunas —lo corregí, haciéndolo reír.

Insultar a Jawahir juntos era lo más parecido a expresarnos afecto que Abdullah y yo hacíamos últimamente. Nuestro intenso odio hacia ella nos permitía olvidarnos temporalmente de la rabia que ambos sentíamos hacia padre por ignorar nuestra existencia, hacia madre por convertirse en una zombi y, sobre todo, el uno hacia el otro por crecer y cambiar. Abdullah, concretamente, había cambiado tanto que algunos días ni siquiera podíamos mirarnos, mucho menos hablar.

—¿Mishal? —Había mucho ruido en la línea telefónica. Layla refunfuñó entre dientes y luego la oí trasladarse a una habitación en la que había mejor cobertura—. Mishal, recibiste mi mensaje, ¿no?

Enfatizó la palabra «recibiste», la gritó para asegurarse de que comprendía lo enfadada que estaba.

En cuanto al mensaje…, por supuesto que lo había recibido. Y Layla lo sabía. Había visto la marquita debajo de la imagen que me había enviado, al lado del texto que ponía: «Leído a las 20:45». Justo después, apagué mi móvil.

Unos minutos más tarde, Layla me había llamado al teléfono fijo, exigiendo explicaciones, con su irritante actitud entrometida. Bien pensado, debería haberme imaginado que pasaría esto. Cosas como apagar el teléfono e ignorar mensajes y correos electrónicos no surtían efecto cuando Layla Sharif quería ponerse en contacto con alguien. Probablemente por eso fuéramos tan buenas amigas.

—¿Estás segura de que eran ellos? —le pregunté, a pesar de que la foto que me había enviado no dejaba lugar a dudas.

—¡Segurísima! Nunca te mentiría sobre algo así. Estaban en el coche de Abdullah. Mi hermano vio la matrícula cuando pasó por el paseo marítimo esta tarde. Y era ella. Tenía que serlo. ¿A quién más conocemos aficionada a escabullirse con chicos y fumar?

Miré por la ventana de mi habitación. Al otro lado del patio donde Abdullah aparcaba su coche, la mezquita del vecindario resplandecía, tubos de luz verde neón delineaban sus chapiteles. Los altavoces que rodeaban el minarete principal por los cuatro lados emitían un leve ruido, como ocurría momentos antes de que el muecín entonara la llamada a la oración. A la izquierda del patio, en el jardín en el que jugaba de niña, reinaba la oscuridad. De día, se podía ver un viejo neumático colgando de un árbol de nim, todavía sujeto por las cuerdas que padre había atado a las ramas hace once años, cuando yo tenía cinco años y Abdullah seis. El nailon naranja y azul, que ahora estaba desteñido y desgastado, formaba lo que yo solía considerar una «cuerda de henna»: extraños diseños trenzados se me quedaban marcados en las palmas de las manos tras pasarme todo el día columpiándome.

—Más alto —recordé que le grité a Abdullah el día en que papá colgó el columpio—. Más alto, *ya akhi.*

«*Akhi*», una palabra que el diccionario definía como «hermano mío», pero que, para mí, también significaba «compañero de juegos» y «mejor amigo».

Abdullah empujaba el neumático con todas sus fuerzas antes de subirse en el último momento y luego hacía palanca con los pies para que pudiéramos columpiarnos juntos. No recordaba haberme sentido nunca más feliz ni haberme reído tanto, haberme sentido nunca tan unida a otra persona como a mi hermano esa noche, rodeándole la cintura con fuerza con los brazos, apretando la oreja contra su corazón, oyendo sus potentes latidos a través del tórax.

Mi hermano, que siempre me abrazaba cuando nuestros padres se peleaban durante aquellos primeros años, susurrándome que todo iría bien, que todo nos iría bien, hasta que cumplió ocho años y padre lo apuntó a clases de fútbol en un equipo local. De repente, casi de la noche a la mañana, Abdullah tenía un montón de amigos nuevos. Amigos con los que pasaba horas fuera de casa, amigos a los que a veces traía a jugar a su cuarto, pero a los que nunca me permitía ver. Cada vez que intentaba unirme a ellos, Abdullah se ponía de mal humor.

—No se permiten chicas —me decía, negándose a abrir, por mucho que yo llamara a la puerta y suplicara.

Los días en que sus amigos no venían, se dedicaba a ponerme zancadillas en los pasillos de nuestra casa y luego se reía de mi confusión y se burlaba de mis gritos de dolor.

—Mis amigos tienen razón —me dijo—. Las chicas son unas lloricas.

Aunque madre lo obligaba a disculparse después por su comportamiento, yo sabía que esto solo era el principio: la primera grieta en una relación que, en otro tiempo, yo pensaba que era irrompible; una sombra gris en una fotografía que, hasta entonces, siempre me había parecido en blanco y negro.

—Mishal. —La voz de Layla se abrió paso entre mis pensamientos—. Mishal, ¿estás bien?

—S-sí —logré decir—. Estoy bien, Layla. Pero ahora te tengo que dejar, ¿vale? Ya hablamos mañana.

Y colgué el teléfono.

Me encontré de nuevo con los amigos de mi hermano cuando tenía catorce años, cuando el profesor de estudios coránicos que me había puesto mi padre llamó para decir que estaba enfermo y me vi obligada a quedarme en mi cuarto, contando las estrellas del techo, mientras Abdullah veía la televisión abajo en la sala de estar con un grupo de chicos de la academia a los que había invitado.

Se trataba de alumnos mayores, de décimo y decimoprimero, chicos de quince y dieciséis años en su mayor parte, de los que yo siempre me escondía porque Abdullah no quería que me vieran, aunque nunca me explicó por qué.

—Son buenos chicos —me dijo—, pero a veces pueden desmandarse un poco. Si en algún momento te pones nerviosa, acuérdate de cerrar tu puerta con llave.

Igual que él había empezado a cerrar su puerta con llave el año pasado, después de que yo encontrara la revista porno que escondía debajo del colchón. La que él leía entre las páginas de un cómic o un periódico, pensando que podía engañarme como a nuestra madre, sin esperar que entrara en su cuarto a escondidas cuando él estaba en clase para echarle un vistazo al tipo de revista que, hasta entonces, solo les había oído mencionar en el colegio a las otras chicas, pero que nunca había visto.

Me quedé impactada al ver a aquella mujer en el largo y brillante póster central, con las piernas abiertas, de una forma casi simétrica. Puede que yo ya fuera una adolescente y que ahora estuviera rodeada de chicas que parloteaban abiertamente de chicos en el aula durante los descansos o que babeaban mirando pósteres de héroes de Bollywood con el pecho al descubierto. Sin embargo, en temas de desnudez, sabía poco más que una niña de ocho años y mis conocimientos se limitaban a lo que veía de mí misma en el espejo y a las muñecas Barbie que madre me compró de niña: mujeres de plástico con la cara pintada, pechos sin pezones y vaginas sin pelo; mujeres a las que me esforzaba por volver recatadas vistiéndolas con maxivestidos que yo misma confeccionaba con pañuelos viejos; mujeres cuyo pelo brillante peinaba como el mío, con una única trenza que les caía hasta la cintura, y luego cubría con mis pañuelos caseros.

Abdullah llamaba a aquellas muñecas «Mishals en miniatura» y, a veces, les arrancaba los pañuelos con los que yo les había cubierto cuidadosamente el pelo o les levantaba la falda del vestido para echar un vistazo debajo. En aquella época, esas eran las únicas ocasiones en las que nos peleábamos: mis gritos incluso hacían que madre saliera de su ensimismamiento musical para regañarnos. Entonces, Abdullah salía corriendo de mi cuarto, indignado, y madre me abrazaba y me decía:

—Deja de comportarte como una tonta.

No obstante, la mujer que vi en la revista de Abdullah tenía pezones como yo, aunque los de ella eran bastante más grandes y estaban perforados con aros plateados. Una fina franja de vello negro le recorría la entrepierna, pero tenía el pelo de la cabeza teñido de rubio. La impresión de verla desnuda no fue tan grande como la impresión de encontrarla en la habitación de mi hermano.

Recordé cómo me miró Abdullah una vez cuando me incliné para recoger un lápiz que se me había caído en la sala de estar, la forma en la que su mirada se entretuvo en mis piernas y mi trasero, incluso después de incorporarme. Pero, cuando su mirada ascendió hasta mi cara, dio un respingo y retrocedió un paso. Ambos nos pusimos colorados (yo, por razones que entonces no comprendí) y luego Abdullah se limitó a mirarme con el ceño fruncido, lo que me hizo sentir como si yo hubiera hecho algo malo.

Hojeé más páginas, ignorando el texto y centrándome en las fotos: todas de mujeres, todas desnudas. Pasé tanto tiempo en el cuarto de Abdullah que no lo oí llegar del colegio, ni entrar, hasta que se irguió sobre mí, censurando la página con su sombra.

Me agarró del brazo y me echó del cuarto.

—Como se lo cuentes a madre, te voy a joder viva.

—Como jodes a esas chicas, ¿no? —le grité, a pesar de que no sabía de qué estaba hablando al devolverle el insulto.

Entonces Abdullah se inclinó hacia delante y me sujetó por los brazos. Me clavó los pulgares en los costados de los pechos y pude notar sus uñas a través de la ropa. Tenía los dientes apretados y la boca tan cerca de mi cara que pude percibir el olor a patatas fritas en su aliento.

—¡Basta! ¡Me estás haciendo daño!

—¿Niños? —Una voz flotó hasta nosotros procedente del otro extremo del pasillo—. Niños, ¿qué pasa? ¿Por qué os peleáis?

No sé qué habría hecho Abdullah si madre no hubiera salido de pronto de su habitación, pero me soltó de forma tan repentina como me había agarrado.

—No quiero que vuelvas a entrar en mi cuarto. Si lo haces, verás de lo que soy capaz.

Entonces, el miedo hizo brotar en mí una emoción que siempre me acompañaría en reacción a su amenaza, una rabia que me hizo empujarlo con ambas manos contra la puerta cerrada. En su cara se dibujó una expresión de sorpresa (comprendí que no esperaba que yo contraatacara) y luego de recelo, la misma que me dedicaría siempre que estuviéramos solos a partir de entonces; a continuación, entró en su cuarto con aire indignado.

En las semanas y meses posteriores, comencé a buscar ciertos términos en el diccionario: «coito», «sexo», «masturbación». De las chicas del colegio, aprendí las palabras en argot (como las palabras prohibidas de cinco letras que garabateaban en las puertas de los cubículos del baño) y también busqué la definición, dándoles un nuevo significado a las conversaciones telefónicas de mi hermano con sus amigos.

A los catorce años, ya me hacía una idea aproximada de lo que ocurría entre un hombre y una mujer cuando tenían relaciones sexuales. Cuando tratamos el tema de la reproducción en clase de Biología, vimos ilustraciones rudimentarias de los órganos masculinos y femeninos en el libro de texto. Una chica trajo al colegio *El diario de Ana Frank* y nos enseñó un capítulo en el que la protagonista describía su propio cuerpo en detalle. Yo ya sabía lo suficiente como para reírme con esas descripciones, para ocultarles mi mojigatería a las otras chicas.

Ese fue el año en que padre le ordenó al conductor de la familia que le diera a Abdullah clases de conducir con su coche: un GMC nuevecito en el que se esperaba que nos llevara a madre y a mí en cuanto se sacara el carné. Las visitas de padre a nuestra casa también disminuyeron ese año a medida que pasaba cada vez más tiempo encargándose de su nueva tienda de electrónica en Baréin. Ahora, con la ausencia de padre, Abdullah era oficialmente el hombre de la casa y nuestro tutor legal: la persona con autoridad para firmar documentos que permitían que yo o incluso madre viajáramos fuera del reino, a pesar de que él tenía quince años y madre cuarenta.

Prohibirme ver a sus amigos fue el primero de muchos decretos por parte de Abdullah, aunque nunca le di demasiada importancia. Había oído hablar mucho de esos chicos en el colegio y no me apetecía verlos ni dejar que me vieran. Lo que me molestaba era que Abdullah se negaba a dejarme acompañarlos a él y a padre en la primera peregrinación de la familia, nuestro primer Haj, a la ciudad santa de La Meca el mes siguiente, aunque a Jawahir y sus hijos se les permitía ir.

—¡No puedes ir! —había insistido Abdullah cuando protesté—. Tienes catorce años, Mishal. Tienes toda la vida por delante. Además, si vamos los dos, ¿quién cuidará de madre?

—¡Podríamos llevarla con nosotros! ¡Te prometo que me ocuparé de ella!

—En este momento, madre no está en condiciones de ir, y lo sabes. —La mirada de Abdullah se suavizó un poco al ver el enfado reflejado en mi cara—. Mira, le diré a padre que te lleve con él el año que viene, ¿vale?

En el fondo, sabía que mi hermano tenía razón. Aunque la peregrinación suponía uno de los cinco pilares del islam y era obligatoria para los musulmanes, solo hacía falta llevarla a cabo una vez en la vida, si la salud y la situación financiera lo permitían. Abdullah también estaba en lo cierto en cuanto a la depresión de madre, que solía agravarse tras pasar tiempo con padre o Jawahir, incluso aunque se medicara. Era imposible que madre soportara los cinco días del Haj con ambos y sus hijos.

Una parte de mí no pudo evitar preguntarse si estas eran las únicas razones o si la negativa de Abdullah a llevarme ocultaba algo más. A estas alturas, mi hermano y yo habíamos llegado a una especie de tregua, que manteníamos al no entrometernos en los asuntos del otro. Abdullah no quería tenerme cerca, lo cual debería aliviarme más que ofenderme, me dije.

La noche en que vinieron los amigos de Abdullah, yo todavía seguía pensando en el Haj: en el lujoso hotel Makkah Clock Royal Tower, donde mi padre había reservado una *suite* con vistas a la Gran Mezquita y la Kaaba; en que, cuando estuvieran allí, Jawahir adularía a Abdullah como si fuera su propio hijo; en que fingirían ser una gran familia feliz, como si mi madre y yo no existiéramos.

Vacié mi mochila. Los libros se desparramaron sobre la colcha, junto con unas cuantas virutas de lápiz y un papel doblado. Lo desdoblé otra vez y me lo quedé mirando. El resultado de la prueba de aptitud de noveno había llegado la semana pasada, horas antes de que madre discutiera de nuevo por teléfono con padre y se encerrara en su cuarto.

La prueba sugería que se me daba bien comprender el lenguaje corporal y las interacciones humanas. Una de las opciones laborales recomendadas era psicología u orientación, lo que me convirtió al instante en el blanco de las bromas de Abdullah.

—¿Tú? —había dicho él soltando una carcajada—. ¿Psicóloga? ¡Pobres pacientes!

Ahora, me asomé por la ventana de mi cuarto, como solía hacer a veces cuando estaba sola, doblando la cintura hasta donde me lo permitía la parte superior del cuerpo, sin perder el equilibrio y caer dando tumbos dos pisos, hasta la entrada adoquinada donde estaban aparcados los coches.

Normalmente estaría observando el cielo. Siempre me habían encantado las puestas de sol en Yeda. A veces, el cielo se volvía anaranjado, rosado o violeta y lo teñía todo de un único tono pastel: la verja de hierro y los blancos muros exteriores de nuestro chalé, las palmeras en macetas situadas en la entrada, el camino de acceso... Era como contemplar el mundo a través de lentes de distintos colores, dependiendo del día.

Hace años, cuando el clima no era tan caluroso ni húmedo, mis padres, Abdullah y yo pasábamos horas en nuestro pequeño jardín. Mientras mis padres hablaban tomando champán saudí sin alcohol elaborado a base de naranjas, manzanas y menta o Rooh Afza con sabor a rosas, Abdullah y yo solíamos escabullirnos hasta la parte de atrás, donde el jardinero guardaba su escalera, y trepábamos para echarle un vistazo al mundo que se extendía al otro lado de los muros del chalé. Permanecíamos allí un rato, manteniendo el equilibrio a duras penas. Abdullah siempre se quedaba un travesaño por debajo de mí y nos señalábamos el uno al otro las cosas conocidas que alcanzábamos a ver: el alto minarete de la *masjid* a la que íbamos cada viernes con nuestros padres, las paredes pintadas de vivos colores de la Escuela Primaria Al-Fajr, los obreros indios y somalíes en los escalones del edificio contiguo, con sus cascos y sus monos de trabajo azules cubiertos de polvo y cigarrillos reluciendo entre los dedos... En aquel entonces, yo no sabía que, cuando padre se marchara, las visitas a la *masjid* como familia también se acabarían. No sabía que la escuela Al-Fajr rechazaría la solicitud de Abdullah, lo que hizo enfurecer a padre.

—¿La Academia Qala? —había protestado, indignado, ante la sugerencia de madre—. ¿Esa escuela para indios? Madre nos había asegurado que padre no pretendía ser desconsiderado.

—Es por la presión y la desaprobación de su familia. A veces puede llegar a afectarlo, ¿sabéis?

Rememorar el pasado avivó la tormenta que bullía en mi interior. Para distraerme, examiné los coches aparcados en la entrada. El GMC de Abdullah estaba allí, por supuesto, junto con un reluciente coche negro que ya había visto allí antes. Entrecerré los ojos a la luz del sol poniente, intentando distinguir el logotipo en el capó.

Sabía que el propietario del vehículo negro era un amigo de Abdullah. Se trataba de un chico un poco más alto que mi hermano, con pelo negro y ojos color avellana. Un mes antes, el chico se encontraba fuera, junto a su coche, fumando un cigarrillo. Entonces, levantó la mirada. Yo me había echado hacia atrás como un resorte, sintiéndome culpable por instinto, aunque estaba segura de que no me había visto.

Esta tarde, cuando miré hacia afuera, no había nadie allí. Me estaba asomando aún más, poniendo a prueba los límites de mi equilibrio, cuando alguien llamó a la puerta. Apreté el alféizar con los dedos y, mientras retrocedía con torpeza, me raspé el brazo con un borde metálico afilado. Hice una mueca de dolor. Un corte había aparecido en mi piel, una fina línea de la que brotaban oscuras gotas rojas.

«¿Qué pasa?», quise gritar. Probablemente se tratara de madre o Abdullah, que querría algo. Pero, por algún motivo, mi mente me advirtió que mantuviera la boca cerrada, y mi boca obedeció. Me saqué las zapatillas rosadas con lentejuelas que solía llevar dentro de casa y me dirigí a la puerta sin hacer ruido.

Volvieron a llamar, esta vez más fuerte.

—¿Holaaa? ¿Hay alguien en casa?

Era una voz masculina, baja y grave. Uno de los amigos de mi hermano. Aquella voz me hizo sentir incómoda. Me acerqué más y, sin pensarlo siquiera, pasé la llave. Oí una carcajada al otro lado de la puerta, y luego otras más. Debía haber tres chicos fuera, puede que cuatro.

—Vamos, niña —dijo la misma voz de nuevo, y supe de pronto que era él. El chico del coche negro—. Aquí todos somos amigos.

Entonces aporreó la puerta, que se sacudió en el marco. Agarré la raqueta de bádminton que había en el suelo, a mi lado, y la sostuve cerca del cuerpo. El ojo izquierdo me temblaba y la sangre me palpitaba en la base de las orejas.

—¡Rizvi! —dijo una voz con tono brusco. Era mi hermano.

Dejé escapar el aliento que había estado conteniendo hasta ese momento.

—Solo estoy jugando, *ya* Aboody. —El chico empleó el apodo con el que padre llamaba a Abdullah. Ahora su voz sonaba más clara, menos grave—. No teníamos mala intención.

—Os dije que no subierais aquí. —La voz de Abdullah me puso aún más nerviosa que la de Rizvi—. Os dije que mi madre está enferma y mi hermana está estudiando para los exámenes.

—Venga, tío, te estás comportando como…

—¡LARGO! —gritó Abdullah.

Se produjo una pausa y luego Rizvi se rio de nuevo.

—Vale, tío. ¡Tu casa, tu hermana, tus normas!

Me deslicé hasta el suelo y pegué la oreja a la puerta. Escuché el chirrido de una zapatilla de deporte en las baldosas del pasillo y luego pasos en la escalera enmoquetada, regresando de nuevo a la sala de estar.

Volvieron a llamar a la puerta, esta vez con vacilación.

—¿Mishal? —dijo Abdullah—. Mishal, ¿estás bien? Estaban bromeando…, no iban a hacer nada, ¿vale? Ha sido… Lo siento, Mishal. Me aseguraré de que no vuelva a ocurrir.

Y así fue.

Sin embargo, una semana después, Abdullah salió de casa otra vez y regresó a las cinco de la mañana, un par de horas antes de que yo tuviera que prepararme para ir al colegio.

—¿Cómo puedes seguir siendo amigo de esos chicos? —le solté, levantándome del sofá, en cuanto entró—. Ya sabes cómo son, cómo me acosaron.

—¿De qué hablas? Ya sabes que fui a casa de un amigo después de la reunión del club de estudios coránicos. Pasé la noche allí.

—¿Qué amigo? —exigí saber, pero él no respondió—. No soy tonta, Abdullah. Saliste otra vez con esos chicos.

Él se me quedó mirando un momento y luego suspiró.

—Mira… Mishal, ahora mismo estoy muy cansado, ¿vale? ¿Podemos hablar de esto luego?

—Pero yo…

—Son mis amigos, ¿está claro? —me espetó—. Mis verdaderos amigos. Además, deberías haberme hecho caso cuando te dije que te quedaras en tu cuarto.

—¿A qué te refieres? Estaba en mi...

—Rizvi me dijo que te vio. Te vio cuando te asomaste por la ventana..., en camisón y con el pelo al descubierto. ¿Qué crees que iba a hacer?

La mirada de Abdullah examinó de forma severa e implacable mi larga bata y se entretuvo en el pañuelo que me cubría los pechos.

—¿Es que no has aprendido nada sobre los hombres y la necesidad de llevar un hiyab apropiado? ¿O es que querías llamar su atención?

Me puse colorada.

—¡No!

Por mucho que me asquearan las palabras de Abdullah, no estaba diciendo nada que no les hubiera oído a los profesores del colegio o al tutor de estudios coránicos que venía a casa. Nos habían hablado de mujeres que olvidaban comportarse como es debido, que buscaban llamar la atención de un hombre llevando a propósito un *abaya* que dejaba ver las curvas de su cuerpo o resaltando sus ojos con maquillaje, incluso con un nicab puesto. Recordé la forma en la que me había asomado por la ventana. ¿Esa postura había mostrado la forma de mi cuerpo de un modo que le había resultado seductora al chico del coche negro? ¿Indecente, incluso? ¿Lo había considerado una invitación?

Abdullah levantó un dedo y me limpió una lágrima de la mejilla sin decir nada. Le aparté la mano de un manotazo, furiosa con él y conmigo misma.

—Por favor, Mishal. —Ahora su voz era suave, casi consoladora—. Por favor, intenta comprenderlo. El honor de una mujer es como un caramelo bien envuelto. Si desenvuelves un caramelo y lo dejas así, lo expones a todo lo que hay ahí fuera. Si, por accidente, cae al suelo…, dime, ¿quién querrá comérselo?

—Basta —susurré.

Pero él insistió.

—¿No te acuerdas de lo que le pasó a Reem?

Por supuesto que me acordaba. Todo el mundo sabía lo que le había pasado a nuestra prima. La dulce e inocente Reem, con sus grandes ojos marrones y su sonrisa tímida. Que parecía tener el matrimonio concertado perfecto cuando se enamoró del hombre con el que estaba prometida…, hasta que se acostó con él una semana antes de la ceremonia nupcial. Cuando el prometido canceló la boda, afirmó que ella no tenía la culpa. Pero muchos de los que sabían la verdad culparon de ello a Reem. Les oí cuchichear a nuestras tías en una reunión familiar que él se había sorprendido. Que le había parecido sospechoso que ella disfrutara de la experiencia en lugar de sentir dolor como una verdadera virgen.

—Lo que le pasó a Reem estuvo mal —dije—. ¡No debería haber pasado así!

—No habría pasado si ella no hubiera olvidado cómo debe comportarse una chica musulmana —contestó Abdullah—. Ya no eres una niña, Mishal. Un día, te tocará casarte. Yo no estaré siempre ahí para protegerte.

«En ese caso, probablemente no deberías protegerme», pensé enfadada. A diferencia de Reem o de la mayoría de mis otras primas, a mí nunca me había atraído la idea de casarme. Era una de esas «realidades de la vida» que prefería ignorar, principalmente porque sabía que mis perspectivas se limitaban a parejas repulsivas que me doblaran o triplicaran la edad. Las chicas medio saudíes de piel oscura no estaban muy solicitadas en el mercado matrimonial, como me recordaba Jawahir cada vez que la veía en una reunión familiar.

—Por lo menos, todavía tienes la juventud de tu parte —me decía siempre.

Incluso mi madre parecía estar de acuerdo. A veces, emergía de su burbujita musical para preguntarme si había usado las cremas para blanquear la piel que había pedido que me enviaran desde la India y que yo había tirado a la basura después de que me provocaran un sarpullido o no tuvieran ningún efecto en mi pigmentación.

—¿Por qué me culpas a mí de esto? —le pregunté a Abdullah—. ¿No es responsabilidad de tu amigo, como chico, bajar la mirada si alguna vez se encuentra con una chica vestida sin el recato adecuado? ¿A los dos se os ha olvidado esa parte del Corán?

Abdullah se puso colorado, un indicio claro de que estaba perdiendo la calma.

—No tengo tiempo para estas tonterías —dijo, antes de salir de la habitación.

Aunque el coche negro continuó apareciendo a veces en nuestra entrada, su dueño nunca se aventuró a subir a mi habitación de nuevo. De vez en cuando, me llegaban historias de que lo habían visto aparcado en otras entradas, fuera de otros edificios de apartamentos, pero, la mayoría de las veces, yo lo veía aparcado a la sombra de los eucaliptos, fuera del recinto de la sección femenina de la Academia Qala.

Veía al chico que me había hablado desde el otro lado de la puerta de mi cuarto, con el *blazer* azul marino de la academia colgado al hombro y una mano en el bolsillo de los vaqueros que se cambiaría por los pantalones azul marino del uniforme horas más tarde, cuando comenzaran las clases en la sección masculina, a kilómetros de allí, en el distrito de Sharafiya. Algunas veces, al ver aquel coche, me tiraba de la parte superior del pañuelo hacia delante para que no se me viera la cara al pasar. Pero Farhan Rizvi nunca parecía fijarse en mí. A menudo, simplemente permanecía sentado en el coche, con la cabeza echada hacia atrás y unas gafas de sol puestas en las que se reflejaban las verdes hojas de lo alto, hasta que una chica se separaba disimuladamente de la avalancha de jóvenes vestidas con *abayas* que salía de los autobuses escolares y, en lugar de cruzar la verja con ellas, se dirigía tranquilamente hacia los eucaliptos, hacia el asiento del acompañante del coche negro.

Tras el incidente en mi casa, me propuse llevar la cuenta de las chicas que se sentaban en aquel coche, aunque no siempre las veía con mis propios ojos. Mi blog en Tumblr resultó increíblemente útil en este sentido.

El blog, que había creado una aburrida tarde de viernes tras las oraciones del *yumu'ah*, solo suponía al principio un lugar para despotricar de forma anónima sobre asuntos relacionados con el colegio: principalmente, incluía protestas acerca de los exámenes finales de noveno en la Academia Qala, que comparé con los aplastacabezas que empleaban durante la Inquisición española, y memes pasivo-agresivos sacados de Internet quejándome de las profesoras de Inglés que querían saber qué simbolizaban las cortinas azules en un libro.

Después, también empecé a publicar cotilleos. No demasiados. Solo algunas cosillas que oía en el colegio.

¡RECTOR Y PROFE DE BIOLOGÍA SE DAN UN ACHUCHÓN EN LA SECCIÓN FEMENINA!

Vale. Puede que solo se estuvieran abrazando, pero ya se sabe adónde conducen los abrazos, ¿no?

¿El motivo del abrazo? La profe de Biología estaba llorando porque unas chicas se habían burlado de ella y el rector acudió al rescate.

Nota para las profesoras: vuestras alumnas no son malas. De verdad que no lo somos. Pero, si intentas caminar como si fueras una modelo de pasarela por el pasillo del colegio Y ADEMÁS tienes un trasero como el de cierta Kardashian, estás buscando que se rían de ti.

PUBLICADO HACE 4 MINUTOS POR **NICABAZUL**, 2 NOTAS

#lo siento pero no lo siento #¿no deberían nuestras profesoras dar mejor ejemplo? #cotilleos de AQ

Nadie se sorprendió más que yo cuando mi pequeño blog empezó a tener seguidores. El primer mensaje que llegó a mi bandeja de entrada fue de nuestra mismísima delegada escolar, Nadia Durrani, que me exigió que borrara el cotilleo que había publicado acerca de que se había enrollado con un chico en verano (el cuarto a lo largo de dos meses). Me lanzó una serie de amenazas ridículas y desternillantes, aseguran-

do que tenía *wasta* con un alto cargo del Ministerio de Co-
municaciones y Tecnologías de la Información que, según
sus propias palabras: «Cerrará tu estúpido blog, localizará tu
IP y te meterá en la cárcel».

«¿Por qué? —le contesté, asegurándome de que su mensaje y mi respuesta fueran visibles para todos los seguidores
del blog—. ¿También te enrollaste con él?»

Añadí un GIF a la publicación: la imagen de un gato de dibujos animados rodando por el suelo, partiéndose de risa. Debajo escribí: «Tengo miedo, Nadia. Mucho miedo. Tal vez deberías contárselo a tu contacto. Tal vez él pueda hacerte el favor
de prohibir Tumblr y todas las demás plataformas de blogs».

La batalla concluyó por fin cuando Nadia borró su cuenta de Tumblr y me proporcionó otros cincuenta seguidores,
muchos de los cuales escribieron para felicitarme:

«¡Así se hace, azul! ¡Se lo tenía merecido!»

«Jaja me has alegrado el día, gracias.»

«Nadia es una hipócrita. Finge ser una delegada buena
y respetable cuando se ha tirado a la mayoría de los chicos
de los últimos cursos de la AQ. Felicidades por cantarle las
cuarenta, nicabazul.»

Etcétera, etcétera.

Nunca me había divertido tanto en Internet.

Nadie, ni siquiera Layla, sabía quién era NicabAzul. El
anonimato era fundamental para llevar un blog que desve-
laba los secretos de otras personas, y no le confié el mío a
nadie. Si un profesor descubría que yo estaba detrás de aquel
asunto, me metería en un buen lío.

Supe que el blog iba viento en popa cuando incluso las
empollonas de la clase empezaron a hablar de los cotilleos

que yo publicaba en lugar de del siguiente examen de Matemáticas, cuando un flujo constante de sugerencias, preguntas, mensajes de admiradores y mensajes de odio empezó a llegar a mi bandeja de entrada.

Cuando estaba en el undécimo curso (y el blog ya llevaba tres años funcionando), la mayoría de los cotilleos solían llegarme horas, a veces incluso minutos, después de que tuviera lugar el incidente. La mayor parte de mis fuentes eran chicas, así que tenía sentido que buscaran y difundieran información acerca de chicos como Farhan Rizvi.

Empezaron a circular historias de chicas que iban con Rizvi a un almacén abandonado cerca de Madinah Road, historias que yo solía verificar fisgoneando los mensajes en el móvil de mi hermano.

En las raras ocasiones en las que Abdullah invitaba a sus amigos a nuestra casa, salía a hurtadillas de mi cuarto y me ocultaba detrás de la pared, cerca de la escalera, para escuchar a escondidas. Con frecuencia, me enteraba de cosas que la mayoría de las chicas del colegio solo sabrían, en circunstancias normales, semanas o meses después de ocurrir el incidente.

Para mi sorpresa, nadie mencionó a Zarin Wadia, que, para entonces, se estaba ganando una gran reputación: por insubordinación en el aula, fumar cigarrillos, saltarse horas enteras de clase para ver a algún chico y regresar por la tarde a tiempo de subir al autobús para volver a casa. La favorita de la profesora de Inglés. Una chica que no parecía comprender qué eran los límites.

* * *

Por ese motivo, cuando estaba en undécimo, en lugar de oír más rumores sobre Rizvi, como me esperaba, me asombró enterarme de rumores acerca de mi hermano.

Abdullah y Zarin. Zarin y Abdullah. El hermano de Layla los había visto hacía dos semanas en el paseo marítimo, en un GMC granate, riendo y fumando.

—Oye, Mishal —bromeó Layla durante el recreo—. Si no te andas con cuidado, Zarin y tú podríais acabar emparentando pronto.

—Sí. —Tiré mi fiambrera sobre el pupitre que compartíamos—. Ya.

—Caray, relájate —dijo Layla, enarcando las cejas—. Ya sabes que solo te tomaba el pelo. De todas formas, creo que tal vez ya han roto. Zarin no se ha saltado ninguna clase desde que mi hermano los vio.

—Es que... —Me obligué a bajar la voz—. Es que no me puedo creer que Abdullah salga con alguien así.

—Y que lo digas. —Layla puso los ojos en blanco—. Pero seamos razonables. Abdullah no va a clase con ella ni la conoce tan bien como nosotras. Puede que incluso le guste por algún motivo.

Por supuesto que a Abdullah le gustaba Zarin Wadia: con su cuerpo perfecto y esa piel clara que todas las matriarcas con las que me había cruzado en las fiestas de Jawahir valoraban tanto. Aunque mi hermano no me había dicho que estuviera saliendo con Zarin (nunca me contaba nada de las chicas con las que se veía), me había fijado en cómo sonreía para sí cuando pensaba que nadie estaba mirando, en la forma en la que se le iluminaba la cara cada vez que sonaba el teléfono un miércoles por la noche, en su expresión de decepción cuando descubría que no se trataba de ella, sino de uno de sus amigos.

—No se lo habrás contado a nadie más, ¿verdad? —le pregunté a Layla con tono brusco. Puede que fuera mi mejor amiga, pero tenía tendencia a cotillear.

—¡Por supuesto que no! —Parecía molesta, lo cual era buena señal. Cuando Layla se mostraba ofendida, es que era sincera. Si estuviera mintiendo habría intentado aplacarme con amabilidad y palabras hábiles—. ¿Crees que voy a enviarle algo como esto a la maldita NicabAzul?

Me obligué a permanecer impasible.

—Es tu hermano, Mishal —prosiguió Layla—. No seas tan dura con él. Incluso los buenos chicos como Abdullah pueden cometer errores.

Me reí con amargura.

—Ya, porque él no sería duro conmigo si yo saliera con un chico y luego dijera que fue un error.

Layla abrió los ojos como platos. Miró a su alrededor para asegurarse de que las otras chicas seguían ocupadas hablando o almorzando.

—¿A qué te refieres? —susurró—. ¿Quieres salir con un chico?

—Por supuesto que no —contesté con impaciencia—, pero…

—Madre mía, Mishal. —Layla frunció el ceño—. No sé por qué hablas de este modo. Ya sabes…, las dos sabemos que estas normas de segregación se crearon para protegernos.

—Pero ¿las normas no se aplican también a los chicos?

—Claro que sí.

—Entonces, ¿por qué siempre se le echa la culpa a la chica si algo va mal? ¿Por qué no se responsabiliza a los chicos?

Layla suspiró.

—Mishal, ya has visto a mi hermano. Sabes lo tímido que es con las chicas. Ni él ni sus amigos tienen novia. Mis padres siempre nos han tratado igual a los dos en ese sentido. Pero seamos realistas. Este mundo no siempre funciona según la teoría. A ver, ¿irías sola por la noche a una zona desierta?

—No —respondí a regañadientes.

—¡Exacto! ¿Por qué ir buscando problemas donde sabes que los hay? Sobre todo si eres una chica.

—Pero…

—Las chicas como Zarin son diferentes —me interrumpió Layla—. No les importan las normas ni el futuro. ¿Ves el peligro? Primero, Zarin tentó a Abdullah con su comportamiento indecente y ahora te confunde a ti con su inmoralidad.

Una serie de imágenes batallaron en mi mente: Abdullah columpiándome de niño en el jardín situado junto a nuestra casa, las rubias desnudas de su revista, mi hermano sujetándome violentamente contra la pared, los chicos golpeando mi puerta mientras se reían, mi hermano gritando y echándolos de allí.

Me sostuve la cabeza con las manos.

—No sé qué pensar, Layla.

—Por favor. —Layla apoyó una mano con suavidad en mi hombro—. No permitas que esa chica te ponga en contra de tu propio hermano.

* * *

Esa noche, encendí mi móvil y marqué el número de Zarin varias veces. Las primeras tres llamadas fueron infructuosas: eludí a su tía dos veces y otra a su tío. Sin embargo, al cuarto intento, la propia Zarin contestó al teléfono.

—¿Diga? —Su voz brusca me sobresaltó y casi cuelgo—. ¿Quién es?

No dije nada y seguí de nuevo la rutina de guardar silencio, dejándole oír mi respiración para que supiera que había alguien al otro extremo de la línea telefónica.

Tras un momento de silencio, ella habló de nuevo, empleando un tono más suave, más alentador, casi como si pensara que quien llamaba era un chico, un chico demasiado nervioso para hablar.

—¿Hola? —Dudó—. Abdullah, ¿eres tú?

«Bruja —quise decir—. Zorra.» Pero la voz se me quedó atascada en la garganta. Colgué el teléfono. Durante los días siguientes, la mantuve vigilada: cuando salía durante el recreo, cuando se saltaba las clases y cuando hablaba con mi hermano por el teléfono fijo, aunque esas conversaciones eran breves e iban al grano.

—A la misma hora y en el mismo sitio —decía Abdullah.

—Trae cigarrillos —contestaba ella.

—¿Se puede saber qué haces? —me susurró Layla un día—. La vigilas constantemente como si fueras un chico obsesionado. ¿Esta vez intentas pillarla *in fraganti* fumando?

Negué con la cabeza. No estaba segura de lo que pretendía hacer, pero sabía que no sería denunciarla de nuevo por fumar. Por las conversaciones que había oído entre Abdullah y sus amigos, sabía que Zarin y él seguían saliendo.

—Es muy guapa y no es una hipócrita —la había descrito él por teléfono—. Nunca se agobia si bromeamos sobre sexo como harían otras chicas.

Buscar a Zarin Wadia en Internet no me proporcionó mucha información; por lo menos, sobre la Zarin Wadia que me interesaba. No tenía cuenta en Twitter, Tumblr, Snapchat ni Instagram. Apenas usaba su página de Facebook. En cierta forma, tenía sentido que no usara las redes sociales. Como yo, Zarin tenía secretos que guardar.

Noté que me estaba clavando las uñas en la blanda palma de la mano.

—Quiero saberlo todo sobre ella —le dije a Layla.

Farhan

Abba y la criada le estaban dando al tema como si fueran perros en celo. Mi padre, a quien mi madre decía que yo me parecería cuando fuera mayor —alto, moreno y guapo—, se estaba tirando a la criada con tanta intensidad que el cabecero de la cama golpeó la pared y dejó una marca en la pintura.

Era una de esas tardes en las que ni *ammi* ni mi hermana, Asma, estaban en casa. Asma había ido a casa de una amiga y *ammi* estaba en el salón de belleza: «Ha ido a que le afeiten la barbilla», dijo *abba* con desdén. *Abba*, que esa tarde había regresado a casa pronto y luego se había encerrado en su cuarto.

Casi podría haber sido el guion de una película. Los ruidos que salían de la habitación de mis padres. Yo levantándome del sofá, donde me había quedado adormilado delante de la tele, caminando descalzo y sin hacer ruido por la alfombra y abriendo sigilosamente la puerta del dormitorio. *Abba*, con su cuerpo grande y peludo, moviéndose arriba y abajo; la criada, pequeña y de piel tersa, con los ojos cerrados y la boca abierta, arañándole la espalda con las uñas. Los observé hasta que cambiaron de posición: ella se puso arriba y él, debajo. Mi padre abrió los ojos y entonces me vio.

Salí huyendo.

Diez minutos después, la criada fue a la cocina, completamente vestida, para preparar la cena antes de que mi madre y mi hermana regresaran a casa.

Abba apareció. Llevaba puesto un pijama a rayas y una bata de color azul oscuro.

—Farhan.

Aparté la mirada del televisor, me levanté a mi pesar y me acerqué a él. Mi padre permanecía de pie, tragando saliva, como si no encontrara las palabras adecuadas.

Entonces me sonrió y me colocó una mano en el hombro.

—No hay nada que temer.

Tomó mi mano inerte y me puso un billete en la palma. Cincuenta riyales. El billete era nuevo y liso como una camisa recién planchada. Con eso se podían comprar cincuenta sándwiches de falafel en la cafetería del colegio, media Nintendo Game Boy o el silencio temporal de un chico de doce años.

—Será nuestro pequeño secreto —dijo mi padre.

Levanté la mirada y vi algo diferente en sus ojos. Miedo, donde antes no lo había. Me guardé el billete en el bolsillo.

Aquel repentino movimiento de las placas tectónicas me hizo sentir raro, el nudo que notaba en el estómago iba acompañado de una sensación de poder.

—Sí, *abba*.

15 AÑOS
CITA N.º 9

—¿Este es el lugar especial al que te referías?

Nadia observó con desdén el descolorido letrero pintado a mano (ahora ponía «Al Hanood», pues la «y» se había borrado hacía tiempo), la verja oxidada y las colillas tiradas por el terreno sin pavimentar.

—¿Por qué no podíamos aparcar en el paseo marítimo?

Noté un cosquilleo, como si las hormigas que trepaban por la pared rota también me subieran por los pantalones, al entrever una camiseta roja detrás de uno de los agujeros en el hormigón, desde donde observaban Abdullah y Bilal el porrero, a los que les había dicho que hoy sería el día: hoy me tiraría a Nadia Durrani, la delegada escolar, a la que también llamaban Cúpula Doble Durrani por sus fantásticas tetas.

—Ya —había dicho Abdullah cuando le conté mi plan—. Claro.

Su reacción había sido la misma a principios de año, cuando logré mi primera cita con Nadia, y luego me preguntó si estaba colocado. Bilal, que había sido vecino de Nadia y se pasaba la mayor parte de su tiempo libre acechándola cuando no estaba vendiendo cigarrillos y porros a veinte riyales detrás del contenedor de basura municipal situado fuera de la sección masculina de la academia, tampoco me creyó.

—A ella le gustan sobre todo los árabes. Sirios, palestinos, negros, blancos… —dijo Bilal, encogiéndose de hombros—. La mayoría acaba en el aparcamiento del viejo almacén Hanoody en Madinah Road. Sin ánimo de ofender, Farhan, amigo mío…, puede que seas uno de mis mejores clientes, pero nunca he visto a Nadia interesarse por un indio o un pakistaní. Y, menos aún, por un colegial salido de quince años.

Pero no todos los indios o pakistaníes salidos de quince años tenían acceso al BMW negro de su padre siempre que quisieran, y eso era lo que cabreaba a Abdullah y Bilal, aunque no quisieran admitirlo.

A Nadia le había gustado el aspecto de mi coche, sobre todo las ventanillas tintadas.

—Es muy bonito —había comentado mientras rozaba el cristal con el dedo—. Pero ¿tienes edad para conducir?

—Oficialmente, no. Extraoficialmente, sí —había contestado yo, fingiendo un valor que no sentía—. Mi padre trabaja para el Ministerio del Interior. Casi siempre está fuera de Yeda por negocios. Ya llevo unos seis meses llevando a mi madre y mi hermana en coche.

Nadia me había examinado de la cabeza a los pies, deteniendo brevemente la mirada en el bulto situado entre los bolsillos delanteros de mis vaqueros. Noté que me ponía colorado y me maldije por no poder controlarlo. Pero, de algún modo, funcionó.

—Vale —había dicho Nadia con una leve sonrisa—. Nos vemos este miércoles, después de clase.

Habían hecho falta otros nueve miércoles, repartidos a lo largo de cinco meses, para llegar al almacén. Cinco meses de correos electrónicos y llamadas telefónicas secretas. Doscientos cincuenta y cuatro riyales y setenta y cinco halalás gastados en CD y cafés en restaurantes privados de cinco estrellas, donde no nos veía nadie de casa ni del colegio, ni un *mutawa*. Esas citas solían terminar en una parte desierta del paseo marítimo de Yeda con un morreo rápido que Nadia se negaba a llevar más lejos. «No, no, es demasiado peligroso», me decía siempre o «Viene alguien» o «¿A qué vienen esas prisas, muchachote? Tenemos todo el tiempo del mundo».

—Te está dejando seco —me había dicho Bilal—. Y no en el buen sentido.

—Tienes que tomar la iniciativa, tío —había añadido Abdullah—. Por lo que parece, Nadia necesita que la traten con un poco de mano dura.

Ahora, el corazón se me aceleró mientras Nadia volvía la cabeza hacia la pared del almacén.

—Ya sé que este sitio es un asco —me apresuré a decir—. Pero es mucho mejor que tener a aquel camarero del Sofitel vigilando todos nuestros movimientos, ¿no?

—Como quieras —contestó ella haciendo una mueca. Apartó la mirada de la pared—. De todas formas, tu coche casi no tiene gasolina, así que ya es demasiado tarde para ir a otro sitio.

Apagué el aire acondicionado, bajé la ventanilla y encendí un cigarrillo. La camiseta roja había desaparecido de la vista. De momento, todo iba bien.

—¡Esta semana ha sido una mierda! —se quejó Nadia—. Primero, nos machacan en clase a cuenta de los exámenes estatales de duodécimo como si fueran un asunto de vida o muerte. Y luego, ayer, la malcriada de mi hermana metió, como lo oyes, el cepillo de mi rímel de ochenta riyales en un bote de polvos de talco. ¡Como si fuera un accesorio para jugar a las casitas! Cuando le eché la bronca, fue a llorarle a mi madre, que actuó como si yo fuera la que había hecho algo malo por gritarle a su angelito de siete años. Y, para colmo, está ese examen de Inglés la semana que viene. Dios, lo voy a suspender…

El sudor me bajaba por la nuca. Quedaban veinte minutos antes de tener que llevarla a casa. Según Bilal, era tiempo suficiente para meterle mano, puede que incluso para tirármela.

—Cuanto más buena está una tía, más mandona es —me había aconsejado Bilal—. No le permitas mangonearte e imponer condiciones. Sé un hombre. Bajo ninguna circunstancia debes dejarle ver que te estás muriendo por ella.

Expulsé el humo por la ventanilla.

—Eres la delegada escolar —le dije—. No vas a suspender un examen.

Lo cual era mentira. Yo sabía que había suspendido el último, y el anterior.

—Pero ¡hace siglos que no estudio!

Aplasté la colilla en el cenicero del coche.

—Vale. Te llevaré a casa.

El tono cortante de mi voz la sobresaltó.

—¿Tan pronto?

—Se está haciendo tarde. —Giré la llave en el contacto, rogando que mordiera el anzuelo—. No quiero que malgastes el tiempo que deberías estar empleando en estudiar.

—Farhan, espera.

Me puso una mano en la rodilla. La sangre se me agolpó en la cara. Solté el volante y me volví hacia ella.

—No es suficiente, Nadia.

El motor zumbaba en medio del silencio. Nadia se mordió el carnoso labio inferior. Los bordes de los dientes delanteros se le mancharon de color rojo cereza. A continuación, tras un largo minuto, se inclinó hacia delante, apoyó las manos en mis hombros y las deslizó alrededor de mi cuello. Luego abrió la boca, tal vez para decir algo.

Pero no esperé a oírlo. Le metí la lengua y, al mismo tiempo, le aparté el *abaya* y el *dupatta* que le cubrían el pecho.

Nadia se puso rígida. Un sonido brotó de su garganta: ¿sí?, ¿no?, ¿mi nombre?

¿A quién le importaba siempre y cuando ella mantuviera las manos donde las tenía?

Sujetador de algodón con adornos de encaje. No parecía llevar relleno, pero apreté varias veces para asegurarme. Recorrí el encaje con los pulgares y lo seguí hasta la espalda, donde estaban situados los corchetes. Nadia gimió cuando saqué la lengua de su boca y le bajé el sujetador. El fino vello que le cubría la piel le daba una textura aterciopelada, como si fuera un albaricoque. Olía a perfume caro. Momentos después, se oyó una sirena a lo lejos, seguida de bocinazos.

—Agáchate —le espeté, con la cara colorada.

—¿Q-qué…?

Sorprendentemente, su pañuelo seguía en su sitio, cubriéndole el pelo por completo, a pesar de que el resto de su ropa estaba desarreglada.

Le coloqué una mano en la cabeza y la empujé (lo más suave que pude) hacia sus rodillas.

Unas luces rojas y azules destellaron en el espejo retrovisor. Dos coches de policía pasaron como una bala junto al almacén Hanoody. Supuse que estarían persiguiendo a alguien por ir a demasiada velocidad por una zona residencial. Para asegurarme, esperé cinco minutos más, sujetando todavía la cabeza de Nadia con la mano.

—Puedes volver a sentarte —dije por fin, soltándola—. Ya se han ido.

Nadia se deslizó hasta la parte posterior del asiento. Allí, se ocupó con torpeza del resto de su ropa hasta lograr recolocarla. El sujetador, que no había conseguido abrocharse correctamente, se arrugaba en las puntas. Tenía manchas de rímel negro alrededor de los ojos llorosos.

—Lo siento —me disculpé.

Ella me dio un manotazo en la boca.

—¡Maníaco! No quiero volver a verte. Nunca más.

—¿De qué hablas? —Me ardían los labios—. ¡Acabo de salvarte de ser azotada por la policía!

—¡Ay, gracias a Dios, gracias a Dios que pasó la policía! —Se estremeció y se rodeó el cuerpo con los brazos—. Pensé que unos cuantos besos te apaciguarían, pero…, Dios mío, si no hubiera sido por ellos, ¡probablemente me habrías violado!

Al principio, no asimilé sus palabras.

—¿A qué te refieres?

—¿Es que hablo en chino? —me soltó torciendo el gesto—. En cualquier caso, ya he hecho que esta asquerosa cita valga el dinero que te vas a gastar en gasolina.

Una risa apagada llegó hasta mis oídos procedente de detrás de la pared rota.

—E-estás de broma, ¿n-no? —Me ardía la cara—. Estabas m-muy... Lo deseabas, Nadia. Lo estabas p-pidiendo...

—Llévame a casa. —Arrancó unos cuantos pañuelos de la caja que había en la guantera y se limpió la boca con movimientos lentos y medidos—. Ya.

Abdullah me había hablado de este tipo de chicas. Él las llamaba las «OTAN»: solo palabras y nada de acción. Las que besaban como putas y luego lloraban como vírgenes.

—Yo le habría ordenado que se bajara del coche y me habría largado —me dijo mi amigo después—. Que volviera caminando a casa por su cuenta. Pero, en serio, Farhan, ¿contestar «S-sí, N-n-nadia» y llevarla a casa como te pidió? ¿Es que ahora llevas brazaletes o qué?

Bilal soltó una carcajada.

—Parecía que te hubieras cagado en los pantalones.

Entonces, un mes después, Abdullah me envió al móvil un mensaje y un vídeo.

En el mensaje, Ashraf Haque, el capitán del equipo de críquet, afirmaba haber batido el récord de ser el primer alumno de la Academia Qala en tirarse a la delegada escolar en el almacén Hanoody una semana después de su primera cita en una cafetería, en su Honda Civic de segunda mano.

A nadie parecía importarle que el vídeo fuera de mala calidad ni que la cara de la chica apenas se viera ni que sus pechos no fueran tan grandes y firmes como los que yo recordaba haberle visto a Nadia. Menos de un día después de enviarse el vídeo, la reputación de Haque pasó de ser otro pervertido que se masturbaba en los baños al tío con más suerte del colegio.

Solo después de que Nadia se marchara a la India a ampliar sus estudios (todavía negando categóricamente cualquier relación con «ese imbécil»), Bilal me reveló el secreto del éxito de Haque.

—Una taza de café, amigo mío —me contó—. Una simple taza de café. Seguro que a todos los tíos con los que salió les habría encantado que se les hubiera ocurrido la idea a ellos primero.

—¿La drogó? —Por primera vez, Abdullah parecía asqueado e indignado—. Qué barbaridad.

—¿A quién le importa? —Todavía me ardía la boca a causa de la bofetada de Nadia—. Todo el mundo sabe que Durrani es una puta.

—Sí, puede ser. Pero, para mí, drogar a una chica es pasarse. Es retorcido a más no poder.

No le presté atención a Abdullah, que fingía ser religioso y temeroso de Dios delante de los adultos y luego se gastaba cientos de riyales en cigarrillos y vídeos porno que compraba por Internet en una de esas «páginas seguras» que ni siquiera los censores saudíes podían censurar.

Las palabras de Bilal se me quedaron grabadas en la mente. Algunas noches, antes de quedarme dormido, veía a Nadia como estaba aquella tarde. Antes de que la policía nos interrumpiera. Antes de que me intimidara y me castrara con su numerito de virgen ultrajada.

17 AÑOS

La primera vez que usé la droga, con Aliya Chowdhury, probablemente ni me habría hecho falta. Estaba enamorada de mí y lo habría hecho de todas formas. Pero la droga la tranquilizó. Incluso lloró en el coche cuando rompí con ella una semana después, fuera del almacén.

—Eres un cretino —me dijo Abdullah cuando lo llamé la tarde que corté con ella. Ni «hola» ni «¿cómo te va?». Solo eso—. Esa chica solo tenía catorce años.

Seguramente se había enterado por Bilal. O habían decidido espiarme otra vez (esta vez sin mi permiso) y lo habían visto todo.

—Hola a ti también. —Solté una carcajada—. ¿Qué pasa, Abdullah? ¿Esa chica con la que sales te tiene tan dominado que has olvidado cómo divertirte? ¿Cómo se llamaba? ¿Zarin? ¿Shirin?

—Esto no tiene nada que ver con ella. —Ahora Abdullah sonaba enfadado, casi tanto como cuando subí al cuarto de su hermana hacía dos años—. Un día te vas a meter en un buen lío, ¿sabes?

Me reí de nuevo, sobre todo para disimular el enfado que me producían sus palabras, que ocultaba un temor que no quería reconocer. Pensé de nuevo en Nadia y luego en la otra chica, Chowdhury, en su mirada vidriosa y su sonrisa relajada.

Pensé en *abba* y comparé mi aspecto con el suyo.

—No te preocupes, *ya* Aboody. —Arrugué el papel con el número de teléfono y el correo electrónico de la chica y lo lancé a la papelera que había junto a mi cama—. Yo no soy como Haque. No necesito masturbarme viendo vídeos de mí mismo teniendo sexo con chicas.

REENCUENTRO

Zarin

SEGÚN LA SEÑORA DEL PERRO, SI QUERÍAS SABER cómo era una persona, lo único que debías hacer era echarle un vistazo a su sala de estar a través de una ventana o una puerta abierta.

—La casa de alguien puede decirte mucho acerca de quién es esa persona —le escuché decirle una vez a *masi*—. Aunque no puedas verle la cara.

En Bombay, sobre todo en la colonia Cama, donde la gente solía dejar la puerta abierta durante el día, era muy fácil poner en práctica ese consejo. Por ejemplo, si te asomabas al apartamento de una sola habitación de la Señora del Perro, enseguida te venían a la cabeza las palabras «viuda parsi anciana y quisquillosa»: una gran foto de su marido adornada con guirnaldas colgando de una pared azul, un frigorífico Godrej cubierto con un plástico rosado y cortinas blancas floreadas en las ventanas. En un rincón, justo al lado de la cocina, había un catre de hierro con un colchón duro para la espalda dolorida de la Señora del Perro y un par de cuencos de aluminio, uno lleno de agua y el otro vacío hasta que ella lo llenaba de comida para Jimmy, su pequeño y rabioso Pomerania.

En Yeda, era casi imposible llevar a cabo este tipo de análisis. Aquí, las ventanas eran traslúcidas y estaban bloqueadas con rejas y cubiertas con cortinas o, como en algunos edificios de la ciudad vieja, con *mashrabiyas* de madera tallada que protegían la privacidad de una casa de miradas indiscretas. Tras el ajetreo matutino de autobuses escolares y vehículos que se dirigían en avalancha a las carreteras principales, las calles interiores de la ciudad quedaban en calma. Las madres regresaban a sus casas después de despedirse de sus hijos. Puesto que se les prohibía conducir, las mujeres se ocultaban en el interior de sus chalés o apartamentos con aire acondicionado, esperando hasta que un vehículo privado o un taxi llegara a recogerlas. El calor aumentaba y el aire se espesaba como si fuera sopa. Ni siquiera los tenderos se movían a menos que fuera para ahuyentar a los gatos callejeros de sus tiendas. Algunos días, el silencio podía resultar tan sofocante como el propio calor.

Y eso volvía loca a *masi*.

Durante los primeros años que pasamos aquí, mi tía husmeaba por las puertas y se asomaba por las ventanas, como si esperase determinar qué clase de persona vivía allí basándose en el aroma de su comida o en las sombras que rondaban detrás de los cristales de las ventanas.

—¿Qué clase de vecinos son estos, Rusi? —la oía quejarse a menudo a *masa*—. Ni «hola» ni «¿qué tal?». De una sonrisa cortés ya ni hablamos: ¡aquí la gente ni siquiera te mira!

Sin embargo, a medida que transcurrían los años y pasamos lentamente de *mumbaikars* a indios no residentes que ya no encajaban en la ciudad, *masi* empezó a cambiar de parecer.

—¡En Bombay, la gente no sabe lo que es la privacidad! No hay nada como nuestra Yeda. ¡Por lo menos allí nadie me pregunta constantemente por cada mínimo detalle de mi vida!

Y se fue volviendo más silenciosa y desconfiada con aquellos que lo hacían. Se trataba de un silencio peligroso e inquietante que me hacía andar con pies de plomo a su alrededor, igual que ahora me dirigía sigilosamente a la puerta de nuestro apartamento.

En Yeda, mantener puertas y ventanas cerradas era lo normal. Lo contrario solo podía significar una de estas dos cosas:

a) Tu casa había sido robada.
b) Tu casa estaba siendo robada.

Por ese motivo, cuando encontré la puerta de nuestro apartamento entreabierta una tarde al regresar del colegio, dudé fuera un momento, deliberando si entrar en casa o llamar a la puerta de Halima, nuestra vecina entrometida.

Al principio, opté por la ruta segura y golpeé varias veces la puerta de Halima. Pero no parecía haber nadie en casa. Saqué mi móvil, un viejo Nokia de tapa que se suponía que no debía utilizar salvo para emergencias, y sostuve el dedo sobre el número nueve. Pude oír a Abdullah burlándose de mí en mi mente. «¿Qué haces? —imaginé que me diría—. ¿Crees que los policías saudíes son como los estadounidenses? ¿Que vendrán corriendo a ayudarte en cuanto marques el 999?» Llamar a Abdullah tampoco parecía buena idea. Para empezar, *masi* me mataría si supiera que estaba saliendo con un chico. Y, lo que era más importante, estaba bastante segura de que Abdullah no acudiría en mi ayuda si estuviera en problemas. Intercambiar saliva y fumar un cigarrillo de vez en cuando con una chica durante un mes y medio no la convertía en el amor de tu vida.

Así que hice lo que pude dadas las circunstancias: en silencio y con el corazón en la garganta, abrí poco a poco la puerta de madera, que pesaba debido a los cerrojos y pestillos adicionales que *masi* había instalado el año anterior, después de que alguien entrara a robar en un apartamento del edificio contiguo al nuestro. Un pequeño vestíbulo conducía directamente a la sala de estar, que consistía en un sofá azul marino cubierto con plástico (a *masi* le daban casi tanto pánico los gérmenes como que yo me casara con un gánster como mi padre), un sillón de bambú pegado a la pared, una mesa de centro de madera de nogal, una vitrina con un busto de cristal del profeta Zaratustra y un televisor de diecinueve pulgadas de pantalla plana que *masa* había ganado en un sorteo en la feria de la academia hacía un par de años.

En el espacio entre el televisor y la vitrina yacía *masi*, con brazos y piernas extendidos sobre la alfombra, respirando con dificultad y con el camisón pegado al pecho. Halima estaba agachada a su lado, salpicándole la cara con agua de un vaso.

—Todo va bien, Khorshed. Todo va bien. Halima ya está aquí.

Mi mente captó la ausencia de peligro antes que mi cuerpo, al asimilar la escena que tenía ante mí. Bajé la mano despacio hasta el costado.

¿Qué descubrirías si alguna vez echaras un vistazo en la sala de estar de Rustom y Khorshed Wadia?: un completo desastre. Lo cual no era tan sorprendente como la vergüenza que brotó en mi vientre y me subió hasta la cara cuando Halima se percató al fin de mi presencia y se giró para saludarme, con las mejillas regordetas brillantes de sudor y una sonrisa forzada y superamplia en el rostro.

Halima, que había venido a vivir al apartamento de al lado hacía un par de años, era una de las inquilinas más recientes del edificio. Desde el primer momento había intentado congraciarse con *masi*: un viernes, después de mudarse, nos trajo una bandeja de vitrocerámica CorningWare con guiso de habas y limones frescos. Apareció en el umbral de nuestra casa, sosteniendo la bandeja envuelta con papel de aluminio, y le sonrió a *masi*.

—Soy Halima. Vuestra nueva vecina.

A continuación, se metió en el apartamento, pasando junto a mi atónita tía, y se acomodó en el sofá de la sala de estar, donde mantuvo una conversación forzada con *masi* durante quince minutos: «¿Cómo te llamas?», «¿Trabajas?», «Tu hija es muy guapa, *masha'Allah*», «Ah, ¿no es tu hija?, entonces tienes una sobrina muy guapa», «¿Dónde trabaja tu marido?», «¿Cuánto gana?».

Ante la última pregunta, que me pilló incluso a mí por sorpresa, *masi* se inventó de inmediato la excusa de que estábamos «esperando invitados» y acompañó a Halima a la puerta sin miramientos. Aunque nuestra nueva vecina no pareció darle importancia.

—Volveré en otro momento —prometió. Y así lo hizo. Una y otra vez.

Enseguida, *masi* empezó a emplear técnicas para evitar a Halima, fingiendo estar durmiendo o duchándose cada vez que la otra mujer llamaba a su puerta.

Yo me preguntaba si esta era la forma que tenía el universo de concederle a *masi* justo lo que había pedido hacía un par de años, cuando deseaba tener vecinos amistosos. A diferencia de los otros inquilinos árabes de nuestro edificio, Halima hablaba inglés a la perfección y era el doble de entrometida que la propia *masi*. Después de nuestro primer encuentro, nunca pude mirarla con cara seria, mis labios se curvaban de forma automática formando una sonrisa cuando la veía. Halima parecía ajena a la naturaleza burlona de mi gesto y siempre me saludaba con una sonrisa y un «hola, pequeña Zarin».

—*As-salamu alaikum*, Halima —contestaba yo.

El saludo siempre parecía hacerla feliz. Después de un par de veces, incluso logré que mi voz no transmitiera sarcasmo.

Nunca supe qué veía Halima en *masi* ni por qué siempre se desvivía por llevarse bien con ella a pesar de la frialdad de mi tía. Esa tarde, me sentí agradecida de que fuera Halima quien estuviera dentro de nuestra casa en vez de un ladrón empuñando una palanca.

—¿Qué ha pasado? —pregunté mientras dejaba caer la mochila al suelo y cerraba la puerta.

—Oí gritar a Khorshed. Pensé que podría estar en problemas. La puerta no estaba cerrada con llave, así que vine con eso.

Halima señaló un rodillo que había sobre el sofá.

Observé el rostro pálido de mi tía, que iba recobrando poco a poco el color, y me pregunté si se habría olvidado otra vez de tomar sus pastillas. Nuestro médico seguía recetándoselas porque mi tío le insistía, a pesar de que no parecían surtir mucho efecto en el temperamento o el estado de ánimo de *masi* y solo conseguían dejarla fuera de combate un par de horas cuando se las tomaba.

—A Khorshed no le pasa nada —le dijo *masa* al doctor Rensil cuando este sugirió que la viera un psiquiatra—. Está perfectamente cuando duerme lo suficiente.

Pero yo sabía que lo que de verdad temía *masa* era que la gente tratara a *masi* como a la vieja Freny Bharucha de la colonia Cama. Durante años, antes de que por fin le diagnosticaran alzhéimer, solían llamarla «Freny la chiflada» y se burlaban de ella porque se olvidaba de las cosas más simples o se perdía en el edificio en el que vivía. Así que, en cierto sentido, entendía el punto de vista de *masa*. En Bombay —y, sobre todo, en la colonia—, la gente no se mostraba precisamente comprensiva con los asuntos de salud mental. Los compañeros de trabajo de *masa* en Yeda, tres cuartos de lo mismo. Justo un año antes, oí a uno de ellos menospreciar como si tal cosa a un amigo común cuya esposa sufría depresión y vi cómo a *masa* se le helaba la sonrisa en la cara.

Halima me señaló a mí y luego al teléfono.

—¿Deberíamos llamar a tu tío? ¿Pedirle que venga?

Negué con la cabeza. Llamar a *masa* enfurecería a mi tía, si es que no estaba ya furiosa porque Halima la hubiera encontrado así. A *masi* nunca le había gustado que nadie la viera fuera de control. *Masa* me dijo una vez que se debía a la vida que había llevado en Bombay antes de que yo naciera, una vida de la que la había oído culpar a mi madre muchas veces.

—Gracias, Halima —le dije—. Ya me ocupo yo.

—¿Estás segura, pequeña Zarin? —Dudó, mirando a *masi*, que no se había movido del suelo y seguía con los ojos cerrados.

—Sí. Estoy segura.

Tras comprobar que esta vez la puerta estuviera cerrada con llave, regresé de puntillas a la sala de estar y me situé al lado de mi tía, observando cómo su pecho subía y bajaba y escuchando su respiración áspera y superficial.

Susurró algo, un nombre que no entendí bien, y luego rechinó los dientes.

—¿*Masi*? —la llamé con vacilación—. ¿*Masi*?

—Mi hermana —murmuró ella en gujarati—. Aléjate de mi hermana.

Su hermana, mi madre, siempre rondaba por una parte de su mente que yo no conocía. Cada vez que *masi* olvidaba tomar su medicina (o, más bien, la escupía), mi madre siempre la visitaba en su mente.

En otra ocasión, cuando *masi* estaba consciente, me contó que se había planteado ahogarme el día en que nací.

—Era la estación de los monzones. Las calles estaban inundadas. El médico se retrasó y tu madre se había quedado dormida después del parto. Habría sido fácil —me había dicho—. Tan fácil librarme de ti y, a través de ti, de él.

Con «él» se refería a mi padre, por supuesto, la otra parte de la ecuación que casi siempre tenía como resultado que a *masi* le diera uno de sus ataques.

—Fue sin querer, Zarin —me había repetido *masa* una y otra vez cuando yo tenía diez años, en los días posteriores a la muerte de mi gatito, Fali—. Ella no sabía que Fali tendría problemas si lo sacaba de la casa. ¿No puedes aceptarlo sin más? ¡Era un gato, no una persona!

Lo dijo como si Fali fuera un objeto en lugar de un ser vivo.

Agarré el vaso de agua que Halima había dejado sobre la mesa de centro y bebí un sorbo, observando cómo *masi* se retorcía en el suelo un ratito más. Entonces, despacio y con cuidado, le derramé el resto del contenido sobre la cara y la vi recobrar el conocimiento escupiendo agua, antes de llevar el vaso a la cocina y dejarlo en el fregadero.

* * *

Comencé despacio, en las semanas siguientes a la muerte de Fali. Llevé a cabo pequeñas travesuras como robar un cepillo de dientes, dejar manchas de pisadas en la alfombra del pasillo, dejar caer una toalla para la cara en el suelo mojado del baño, entrar a hurtadillas en el cuarto de baño después de que *masa* se fuera a la cama y volver a subir el asiento del váter para oírlos discutir por ello por la mañana…

Con el tiempo, esas pequeñas travesuras se hicieron más grandes: una lámpara de aceite recién encendida se apagó en cuanto *masi* salió de la cocina después de rezar, unos cuervos se congregaron en el alféizar de la ventana de la cocina y se pusieron a picotear trocitos dorados de pudín de sémola y trigo integral (el *malido* especial que *masi* había preparado la noche anterior para las plegarias anuales para conmemorar la muerte de mi madre y mi abuelo), desperdigando plumas negras y grises por las baldosas anaranjadas de la cocina.

—¿Qué has hecho? —La larga vena que recorría un lado del cuello de *masi* destacaba con un tono verde bajo su pálida piel. Las manos le temblaban a los costados—. No le pegues —la oí murmurar entre dientes.

«No le pegues, no le pegues, no le pegues», recitó como si fuera un mantra, que logró cumplir hasta que empecé a reírme de ella y le enseñé la lengua.

Para mi sorpresa, por una vez, *masa* me defendió ese día y le gritó a *masi* al ver el moratón en mi mejilla.

—¿Por qué lo haces? —le espetó—. ¿No ves lo dura que se está volviendo? ¿En qué se convertirá si esto sigue así?

—¿Y qué esperas que haga, Rusi? ¿Quieres que le suplique que se porte bien? ¿Qué me quede de brazos cruzados diciendo «por favor, *dikra*, no hagas eso» mientras ella sigue burlándose y faltándome al respeto?

—Solo es una fase. Ya se le pasará. Encontrará otras cosas que hacer.

Y eso hice.

Los chicos entraron en escena poco después de que empezara a gastarle bromas a *masi*. El primero apareció cuando yo tenía once años, en la tienda de DVD que había al lado de nuestro edificio de apartamentos en Aziziya, entre los estantes con discos pirateados cuyas cajas habían pintado con rotulador negro para cubrir cada centímetro de piel expuesta de las actrices y, en algunos casos, incluso sus caras.

El chico tenía unos catorce o quince años, piel clara y un casquete sobre sus rizos de color castaño dorado. Su mirada se encontró con la mía casi en cuanto entró en la tienda. No me sorprendió demasiado. Desde que había llegado a la pubertad, otros muchos chicos habían empezado a fijarse en mí. Me daban ganas de burlarme de ellos y decirles que era por las tetas. Aquellas dos protuberancias carnosas habían brotado en mi pecho casi de la noche a la mañana, anunciando que ya no era una niña con pinta de niño.

Si este hecho en particular no hubiera fastidiado tanto a mi tía, me habría sentido avergonzada, incluso incómoda, con la atención que estaba recibiendo. Aunque debía admitir que, en aquel entonces, también sentía curiosidad por saber qué molestaba tanto a *masi*. Me preguntaba qué podía pasar entre un chico y una chica al llegar a la pubertad para hacer que una tía ya de por sí malhumorada se pusiese de peor humor aún.

Como si hubiera notado mi curiosidad, el chico sacó uno de los DVD del fondo (una peli más antigua que habían estrenado hacía unos años). Un hombre y una mujer estaban situados a cada lado de la portada; la mujer llevaba un vestido negro con una abertura que le llegaba hasta el muslo y tenía una pistola en el liguero. Alguien, seguramente el encargado de la tienda, le había pintado las piernas y los brazos con rotulador verde, dando la impresión de que llevaba un *shalwar-kameez* de diseño extraño.

El chico se llevó el dedo índice a la boca y luego, con la punta húmeda, trazó el arco del talón de la mujer, el tobillo, la pantorrilla, el muslo... El rotulador no debía ser permanente, porque el dedo se le manchó de verde, dejando al descubierto la piel desnuda que ocultaba. El chico dobló el dedo, indicándome que me acercara. Sus ojos oscuros estaban fijos en mi cara.

Avancé, con curiosidad y un poco de asco. Di un paso y luego otro. Una vez más. Entonces, una voz me retumbó en los oídos al grito de «¡ZARIN!» y me detuve en seco.

El DVD escapó de los dedos manchados del chico y cayó al suelo con un repiqueteo.

Noté los dedos de *masa* agarrándome el brazo.

—¡Venga! Nos vamos.

Sin embargo, mientras salíamos de la tienda, volví la cabeza y miré al chico. Él me dedicó una leve sonrisa temblorosa. Fue extraño lo rápido que pasé de sentir asco a pena por él. Le devolví la sonrisa, alzando apenas las comisuras de la boca, y me despedí con un rápido gesto de la cabeza.

Días después, volví a ver al chico fuera de nuestro edificio de apartamentos, lanzando piedrecitas a la ventana de mi habitación. Seguramente fue lo peor que podría haber hecho, porque *masi* estaba en mi cuarto en ese momento, depositando un montón de ropa recién doblada sobre mi cama.

Un momento después, *masa* y yo nos quedamos un tanto aturdidos al verla salir del edificio con paso decidido. El largo camisón ondeaba alrededor de su cuerpo esquelético y todavía llevaba el pelo cubierto con el pañuelo blanco de algodón que se ponía para rezar. A continuación, le lanzó una zapatilla al chico, que había echado a correr, y le dio justo en la espalda.

Cuando regresó, *masi* me agarró por los hombros y me zarandeó con fuerza. Sus palabras me zumbaron en los oídos como si fueran abejas:

—¿Quién era ese chico? ¿Qué hacía lanzando piedras a tu ventana? ¿Lo conocías? ¿Le pediste que viniera?

—¡Basta ya! —*Masa* la apartó de mí—. ¡Khorshed, para! Por supuesto que no lo conoce. Era el chico de la tienda de DVD de la semana pasada.

—¿Qué chico? ¡No me dijiste nada de ningún chico!

—Él… —El sonrojo que cubrió la cara de *masa* casi le llegó hasta la calva—. La estaba mirando. No le di importancia. Cosas de la edad. Ya sabes cómo es, Khorshed.

—¿Cómo pudiste ser tan tonto? —*Masi* giró la cabeza de una ventana a la otra, como si fuera uno de esos muñecos con un resorte en la cabeza—. Ya sé que eres un hombre, pero ¡es que ni siquiera piensas!

—¡Lo siento! Pero ¿cómo iba a saber que nos seguiría? —*Masa* se volvió hacia mí—. Zarin, ¿le dijiste que vivíamos aquí? ¿Le pediste que viniera? Ya sabes que eso está mal, ¿verdad?

—Ni siquiera hablé con él —protesté—. Él me estaba mirando a mí. Él nos siguió. ¡Yo no he hecho nada malo!

Apreté los dientes. Vale, yo no era del todo inocente en este asunto. Le había sonreído al chico al final. Pero ¿cómo se le ocurría a *masa* que le daría nuestra dirección a un desconocido?

—¡Claro que no! —Los labios de *masi* se estaban poniendo blancos—. No sabías nada, ¿verdad?

—Khorshed, por favor. Seguramente fue un error. —La voz de *masa*, que había sonado tan dura y acusadora al hablarme, se volvió más suave y amable—. Solo tiene once años… Probablemente sentía curiosidad.

* * *

Tardé unos cuantos años más en satisfacer mi curiosidad. Y debía admitir que a Abdullah, que empezó a decir que era su novia al final de nuestra tercera cita, se le daba bastante bien besar.

Continué sacando de quicio a *masi* en las tiendas, mirando a los chicos y a los hombres a los ojos, obligándolos a echarme otro vistazo moviendo las caderas o andando con un ligero contoneo.

A los dieciséis, ya me consideraba una experta en chicos y la clase de miradas que me dedicaban. Por esa época, también empecé a poner en duda mi pericia al descubrir otra clase de chicos, otra clase de miradas.

* * *

A unas manzanas de nuestro edificio de apartamentos en Aziziya había una charcutería Lahm b'Ajin, una de las numerosas franquicias de venta de carne y queso propiedad del Grupo Lahm b'Ajin, cuya sede se encontraba en la capital del país, Riad. Las palabras «*lahm b'ajin*» hacían referencia a las *pizzas* de carne molida que vendían al principio en una tiendecita de Riad hace muchos años. Hoy en día, vendían las mismas *pizzas* en la sección de alimentos precocinados de todas sus charcuterías y en la sección de congelados de grandes supermercados como Tamimi y Danube.

Masa trabajaba de encargado en la fábrica de procesado de carne de Lahm b'Ajin en la cuarta zona industrial de Yeda. Por lo que nos contaba durante la cena y los diversos artículos de periódicos que nos mostraba, me enteré de que la empresa se estaba expandiendo rápidamente por todo el reino y los Emiratos Árabes Unidos, abriendo nuevas sucursales y cerrando las más viejas y menos rentables.

La charcutería a la que íbamos nosotros era una de las pocas tiendas antiguas que todavía daban beneficios. Desde que llegamos a Yeda, estaba en manos de un viejo palestino llamado Hamza, y yo la conocía tan bien como la palma de mi mano, con sus relucientes paredes blancas y sus baldosas moteadas. Había carne colgando de ganchos al fondo de la tienda, donde estaba situada la carnicería: trozos de cabra y cordero desollados o cabras enteras en los días previos al Eid al-Adha. La sección de charcutería, que estaba en el centro, casi siempre se quedaba sin salami de ternera con pimienta, pero normalmente había mucho pavo ahumado. Al otro extremo de la charcutería, los recipientes para exponer el queso siempre tenían rosas rojas de plástico. Mis tíos conocían por su nombre a todos los empleados de la tienda; algunos de ellos todavía me llamaban «pequeñina», algo que me daba vergüenza, pero que toleraba.

Valía la pena soportar que me trataran como si todavía tuviera siete años a cambio de unos cuantos minutos de auténtica libertad, a veces incluso media hora si había mucha cola en el mostrador; una libertad que *masi* aprobaba, la que yo no tenía que robar. La charcutería era uno de los pocos sitios a los que a veces me enviaba sola a hacer recados, como recoger una bandeja de pavo ahumado. Esto había empezado a ocurrir cada vez con más frecuencia a lo largo del último año aproximadamente, después de que *masa* fuera ascendido a supervisor y empezara trabajar más horas y *masi* se volviera más letárgica (probablemente por la medicación que tomaba en aquel entonces).

—Haz algo útil, para variar —me había dicho *masi* una tarde cuando regresé del colegio, y me entregó un billete de cincuenta riyales—. Y trae el cambio.

Y así empezó. Cada vez que me encargaba algo, yo mantenía una expresión neutral, mordiéndome el interior de la mejilla para que no se me notara la emoción. No era tan tonta como para pensar que mi tía me enviaría si se enteraba de que me alegraba.

Cuando ya llevaba siete semanas saliendo con Abdullah, *masi* me mandó a hacer otro de esos recados. Me encontraba en la cola de la charcutería, que iba incluso más despacio de lo normal, y me estaba planteando mandarle un mensaje con el móvil a Abdullah. Aunque era arriesgado, porque mi teléfono era de pago por consumo y *masa* tenía la costumbre de revisar las facturas en el apartamento y comentar las discrepancias en voz alta para que *masi* se enterase: «Zarin, *dikra*, ¿de quién es este número?» o «Zarin, *dikra*, ¿todavía te están llegando esos mensajes basura?».

Cualquier otra chica se habría ofendido por esa invasión de su privacidad. Algunas de mis compañeras de clase, por ejemplo, se cabreaban si sus teléfonos no cargaban los mensajes a tiempo o maltrataban a sus madres en las reuniones con los profesores. Yo, por el otro lado, apenas usaba Internet salvo para estudiar («Sí, a mí me controlan hasta el tiempo que paso frente al ordenador», me daban ganas de decirles a esas chicas consentidas) y sabía que no debía cuestionar los escasos privilegios que me concedían mis tutores.

Una ráfaga procedente del aire acondicionado central me refrescó la piel caliente. Me volví a guardar el móvil en el bolsillo del *kameez*. Decidí que esta libertad valía más que cualquier chico. Incluido Abdullah.

Fue entonces cuando sentí que alguien me estaba observando, lo que hizo que el vello de la nuca se me pusiera de punta. Al volverme, no me sorprendió demasiado descubrir que se trataba de un chico que se encontraba a unos pasos de distancia. Era alto, de hombros anchos, con unas facciones que me parecieron persas o, siendo más específicos, parsis, de la India: ojos hundidos de color marrón oscuro, gruesas cejas negras y nariz aguileña.

A juzgar por el aspecto inmaculado del uniforme y el gorro blancos y el delantal sin manchas de la charcutería Lahm b'Ajin, se trataba de un empleado nuevo. Sostenía contra el pecho una caja de cartón con quesos surtidos. Numerosos cortes cubrían sus manos robustas, probablemente heridas laborales. Pero lo que más me asombró fue la expresión de su cara.

Una expresión de reconocimiento, no de deseo.

Una leve sonrisa se le dibujó en los labios. Dio un paso al frente y abrió la boca para hablar.

Nunca supe qué pretendía decirme, porque se resbaló al pisar unas baldosas, derribando el letrero amarillo de suelo mojado, y cayó con un gruñido de dolor.

Aunque una parte de mí quiso reírse, la otra sintió un poco de pena por el muchacho. Iba a acercarme para asegurarme de que estaba bien, cuando una voz gritó al fondo:

—¡Porus! ¿Qué te ha pasado, chico?

Porus.

En la India, era un nombre común. En la India, no le habría dado importancia. Incluso aquí, podría haberlo descartado si el chico no le hubiera sonreído al otro hombre: el huequecito entre sus dientes delanteros me hizo rememorar los partidos de críquet en la colonia y los vacilantes saludos con la mano.

—L-lo siento, señor. —La voz se le había vuelto más grave con los años, pero todavía hablaba con la misma cadencia, con el mismo suave acento gujarati—. Me... caí.

No sé por qué, en lugar de saludarlo, di media vuelta y hui, haciendo caso omiso del hombre del mostrador, que me llamaba:

—¡Oiga, señorita! ¿Ya no quiere el pavo?

Apenas le presté atención a la reprimenda que me echó *masi* al llegar a casa.

—¿Por qué tardaste tanto si había tanta cola?

Esa noche, en mi habitación, me regañé a mí misma. Zarin Wadia no huía de los chicos, me recordé. Zarin Wadia no se comportaba como una tonta damisela enamorada de una peli de Bollywood, de esas que oían cursis canciones de amor de fondo al ver que un chico las miraba.

Resoplé. Vale, estaba claro que la última parte no había ocurrido. En cuanto a lo de salir huyendo..., había sido una tontería, pero concluí que tal vez se debiera a la impresión de ver de nuevo a Porus Dumasia después de tanto tiempo. Los Dumasia se habían mudado poco después de que nosotros viniéramos a Yeda desde Bombay, pues el padre de Porus había conseguido un trabajo con mejor sueldo. Recordé que me había sentido terriblemente decepcionada al enterarme. Lo estaba pasando mal en mi nuevo colegio de Yeda y estaba deseando ver una cara amiga cuando volviera de visita a Bombay, aunque no tuviera intenciones de hablar con Porus.

Había supuesto una lección eficaz sobre cómo funcionaba el mundo. La gente entraba en nuestras vidas, y luego se marchaba. Algunas veces para siempre, como mi madre y mi padre. Otras veces regresaban. Como un viejo amigo de *masa* del colegio que se presentó una noche a cenar en Yeda después de casi quince años sin contacto y al que nunca volvimos a ver.

Me dije que no había ningún motivo para buscarle un significado especial a un reencuentro. Aunque hubieran pasado diez años y se tratara del primer chico que me había llamado guapa. Todavía no había conocido a un chico capaz de poner mi mundo del revés y hacerme dudar de todo lo que sabía.

Porus

MI PADRE SOLÍA DECIR QUE LAS HISTORIAS siempre cambiaban el rumbo de nuestras vidas: las mejores se contaban una y otra vez, no solo para transmitir moralejas o lecciones vitales, sino también para unir a la gente.

—¡Por eso cuenta historias un narrador! —afirmaba, incluso durante sus últimos días, mientras yacía en la cama del hospital—. ¡Para poder conectar con otro ser humano!

Papá era así de listo, a pesar de que no fue mucho tiempo a la escuela. Era uno de los mejores vendedores en el departamento de seguros de vida de New India Assurance Company hasta que la leucemia empezó a devorarlo, obligándolo a dejar su trabajo veinte años antes de la edad de jubilación, lo que nos obligó a cobrar su propia póliza cuando cumplí diecisiete años.

Cuando se trataba de contar historias, mi madre decía que yo tenía la habilidad de papá, la misma capacidad para fabricar verdades para sobrevivir cuando era necesario.

No era un cumplido, pero así logré traerla a Yeda un año después de que papá muriera. («Sí, señor. Un visado de trabajo, señor. ¿Árabe? Claro que sé árabe. ¿Mucho acento? Lo siento, señor. ¿Qué se le va a hacer? Soy indio, ¿no? Pero no se preocupe, aprenderé rapidísimo.») También fue así como conseguí más tarde trabajo en la charcutería Lahm b'Ajin de Aziziya. («¡Por supuesto que conozco esa máquina! Y aprendo rápido.»)

No fue difícil mentir sobre mi edad. Les dije a los agentes laborales que tenía veintiún años, aunque en realidad tenía dieciocho. Era más alto que la mayoría de los chicos de mi edad y tenía los huesos grandes, como mi padre. Tras juntar mil rupias, me conseguí un nuevo certificado de nacimiento en el *chawl* situado cerca de nuestro antiguo edificio de apartamentos en Bombay, donde, por el precio adecuado, podías comprar cualquier cosa, desde boletines de notas falsos a revólveres Beretta auténticos.

«Porus Dumasia. Hijo de Neville y Arnavaz Dumasia. Nacido el 21 de junio de 1993, en el Parsi General Hospital.» Papá me había dicho que el 21 de junio era el día más largo del año. También era el primer día del verano, un buen día para un nuevo comienzo, pensé cuando le pedí al falsificador que lo anotara.

No obstante, algunas veces, las historias cobraban vida. Algunas veces, alguien a quien pensabas que nunca volverías a ver entraba de nuevo en tu mundo y te dejaba sin aliento. Como me pasó con Zarin Wadia en la charcutería de Yeda unas semanas después de empezar a trabajar allí: su rostro me resultó tan familiar que tropecé por accidente con mis propios pies y me caí de culo sobre el suelo recién fregado.

Durante un momento, me quedé allí sentado, observando su cara sorprendida. El corto pelo negro que formaba ondas alrededor de su cabeza. Las marcadas cejas que se curvaban sobre sus ojos marrones. El pequeño lunar, perfectamente situado, justo encima de sus suaves labios rosados.

Fue el lunar lo que me hizo caer en la cuenta, junto con la expresión de sus ojos: una parte de gata salvaje, una parte de cervatilla asustada. Era la misma mirada que me dedicó cuando subí por primera vez los combados escalones de madera del Edificio número 4 de la colonia Cama y me planté delante de ella, esperando, sintiendo curiosidad por conocer a aquella niña guapa con el corte de pelo raro.

Habían transcurrido doce años desde entonces y el corte de pelo seguía siendo el mismo. La chica, sin embargo, se había transformado, podría haber salido de mi historia favorita del viejo ejemplar de papá de *Mitos persas clásicos*: su rostro en forma de corazón y sus curvas delicadas me recordaron a Shirin, la hermosa princesa armenia de cabello oscuro.

—¡Porus! —me gritó mi jefe—. ¿Qué te ha pasado, chico?

—L-lo siento, señor. —Se me pusieron las orejas coloradas y me levanté a toda prisa—. Me... caí.

Sin embargo, cuando me puse en pie, ella ya se había ido. Sacudí la cabeza, preguntándome si sencillamente mi trabajo, combinado con el calor saudí, me estaba haciendo alucinar.

Pero una semana después la vi de nuevo en la tienda, esta vez acompañada de sus tíos, a los que reconocí de mis años en la colonia. Para mi sorpresa, Rustom Wadia, que como mucho me había dado una palmadita en la cabeza al pasar cuando papá seguía vivo, se acercó al mostrador y empezó a hablar conmigo en gujarati.

—¡Así que tú eres el parsi al que se refería el viejo Hamza! —Le echó un vistazo a la nueva etiqueta con mi nombre que llevaba en el delantal—. Dumasia, Dumasia... No conocerás a Neville Dumasia, ¿verdad? ¿De la colonia Cama?

—Era mi padre —contesté—. No sé si se acuerda de mí, señor Wadia, pero solíamos vivir en el edificio enfrente del suyo. Mi madre, Arnavaz, daba clases de gujarati allí.

—Llámame tío Rusi, muchacho. O simplemente Rusi, si lo prefieres. Todavía no soy tan viejo.

Por primera vez en meses, sentí que en mi boca se dibujaba una verdadera sonrisa.

—De acuerdo, tío Rusi.

—¡El mundo es un pañuelo! Sí, sí, claro que me acuerdo de ti. De hecho, debería haberme dado cuenta antes: te pareces mucho a tu padre, jovencito. ¿Khorshed? Khorshed, ven aquí. *Arrey*, ¿dónde se habrá metido esta mujer? —dijo, haciéndole señas a su mujer, que se encontraba al lado de Zarin, frente al mostrador de la carne, en el centro de la tienda.

—Es maravilloso —dijo el tío Rusi después de presentarnos... o, más bien, volver a presentarnos—. Khorshed y yo conocemos poquísimos parsis aquí en Yeda, ¿sabes? Así que, cuando Hamza me contó que te había contratado, decidimos que teníamos que conocerte.

Mientras seguíamos hablando, no pude evitar mirar a Zarin de vez en cuando, esperando ver un atisbo de reconocimiento, algún indicio de que recordaba nuestro encuentro accidental la semana anterior. Antes, cuando su tío me la presentó, ella se limitó a saludarme con una brusca inclinación de cabeza, ignorando la mano que le tendí. Probablemente ni siquiera me recordara. ¿Por qué habría de hacerlo? Incluso en aquel entonces, a pesar de las burlas, yo sabía que varios niños de la colonia estaban coladitos por ella. En parte, por eso se burlaban tanto de ella. Yo era uno entre muchos.

Ahora ella mantenía la mirada clavada en el suelo mientras deslizaba una desgastada zapatilla de deporte por las baldosas moteadas. Si se tratara de otra chica, habría captado la indirecta y me habría rendido. Pero una parte de mí (una parte testaruda que mamá me acusaba de haber heredado de mi padre) todavía recordaba a la antigua Zarin. La que se asomaba por la ventana y luego volvía a esconderse cuando me veía. Zarin, con sus sonrisas cautelosas y sus tímidos saludos con la mano. Alguien a quien yo consideraba mi amiga a pesar de que nunca hablábamos.

O tal vez se debiera al aspecto que tenían sus rizos bajo la luz, negros y relucientes; a su forma de exhalar y levantar la vista hacia el techo, separando los labios al suspirar. Era evidente que esa chica tenía algo que provocó un cortocircuito en las partes racionales de mi cerebro y que me aturulló de tal modo que dije:

—¿Sabe qué? —Le dirigí el comentario al tío Rusi, pero mantuve la mirada fija en ella—. Cuando vi a Zarin en la tienda la semana pasada, pensé que estaba soñando. Es exactamente igual que Shirin, la protagonista de la gran historia de amor de Nizami, ¿sabe? Por un momento, pensé que estaba viendo un cuadro.

Zarin me miró al fin y enarcó una ceja.

—Qué interesante. La primera vez que te vi, me recordaste a Bakasura. Sin el bigote gigante ni los grandes dientes.

Noté que me ponía colorado.

—No seas maleducada, querida —repuso el tío Rusi con voz amable, pero tenía líneas tensas alrededor de la boca y se le había puesto la cara roja.

Zarin no pareció darse cuenta. Mientras su tío estudiaba los trozos de queso y carne expuestos en la vitrina y me hacía algunas preguntas sobre los productos, Zarin observaba a la gente de la tienda, a los hombres en particular, como si estuviera buscando a alguien o puede que incluso soñando despierta.

Su tía, que era pequeña y se movía como un insecto, tampoco participaba en la conversación. Ella también miraba a los hombres, con sus ojos ampliados hasta alcanzar proporciones gigantescas debido a las gafas bifocales que llevaba, lista para fulminar con la mirada a cualquiera que diera la impresión de corresponder al interés de su sobrina. A cualquiera, al parecer, salvo a mí.

Momentos después, Zarin dejó escapar un suspiro y se volvió de nuevo hacia mí, el único miembro del sexo masculino en la tienda al que su tía no había considerado digno de atención.

—¿Tienes coche?

* * *

Mi vehículo suponía una historia en sí mismo. Se trataba de una camioneta Nissan del 98 de color verde, sin silenciador y con manchas de óxido en la puerta trasera izquierda.

—No está en muy buen estado —me dijo el hombre al que se la compré—. Pero ¡el precio es estupendo, *ya habibi*! ¡No conseguirás un vehículo mejor que este!

Unos días después de comprar la camioneta, que fue unos días después de encontrarme con Zarin por primera vez, fui hasta un pequeño edificio de apartamentos de cuatro plantas situado en Aziziya que tenía rejas negras y doradas en las ventanas. Comprobé la dirección que el tío Rusi me había escrito en un trozo de papel para asegurarme de que era correcta.

—Por favor, ven a visitarnos, muchacho —me había dicho con una sonrisa—. Tanto a Khorshed como a mí nos parece que a Zarin le vendría bien tener un amigo parsi.

Mientras aparcaba en un espacio libre, una cara se asomó por detrás de la cortina de una ventana de la planta baja. Momentos después apareció Zarin, con un pañuelo envolviéndole la cabeza de forma descuidada y el *abaya* desabotonado por delante y ondeando como una capa, dejando a la vista unos anchos vaqueros azules y una camisa a cuadros que parecía de chico.

Otro par de ojos apareció en la ventana por detrás de nosotros y las grandes gafas destellaron a la luz de la tarde. Enderecé la espalda y saludé con la mano.

—Hola, tía, ¿cómo está?

Pero la tía de Zarin no respondió. Fue casi como si no me hubiera oído. Nos miraba fijamente, pero sobre todo a Zarin; después de unos segundos, me sentí violento y bajé la mano.

Zarin, por otro lado, no dio muestras de haber visto a su tía ni mi pobre intento de mantener una conversación cortés.

—¡Es una maldita *khatara*! —exclamó—. ¡Esta camioneta tiene tantos años como yo!

—Qué bien. Iba a ponerle tu nombre —contesté, acariciando el parachoques con cariño, y me alegró ver un atisbo de inquietud en la cara de Zarin.

Entonces, ella soltó una carcajada.

—Eras más amable cuando éramos niños.

—Y tú también.

Era la primera vez que admitía que nos conocíamos. No pude contener una amplia sonrisa.

—¿Por qué? ¿Porque siempre mantenía la boca cerrada? —dijo, riéndose de nuevo.

Pensé que tenía una risa bonita. Le aportaba calidez a su rostro y brillo a sus ojos.

—¿Podemos ir a dar un paseo? —me pidió.

Le eché otro vistazo a la ventana. La cortina había vuelto a su sitio, pero me pareció ver una sombra detrás, aguardando.

Vacilé.

—Pero, Zarin, tu tía… ¿Cómo voy a… sin…?

—¿Sin entrar a pedirle permiso como un buen chico parsi? —preguntó ella con sorna—. No te preocupes. Si mi tía quisiera interrogarte, yo no estaría aquí contigo. Incluso ella sabe que no eres mi tipo.

Estuve tentado de preguntarle cuál era su tipo exactamente. En cambio, me limité a suspirar y a abrir la puerta del acompañante.

—No olvides ponerte el cinturón.

—Vale —contestó ella en cuanto se sentó—. Creo que acabo de empalarme con un muelle.

—¿Empa-qué?

—Empalar. Ya sabes, ensartar como un *shish kebab*.

Fruncí el ceño. Yo tenía dieciocho años, dos más que esta chica, pero sospechaba que su inglés ya era de nivel universitario, claramente fuera del alcance de la comprensión de un gujarati normal y corriente como yo.

—Tú inglés es demasiado bueno para mí. ¿Te importaría hablar en gujarati como una chica parsi normal?

—No soy del todo parsi. También soy medio hindú. O eso es lo que mi tía no deja de repetir. Hasta me sorprende que me dejen entrar en el templo de fuego cuando voy a Bombay. Creo que debe ser porque a la mujer del sacerdote le caía bien mi madre y le doy pena.

—¿Siempre hablas así con todo el mundo? —le pregunté tras una pausa, y entonces comprendí que la respuesta probablemente fuera que sí. Había una temeridad en ella que me recordó a los acróbatas que había visto una vez en un circo, a un trapecista saltando hacia lo alto sin red.

Zarin arqueó una ceja.

—¿Por qué? ¿Vas a ir corriendo a contárselo a tu querido tío Rusi?

Noté que las orejas se me ponían coloradas. No contesté y decidí zanjar el tema dándole al contacto y regresando marcha atrás a la calle.

Zarin estiró la mano para encender el aire acondicionado. La agarré por la muñeca.

—No. El motor se sobrecalentará. Será mejor que bajes la ventanilla. Y la radio gasta la batería.

Ella apartó mis dedos.

—Vale. Entendido. No hace falta sobar.

Seguí conduciendo un rato. A mi lado, Zarin silbaba. Alguna canción en inglés, probablemente. O una melodía que yo no conocía.

Quise preguntarle si tenía novio. En cambio, lo que salió de mi boca fue:

—Vas al colegio, ¿verdad?

—A la Academia Qala.

—¿Qué tal te ha ido el día?

—Aburrido.

—¿Por qué?

—¿Que por qué? El colegio es así: aburrido.

—¿Así que no ha pasado nada? ¿Nada en absoluto?

—Bueno, me pillaron fumando en la terraza. Por suerte, solo fue la profesora de Inglés. Me adora porque se me da genial su asignatura. Le lloré un poco y prometió no contárselo a nadie. Me libré con una simple reprimenda.

La camioneta se detuvo de golpe en una señal.

—¿Fumas?

Zarin me dedicó una sonrisita de suficiencia. Un fragmento de luz le iluminó la cara en diagonal, haciendo brillar ligeramente sus labios rosados.

—Mi profesora también parecía escandalizada. Nunca me había visto fumar.

Le eché un vistazo a mi propio reflejo en el espejo retrovisor: nariz aguileña, frente sudorosa y cejas gruesas y peludas. Desde este ángulo, casi parecía un tío duro. O quizá un demonio de la mitología hindú. Probablemente por eso Zarin me había llamado Bakasura el otro día. Me pregunté si se sentiría impresionada si le contaba que una vez mis amigos y yo nos habíamos fumado un *bidi* fuera de nuestro colegio de

Bombay, aunque tendría que omitir las partes sobre lo asqueroso que me había parecido el barato cigarrillo liado y cómo se había disgustado mamá al notar el olor a humo en mi ropa y que me había hecho prometer que no volvería a hacerlo.

En cambio, le pregunté:

—¿Cuándo empezaste a fumar?

—A los catorce. Solía saltarme algunas clases, subía a la azotea de la academia y trepaba por una escalera de mano para sentarme junto al depósito de agua con mi mochila.

Entonces esbozó una leve sonrisa. Me di cuenta de que era una sonrisa real.

—Es bastante bonito por las tardes, sobre todo los días que corre brisa. Puedes ver todo el colegio y el patio desde allí arriba. Algunas tardes, si lo calculas bien, incluso puedes oír las oraciones en la mezquita. En fin, también subía allí una chica llamada Asfiya, que estaba en el último curso. Ella me dio mi primer cigarrillo. Aunque la mayor parte del tiempo me sentaba allí con ella en busca de compañía. Me hacía sentir que no estaba tan sola.

Zarin descruzó de nuevo las piernas y apoyó los pies en el suelo. El silencio se prolongó entre nosotros y empecé a tener la sensación de que se sentía un tanto incómoda tras esa confesión. Quise llevarla al paseo marítimo Al-Hamra: la parte más elegante de la ciudad, con sus gigantescos centros comerciales, hoteles y restaurantes; donde se podía ver por la noche la Fuente de Yeda, un blanco chorro de agua recortándose contra el cielo negro. Pero estar con Zarin me ponía tan nervioso que estaba seguro de que olvidaría adónde me dirigía. Así que, en lugar de girar por Palestine Street como había planeado en un principio, tomé una conocida y angosta calle interior situada detrás de Madinah Road, ciñéndome a la comodidad de una de las pocas zonas que conocía bien gracias a que ya llevaba alrededor de un mes viviendo allí. No había centros comerciales por esta zona, pero los edificios de apartamentos estaban limpios y bien cuidados. Por instinto, seguí la ruta de regreso a mi casa y aparqué al otro lado de la calle, en el lugar habitual, bajo una palmera torcida.

—Yo vivo ahí. —Señalé un pequeño edificio marrón—. Justo encima del letrero de la barbería.

Zarin se inclinó hacia delante. Pero no estaba mirando hacia el edificio, sino hacia la distancia, como si tratara de recordar algo que había olvidado.

—¿El viejo almacén Hanoody no está por aquí?

Fruncí el ceño, intentando recordar. Los letreros en árabe de Yeda seguían suponiendo un reto para mí, pero conocía la mayoría de los edificios de mi zona.

—Hay una especie de almacén a unos kilómetros de aquí —contesté—. Pero creo que está abandonado. Nadie va por allí.

Eso no era del todo cierto. Algunas veces veía coches aparcados allí y a un grupo de chicos apoyados contra las puertas, hablando. A veces había un único coche sin ningún pasajero a la vista. Pensar en el almacén me produjo una extraña sensación de incomodidad, que se acentuó debido al brillo que apareció en los ojos de Zarin al oírme mencionarlo.

—Llévame allí —me ordenó.

—¡Está abandonado!

—Vale. —Se encogió de hombros—. Entonces voy a ir a esa tienda a comprar un paquete de cigarrillos.

—¿Qué…? ¡Espera! —exclamé cuando empezó a abrir la puerta—. ¿Qué crees que estás haciendo? ¡Nadie te va vender cigarrillos!

—¿Por qué? ¿Porque soy demasiado joven? —Me sonrió con aire de superioridad, de un modo que me indicó que eso no la había detenido antes—. Claro que, si te preocupa tanto, podríamos ir al almacén.

Unos ojos con gafas flotaron delante de mi cara. La tía de Zarin se pondría furiosa al enterarse de que su sobrina había estado fumando. Se enfadaría aún más cuando averiguase que yo la había llevado a la tienda donde había comprado los cigarrillos. Me dije que tal vez no me permitiría volver a verla. Aunque, en realidad, me preocupaba más que Zarin no quisiera verme si no la llevaba al almacén.

Arranqué de nuevo.

—No vamos a pararnos allí —dije con tono firme—. He visto coches de policía por esa zona. Si nos ven juntos, harán preguntas.

Zarin no contestó. Simplemente suspiró y miró de nuevo por la ventanilla. La arena se deslizaba por la carretera que llevaba al almacén. Los edificios escaseaban por esa zona, su pintura se había vuelto amarillenta y estaba surcada de grietas, de sus paredes sobresalían las partes posteriores de viejos aparatos de aire acondicionado. Aunque las ventanas estaban oscuras, tuve la extraña sensación de que nos estaban observando, algo que atribuí en parte al silencio que reinaba ahí comparado con el bullicioso centro de la ciudad.

Me acerqué al almacén con cautela, vigilando por si aparecía algún coche de policía, pero me alegró comprobar que no había ninguno por los alrededores.

—Listo —dije—. ¿Ya estás contenta?

—Es el coche de Rizvi —comentó ella en voz baja.

—¿Qué?

—Rizvi. Nuestro delegado escolar.

Había un coche negro aparcado a unos metros del almacén: un M3, por lo que parecía. Una ligera capa de polvo cubría las ruedas y el maletero de color negro. En el asiento delantero había un chico más o menos de mi edad, puede que un poco más joven, que llevaba unas gafas de sol en su atractivo rostro. La chica que estaba sentada a su lado parecía estar llorando.

—Qué interesante —dijo Zarin, pero noté que estaba mirando a Rizvi, no a la chica.

—¿Esa es su novia?

Ella se encogió de hombros y se dio la vuelta.

—Probablemente lo era. Él es una especie de ídolo en el colegio. La mitad de las chicas de mi clase tienen su foto del anuario guardada en el móvil. Incluso a las profesoras se les cae la baba por él.

Al oír esas palabras, noté una opresión en el pecho. En lugar de dar media vuelta y regresar hacia mi edificio, decidí seguir recto y acabé en una zona que no conocía demasiado bien, por lo que el trayecto fue mucho más largo de lo que había previsto en un principio. No quería volver a pasar junto al coche negro. No quería que Rizvi se girara y nos viera…, la viera. Pero eso parecía dar igual. Ver a aquel chico había hecho que Zarin volviera a ensimismarse. Arrugó la frente y frunció la boca con actitud meditabunda. El sol se estaba poniendo y el cielo se tiñó de distintos tonos de rojo.

—Estás preciosa —dije, esperando distraerla de sus pensamientos.

Funcionó. Zarin se me quedó mirando y, durante un momento, pareció desconcertada. Entonces, el vehículo que iba detrás de mí pitó. Le eché un vistazo al velocímetro: iba, por lo menos, a diez kilómetros por debajo del límite. Con razón la camioneta no traqueteaba.

Zarin se cubrió la boca con la mano mientras le temblaban los hombros. Aparté la mirada de ella y aceleré de nuevo, concentrándome en la carretera una vez más.

Me dije que no era la primera vez que una chica se reía de mí. Tenía quince años la primera vez que me interesé por una chica de mi antiguo colegio de Bombay. Todavía recordaba sus relucientes ojos marrones y su cabello cuidadosamente trenzado. La única vez que intenté abordarla en el pasillo del colegio, resbalé en el suelo recién fregado y me caí de bruces. Después de aquello, todo el mundo me estuvo llamando Bozo durante semanas por el aspecto de mi cara: pálida como la de un payaso, salvo por la nariz, que tenía un buen cardenal rojo, y mis mejillas coloradas. Ella y sus amigas nunca habían podido volver a mirarme sin echarse a reír.

Por suerte, Zarin no era así. Tras unos cuantos segundos, dejó de reír y su rostro recobró la compostura, aunque todavía le brillaban los ojos. Decidí mantener la boca cerrada y seguir conduciendo. No hablamos hasta que aparqué de nuevo fuera de su edificio de apartamentos.

—Gracias —dijo Zarin, girándose en el asiento. Comprobé entonces que nunca se había abrochado el cinturón—. Ha sido un paseo agradable.

—¿De verdad? —En algún lugar, en el fondo de mi ser, brotó la esperanza.

Ella me observó unos segundos y luego suspiró.

—Mira, Porus. Eres un buen chico y tal vez podamos ser amigos. Pero no te hagas ilusiones conmigo, ¿vale? No voy a ser tu novia. Nunca.

—¿A qué te refieres? —repuse, sonrojándome—. Tal vez solo quiera ser tu amigo.

Zarin soltó una carcajada.

—Es broma, ¿no? Primero cuentas esa historia de Shirin en la charcutería, luego adulas a mis tíos, luego me dices que estoy preciosa… Sí, claro, solo quieres que seamos amigos.

—Ni siquiera me has dado una oportunidad —protesté. No sabía de dónde provenía esa audacia repentina. Respiré hondo—. Puede que te recuerde a Bakasura, pero no me conoces bien. Podría sorprenderte, ¿sabes?

—Mira, tienes que dejar de tomarte todo lo que digo tan en serio. En realidad, no te pareces a Bakasura. Solo lo dije porque me hiciste enfadar. —Entonces frunció el ceño y observó mi cara unos segundos, casi como si la estuviera viendo por primera vez. Negó con la cabeza—. Pero esa no es la cuestión. Estoy con alguien, ¿vale? Tengo novio.

Tenía novio. No debería haberme sorprendido que alguien como ella tuviera pareja, pero, aun así, me dolió.

—Si tienes novio, ¿por qué estás aquí conmigo? —la reté.

—Porque tienes coche y necesitaba alejarme de *masi* y sus refunfuños. —Se encogió de hombros—. ¿Por qué otra cosa iba a ser?

—Mi jefe, Hamza, también tiene coche —señalé—. Como Alí, ese cajero pervertido. Y no sales con ninguno de ellos.

Zarin me puso mala cara a modo de respuesta, pero le temblaron las comisuras de la boca. Ese leve movimiento me dio esperanza, ese atisbo de diversión en sus labios me llevó a continuar y decir:

—¿Sabes qué? Creo que vas a volver a salir conmigo. Puede que como amigos o como quieras llamarlo. Pero, aun así, tendrá más que ver con mis encantos y mis dotes para la conversación que con esta tartana oxidada.

—Claro —dijo ella poniendo los ojos en blanco—. Vale.

—Genial, pues entonces ya está —contesté con tono alegre—. Vendré a verte el próximo fin de semana. Puede que un día logre conquistarte y dejes a ese novio tuyo por mí.

Zarin me miró un segundo y luego soltó una carcajada: una de verdad esta vez, sin el menor asomo de sarcasmo.

—Amigo mío, está claro que estás mal de la cabeza.

* * *

Una semana después, recibí una llamada de un número desconocido.

—Hola. Soy Zarin. Ven a buscarme. Mándame un mensaje a este número cuando llegues.

—¿Qué pasa? —pregunté, pero ella ya había colgado.

Una parte de mí se irritó. ¿Quién se creía que era esta chica? Pero otra parte, más grande, se moría de curiosidad.

Sabía un poco acerca de los padres de Zarin por los fragmentos de información que flotaban por la colonia Cama cuando yo vivía allí. Las mujeres contaban historias sobre su madre, Dina, la belleza de la colonia, que se podría haber casado con cualquier hombre que quisiera, pero que, en cambio, había empezado a trabajar en un bar cabaré cuando el bisabuelo de Zarin murió.

—Mi hermano se ofreció a ayudarla, ¿sabes? —le contaba Persis, la Señora del Perro, a todo el que escuchara—. Le propuso casarse con ella, darle una casa. Pero ¡ella se negó! ¡Decía que no quería casarse con alguien como él! ¡Como si mi hermano tuviera algo de malo! Y entonces se juntó con ese matón y tuvo una hija con él. ¡Te aseguro que estaba loca!

Aunque al final Dina se marchó de la colonia y se mudó a un elegante apartamento en el centro de Bombay, a veces venía a visitar a su hermana; sobre todo después de discutir o pelearse con su amante.

Prácticamente todo el mundo recordaba el día en que el padre de Zarin vino a la colonia. En una ocasión, mientras tomaban una copa, un grupo de hombres le describió a mi padre cómo cruzó la verja a lomos de su Harley, subió tranquilamente los escalones del Edificio 4 y le puso una pistola a Dina en la cabeza.

—Pero hay que reconocerle el mérito a nuestra Dina —había dicho uno de los hombres—. Se mantuvo firme, no demostró ni pizca de miedo. Le dijo que no volvería a casa con él si la trataba así. La pequeña Zarin es igual que ella, ¿sabes? ¡Tendrías que haber visto la paliza que le dio a su primo el otro día! ¿Quién se habría imaginado que una niña tan pequeña tuviera tanto temperamento? Puede que lo haya heredado de su padre.

Todo el mundo, incluido mi padre, se había reído con la broma. No obstante, nadie mencionaba a Dina ni al padre de Zarin ni bromeaba sobre ellos delante de los Wadia: ni siquiera la Señora del Perro, que era una vieja chismosa.

Aunque solo tenía ocho años en aquel entonces, incluso yo me daba cuenta de cómo variaba el ambiente cuando uno de los tutores de Zarin aparecía durante una sesión de cotilleo, la rapidez con la que las voces se apagaban y cambiaban de tema.

Cuando llegué, Zarin estaba esperando junto a la puerta de su edificio de apartamentos. Estaba más pálida que la última vez que la había visto y aferraba una pequeña mochila contra el pecho.

—Has venido —dijo, con voz monótona. Pero, por una vez, me hablaba en gujarati y noté que mi enfado se esfumaba.

—Sí, así es. Estabas rara. Y me preocupé.

Zarin suspiró y luego subió al asiento del acompañante.

—No pretendía llamarte así. No pretendía llamar a nadie. Pero mi *masa*... —Volvió la cabeza bruscamente hacia la ventana, donde vi dos sombras: un hombre y una mujer, abrazados—. ¿Podemos largarnos de aquí primero? —me preguntó con impaciencia.

Fruncí el ceño. Puede que estuviera colado por esta chica, pero incluso yo tenía mis límites. Abrí la boca, con la firme intención de decirle que no podía ir dándome órdenes así. Pero, entonces, ella levantó la mano para colocarse un mechón de pelo debajo del pañuelo. La amplia manga del *abaya* le cayó hasta el codo, dejando al descubierto una media luna formada por círculos rojos y azules grabada en su piel.

Al notar la dirección de mi mirada, se bajó la manga a toda prisa.

—¿Qué estás mirando? —me espetó.

Le agarré la muñeca con suavidad y volví a subirle la manga. Si hubiera forcejeado, la habría soltado, pero, para mi sorpresa, no se resistió. Quizá simplemente supuso que yo era demasiado fuerte para oponerse. Sin embargo, cuando la miré a los ojos, comprendí que estaba cansada.

—¿Cómo te hiciste esto? —pregunté, deslizando el pulgar por un cardenal más antiguo, que estaba adquiriendo un tono amarillo.

—Con los dedos de *masi*.

Volví a mirar hacia la ventana. Las sombras ya no estaban. Ni siquiera me molesté en preguntarle a Zarin si sus tíos sabían que estaba conmigo. Le solté la mano y le di al contacto.

—¿Adónde quieres ir?

* * *

El paseo marítimo de Yeda era la única parte de la ciudad que a veces me recordaba a Bombay. Un fin de semana, por fin llevé a mi madre al paseo central, un animado trozo de costa que bullía de familias por las tardes. Chicos árabes de mi edad, y aún más jóvenes, montaban en *buggy* por la arena y, a veces, por la pasarela de tablones. Media hora antes de que se pusiera el sol, la Fuente de Yeda se abría al público, propulsando a más de trescientos metros de altura un chorro de agua en medio del mar Rojo.

Le compramos mazorcas de maíz a un malayali muy hablador que atendía un puesto de aceite de cocina Mazola de color amarillo fuerte y que cocía mazorcas enteras al vapor antes de aplicarles mantequilla y añadirles sal. Aquel hombre solía quejarse de otros vendedores ambulantes del extremo sur de la playa, que traían el maíz en carretillas y lo asaban en fogatas, como se hacía en la India.

—Mi maíz es mejor —insistía el malayali—. Más dulce. Y no notas un sabor a carbón en la boca, ¿a que no?

—No —contesté. Pero no le conté que yo asociaba el sabor a carbón con algunos de los recuerdos más felices que guardaba de mi padre y de Bombay.

Un día que me sentía mal, que el dolor de perder a papá era insoportable y mamá llevaba horas y horas rezando junto al altar de la cocina, conduje hasta el extremo norte del paseo marítimo para estar solo, para contemplar las olas hasta que mi cuerpo creyó que él también flotaba con la espuma, más allá de la pequeña y blanca Mezquita de la Isla con sus cúpulas rosadas, a través del mar Rojo. Caminé por la orilla y me situé al lado de las rocas que había cerca de la mezquita, a unos metros de las familias sentadas en mantas con bolsas de sándwiches, botellas de Pepsi y recipientes de aluminio con pollo comprado en AlBaik. Los niños chapoteaban cerca, riendo como locos en el bajío. Sus voces dejaron de importarme al cabo de un rato; las olas que rompían contra las escarpadas rocas solían ahogar la mayoría de los sonidos, permitiendo que los pensamientos de mi cabeza se volvieran líquidos, se agitaran perezosamente por mi cerebro y lamieran los laterales.

Aquí fue adonde traje a Zarin. Aparqué junto a la pasarela, desde donde se veía bien la mezquita. Bajé mi ventanilla e inhalé una profunda bocanada de aire de mar: limpio, caliente y con un toque de sal. A lo lejos, una draga municipal se recortaba plana y negra contra el agua, dejando tras ella una estela de espuma blanca.

Algunos días, el olor del mar era mucho más intenso en Yeda, tan intenso que se adhería a la ropa que mi madre tendía en nuestro pequeño balcón; era un intenso olor a pescado que nunca parecía desvanecerse por mucho desodorante que me pusiera.

—En Bombay, nunca era así —refunfuñaba mamá mientras presionaba la plancha con fuerza sobre mi camisa, como si esperase eliminar el olor de la tela quemándolo.

Zarin contemplaba el agua, que se arrugaba como la tela del sari de una mujer y era de un apagado tono azul acero al que el sol poniente confería destellos rojos y amarillos.

—Solíamos venir aquí —dijo, hablando por primera vez después del silencioso trayecto—. Mis tíos y yo. Cuando yo tenía seis años. *Masa* me agarraba de la mano y caminaba conmigo por la orilla. *Masi* iba al otro lado de él. La gente solía pensar que éramos una familia.

—Sois una familia.

—Estás de broma, ¿no?

—Eso depende de dónde esté la gracia.

Zarin se volvió por fin hacia mí, pero no me miró a los ojos.

—Fue algo absurdo. El motivo por el que nos peleamos, digo. Ella se estaba quejando de cuánto odiaba ciertas cosas de Yeda. «No hay nada como nuestra India.» —Imitó a su tía al decir la última frase—. Y cosas así. Pero, cuando va a la India, pone Yeda por las nubes y se queja de lo sucia que está Bombay. Estaba siendo una hipócrita. Y se lo eché en cara. Debería haber mantenido la boca cerrada.

Carraspeé.

—¿Te pega mucho?

Ella se encogió de hombros.

—No tanto como antes.

—Pero el tío Rusi…

—No hace nada. Bueno, para ser justos, a veces la regaña. Pero también me dice constantemente que no debería rechistarle. Siempre se pone de su parte. Incluso cuando yo tengo razón. —Por fin posó su mirada en la mía—. Me cabreé y quería largarme de allí.

—¿Y yo fui la primera persona en la que pensaste? No sabía que considerases mi camioneta tu vehículo de huida —bromeé, intentando relajar el ambiente.

Zarin esbozó una sonrisita burlona.

—Supongo que debería haber escogido mejor, ¿eh?

—Como a tu novio —dije de forma significativa—. Porque tienes novio, ¿no? ¿O eso también era mentira?

—Ya, claro. Llamar a mi novio, cuando ni *masa* ni *masi* saben que existe, y meterme en más problemas aún. Eso habría sido maravilloso. Ya puestos, podría pedirles que me enviaran a Bombay y me casaran con algún buen chico parsi de allí.

—¿Qué tienen de malo los chicos parsis? —No pude evitar sentirme ofendido—. De todas formas, eres demasiado joven para casarte.

Zarin rebuscó en su mochila y sacó un paquete de cigarrillos.

—¡Oye! —exclamó cuando se lo arrebaté de las manos—. ¡Devuélvemelo!

—No vas a fumar en mi camioneta. Además, ¿sabes lo malo que es para los pulmones?

—Venga ya —insistió ella—. A nadie le importa eso.

—Bueno, pues tal vez debería importarles.

Algo titiló en sus ojos. Alargó de nuevo la mano.

—¿Me lo devolverás si prometo no fumar?

Sí, seguro. Me guardé el paquete en el bolsillo.

—Vale, quédatelo —dijo, irritada—. De todas formas, solo quedaba uno.

—Una pequeña pero importante victoria.

—De pronto me ha quedado claro por qué no tienes novia.

—No sabía que se pudiera salir con una chimenea.

Zarin ensanchó los ojos un instante. La forma en la que le temblaron los labios debería haberme servido de aviso antes de que se echara a reír. A carcajadas. Con sinceridad.

—Vale, chico listo —dijo cuando recobró el aliento—. Me has pillado. Esta vez.

Debería haber sabido que acababa de meterme en un lío. Porque, aunque Zarin no se daba cuenta, ella también me tenía pillado a mí. Justo cuando estaba a punto de renunciar a ella, se había reído así y me había conquistado de nuevo.

* * *

Aquella primera llamada marcó la pauta de una especie de ritual. Zarin me llamaba, por lo general momentos antes de que le apeteciera ir a algún sitio, y me preguntaba si quería «salir a dar una vuelta». Cuando nos encontrábamos, ella siempre se aseguraba de decir que éramos «solo amigos». Yo le tomaba el pelo por ello:

—¿Por qué lo recalcas tanto? ¿Te preocupa enamorarte de mí?

No fue fácil conciliar la imagen de Zarin que tenía en mi mente con la chica que encontré en Yeda. En Bombay, siempre la había considerado lista pero callada: una niña que prefería estar sola y observar en lugar de hablar. Diez años

165

después, aunque descubrí que algunas de esas cosas eran ciertas, también tuve que tener en cuenta su agudo ingenio, su mordaz sentido del humor y su mal genio los días que no obtenía la dosis adecuada de nicotina.

Aunque no lo demostraba a menudo, Zarin también tenía un lado más tierno. Cuando le hablaba de papá o de mi antigua vida en Bombay, siempre me escuchaba, y a veces incluso aportaba alguna anécdota propia. Cuando yo tenía un mal día, me hacía reír. Me resultaba extraño que ella siempre pareciera sentir mis cambios de humor casi al instante. La otra única persona a la que no engañaba mi cara de póker era mi madre. Cuando se lo mencioné a Zarin, me dijo:

—No puedes mentirle a otro mentiroso.

Tener a Zarin en mi vida interrumpió la monotonía de trabajar en la charcutería y alivió la profunda pena que me había provocado la muerte de mi padre, una sensación que podía desvanecerse durante días enteros y luego regresar de repente al ver a otro hombre con cabello entrecano u oler las páginas de un libro viejo.

A mi madre, que había hablado con la tía Khorshed un par de veces después de que las presentara, no le gustaba que fuera amigo de Zarin.

—Khorshed me ha contado unas cuantas cosas sobre esa chica —me dijo mamá—. Sobre su mal comportamiento en el colegio y en casa. No medita bien las cosas que hace. No tiene ninguna consideración por la gente que la rodea y es muy irrespetuosa, incluso con sus propios tíos.

—Ellos no siempre la tratan bien —alegué, recordando los cardenales que le había visto en el brazo—. No es... Las cosas no siempre son lo que parecen.

Mi madre se me quedó mirando un buen rato. Tenía los ojos tristes.

—Porus, te pareces muchísimo a tu padre. Siempre le das a la gente el beneficio de la duda. A veces, eso supone una maldición tanto como una bendición. Por favor, hazme caso. Piénsalo detenidamente antes de involucrarte demasiado con esta chica.

Sin embargo, cuando se trataba de Zarin, la razón siempre salía volando por la ventana. Aquella chica tenía algo que me atraía de manera instintiva, que no era capaz de explicarme a mí mismo en aquel entonces, y mucho menos a mi madre.

Las noches en que no conseguía conciliar el sueño, salía a hurtadillas y conducía sin rumbo fijo: algo que resultaba más fácil en Yeda que en Bombay, donde muchas de las calles eran estrechas y estaban mal iluminadas. En Yeda, las farolas brillaban como luciérnagas que me seguían a todas partes, desde el deslumbrante *glamour* de Palestine Street a las tranquilas y estrechas calles residenciales. Podía fingir que iba con papá, enseñándole la ciudad como Zarin había hecho conmigo, señalándole los lugares emblemáticos que se entreveían entre las palmeras, bromeando acerca de que era una suerte que aquí la gasolina fuera más barata que el agua potable.

En una ocasión, por capricho, incluso fui hasta Aziziya y aparqué cerca del pequeño edificio de apartamentos de cuatro plantas en el que vivía Zarin, al otro lado de la calle, un metro por detrás del contenedor de basura municipal. Una luna creciente flotaba en el cielo y me quedé un rato sentado en silencio, fascinado, hasta que dos gatos salieron de un salto del contenedor y sus chillidos rasgaron el aire.

Me incorporé bruscamente, con el corazón acelerado. Las luces me envolvían, reflejándose en el capó de mi camioneta. Me hicieron comprender de pronto lo iluminado que estaba todo, lo fácil que sería que alguien mirara hacia afuera y me sorprendiera merodeando. Si Zarin me veía, seguramente me tacharía de acosador. O puede que incluso me llamara Romeo, como hacían los chicos de la charcutería cada vez que me pillaban mirándola. Estaba a punto de marcharme cuando una sombra apareció en la ventana de la planta baja del apartamento de Zarin, seguida del roce de una mano pálida contra el enrejado.

—Sufro pesadillas —me había contado Zarin—. A veces, me parece mejor no dormir.

Me pregunté si se trataría de ella, si se volvería y me sorprendería observándola. Pero no lo hizo. Segundos después, la mano desapareció y la sombra regresó a la cama.

UNA CHICA COMO OTRA CUALQUIERA

Zarin

PORUS DECÍA QUE HABÍA DIFERENTES CLASES DE amor. El que te invadía al instante («¡Deseo a primera vista!», lo interrumpí) y el que crecía con el tiempo («¡Desesperación!»), que era lo que él esperaba que pasara entre nosotros.

—No funciona así, Zarin —repuso con tono de irritación—. Enamorarse no significa estar desesperado.

—¡Claro que sí! —repliqué—. Esa sería la única forma de que yo me enamorase de ti.

El dolor se reflejó un instante en su mirada, líquido y fugaz, y luego desapareció en un abrir y cerrar de ojos. Mi propia insolencia no me sorprendió. Pero sí el hecho de arrepentirme de usarla contra Porus. No era propio de mí comedirme al hablar con alguien, sobre todo con los chicos con los que salía. Pero decirle algo cruel a Porus a propósito (la mayoría de las veces lo hacía sin querer) siempre me hacía sentir culpable. A estas alturas, cualquier otro chico ya habría salido huyendo.

Para mi sorpresa, aparte de las escasas ocasiones en las que se le notaba que lo había herido, Porus por lo general se reía de mí. «*Tohfani*», me llamaba en gujarati. «Tempestuosa.» Era una descripción acertada. Si yo era como una tempestad, entonces Porus era como una roca, firme e imperturbable. Y, por muy mal que suene, cada vez que él se reía de mi crueldad, yo no podía evitar poner a prueba sus límites, ver cuánto podía aguantar antes de contraatacar.

—¿Nunca te enfadas? —le pregunté un día en la charcutería, aunque con más tono de curiosidad que de burla—. A ver, ¿a veces no te dan ganas de darle un porrazo a alguien en la cabeza?

—¿A ti, quieres decir?

Sus labios se curvaron formando una pequeña sonrisa: la misma que a veces les dedicaba a las clientas atolondradas. Me enfadé conmigo misma al notar que el corazón me daba un vuelco.

—No te conviene verme enfadado, Zarin —me dijo—. Tengo muy mal genio.

—Ya, claro —contesté con un resoplido, aunque a veces me preguntaba si me decía la verdad, si sus bíceps realmente eran tan duros como me lo habían parecido cuando los rocé una vez con los dedos por accidente en su camioneta.

Quizá habría conseguido pasar por alto cuánto me irritaba su carácter digno de Gandhi o su inesperado carisma, pero, de algún modo, Porus también había penetrado las barreras que mis tíos habían levantado a mi alrededor por ser una chica.

—¡Qué chico tan decente! —decía *masa*, algo que me fastidiaba muchísimo.

A *masi* también le gustaba Porus, aunque yo sabía que esa aprobación no tenía tanto que ver con la decencia como con el hecho de que fuera parsi (un parsi puro hijo de dos padres parsis), lo que automáticamente lo hacía mejor al noventa y nueve por ciento que cualquier otro chico que se interesase por su sobrina medio hindú.

—No hay nada como nuestra gente —la oía decirle a menudo a Persis—. Si hubiera buenas familias parsis..., buenos chicos parsis por aquí, no me preocuparía tanto por ella.

Por muy hipócritas que los considerase por pensar así, en realidad no podía quejarme. Estar con Porus era una de las pocas formas de salir de casa sin tener que escabullirme, algunas veces incluso me servía de tapadera para verme con Abdullah, aunque a él no le gustaba.

Porus también había conseguido penetrar algunas de mis barreras. A diferencia de con Abdullah, con él me resultaba fácil hablar de Bombay y de lo que significaba ser parsi. No tenía que pensármelo dos veces antes de pasar del inglés al gujarati al hablar con Porus, no tenía que encontrar la forma de explicarle una broma acerca de que *masi* canturrease durante las oraciones o las excentricidades de la Señora del Perro en la colonia Cama. Ni siquiera me molestaba cuando Porus me mandaba un mensaje con una imagen cursi y una cita que ponía: «Mantén la calma y ama a un parsi». Aunque, para guardar las apariencias, le respondía: «Qué más quisieras».

Los ojos de Porus reflejaban asombro ante todo lo relacionado con Yeda. Y, para ser sincera, todo lo relacionado conmigo. Me hacía preguntas que iban desde qué libro me llevaría a una isla desierta a qué opinaba de que a las mujeres no se les permitiera conducir en Arabia Saudí. Nunca había hablado de esas cosas con ningún chico. Ni siquiera con Abdullah.

Aunque al principio me gustaba no hablar de temas personales durante mis citas con Abdullah, últimamente me aburría un poco, como si eso nos dejara muy poco que hacer salvo comer, fumar o besarnos. A veces, cuando pasábamos junto al conocido grabado con forma de palmera y el letrero de bienvenida en el que ponía «WELCOME TO JEDDAH», situado cerca del arco de Madinah Road, me acordaba de Porus y su comentario de que nunca había visto tantas palmeras datileras en el mismo sitio. Abdullah me preguntaba por qué sonreía y yo respondía: «Por nada», lo cual me hacía sentir tremendamente culpable.

Pero Abdullah nunca parecía darse cuenta de lo distraída que estaba y, con frecuencia, eludía mis intentos de iniciar una conversación dándome un fuerte beso en la boca. Sin prisa, pero sin pausa, él intentaba llevar las cosas más allá de los besos, subiendo la mano poco a poco por mi muslo o mi torso, y siempre se cabreaba cuando yo le impedía desabrocharme los corchetes de la parte posterior del *kameez* o bajarme la banda elástica del *salwar*.

El jueves pasado, tuvimos la mayor pelea al respecto.

—¿Desde cuándo te has vuelto una mojigata? —me preguntó—. Los novios hacen estas cosas. No tiene nada de malo.

—Puede ser… si vives en Estados Unidos —señalé—.
Ya te he dicho que todavía no estoy preparada, Abdullah.
A fin de cuentas, solo llevamos saliendo un par de meses.
Él resopló.

—No me vengas con esas, Zarin. Es por ese charcutero,
¿no? Ahora te pone él.

—Porus es mi amigo. Y sabe que estoy saliendo contigo.

—Bueno, en ese caso, no entiendo cuál es el problema.

Yo tampoco lo entendía. Por mucho que me gustara besar
a Abdullah, la idea de tener sexo con él me hacía sentir incómoda, me parecía mal en cierto sentido. A duras penas conseguía explicármelo a mí misma, mucho menos a un chico
que desahogaba su frustración sexual acusándome de ser una
provocadora y luego dejaba de hablarme durante el trayecto
de veinte minutos de regreso a mi edificio de apartamentos.

Con Porus, todo era diferente. En primer lugar: era mi
amigo, no mi novio. Segundo: a pesar de sus molestos comentarios acerca de que iba a acabar conquistándome, estaba segura de que él nunca me presionaría para hacer nada.
Porus tenía algo, una amabilidad en la mirada tal vez, o esa
sonrisa bonachona suya, que me hacía sentir instintivamente
a salvo con él. Su curiosidad parecía infinita, sus preguntas
pasaban de un tema a otro sin ton ni son, haciéndome hablar
sin parar hasta que se me escapaban cosas que no pretendía
decir.

—¿Quieres que hable con el tío Rusi? —me preguntó un
día, señalando un nuevo cardenal en mi brazo—. Puede que,
si se lo digo, le ponga fin.

Negué enérgicamente con la cabeza. Los «problemas de
ansiedad» de *masi*, como los llamaba *masa*, solían tener prio-

ridad sobre cualquier cosa que mi tía me hiciera, aunque no le dije eso a Porus.

—Por favor, *dikra* —me suplicaba *masa* siempre que me quejaba—. Por favor, intenta ser un poco más paciente con ella.

Masa, que perdía la paciencia cada vez que yo le decía que *masi* simplemente usaba su enfermedad para ocultar su comportamiento mezquino. Que no había visto la expresión calculadora en los ojos de su mujer cuando se golpeó la cabeza el día en que Fali murió.

—No tiene importancia —le espeté a Porus—. La gente pega a sus hijos constantemente. Incluso los profesores nos pegan en el colegio.

La semana anterior, había visto a nuestra profesora de Física retorcerle la oreja a una desafortunada chica de sexto por llevar zapatos del color equivocado a la asamblea escolar.

—No es nada nuevo. No soy una debilucha, Porus. Puedo soportarlo.

—No eres débil por hablar con alguien si te maltratan. Pegar a los niños está mal. Mi padre siempre lo decía. Nunca me pegó, ni tampoco mi madre.

—Es más complicado que eso. —Me obligué a apartar la vista de su penetrante mirada—. Yo no soy como tú, ¿sabes? No soy buena persona.

Incluso la madre de Porus lo sabía. Había oído a *masi* hablarle muchas veces acerca de mi mal comportamiento cuando venía de visita a nuestro apartamento.

—¿Qué puedo hacer, Arnavaz? ¡Ya sabes cómo son los jóvenes de hoy en día! Nunca hacen caso.

En una ocasión, las oí hablar de mi madre.

—Ni te imaginas cómo la llamaban —le dijo *masi* a la tía Arnavaz—. Las cosas que decían a sus espaldas. Cuando nuestro abuelo murió, Dina no aceptó la ayuda de nadie. Un buen día fue al bar cabaré que había cerca del *chawl* y consiguió trabajo allí. Dijo que lo hacía por mí. Por su hermana pequeña.

Y prosiguió:

—Pero a nadie le importó eso. En este mundo, a nadie le importa que te estés muriendo de hambre. Nadie te mira siquiera. Solo les importa cuando empiezas a hacer algo que no aprueban: como bailar desnuda. Eso es algo que Zarin no entiende. Ella piensa que soy una ingrata. Me llama hipócrita. Se parece tanto a Dina en ese sentido que me aterra.

A veces, me preguntaba si a Porus le habría ido mejor viviendo con *masa* y *masi* que a mí: si él podría haber sido el niño formal y paciente que *masa* siempre había anhelado.

—El amor es la respuesta —me dijo Porus una vez, cuando se lo pregunté—. El amor siempre es la respuesta cuando las cosas van mal.

* * *

Un día después, la hermana de Farhan Rizvi, Asma, usó una frase similar durante el debate de clase de Inglés de undécimo en la Academia Qala, antes de ponerse poética afirmando que la teoría del ojo por ojo dejaría a todo el mundo ciego y que las mujeres víctimas de malos tratos no deberían defenderse de sus agresores con violencia letal.

—Las mujeres deben tener en cuenta otras cosas —anunció Asma, poniéndose colorada, como le pasaba siempre que hablaba en público—. Como sus hijos, por ejemplo. ¿Qué ejemplo recibe un niño si ambos padres usan la violencia? ¿Quién le enseñará a diferenciar el bien del mal? Además, ¿quién dice que el marido no puede cambiar?

Observé a los jueces, que estaban sentados en una mesa situada enfrente del escenario, con el rostro tenso. Dos procedían de la sección masculina y dos, de la femenina. Reconocí a nuestra directora, con su largo *salwar-kameez* de estilo paquistaní, y a nuestra profesora de Inglés, la señora Khan, que llevaba el sari y la rebeca blanca habituales y cuyo cabello teñido con henna relucía bajo las brillantes luces del auditorio. Nuestras miradas se encontraron; la piel que rodeaba sus ojos estaba pintada de marrón. Me dedicó una leve sonrisa y luego apartó la vista.

Una tarde, cuando fui a verla a la sala del personal para hablarle de un libro, la manga del suéter se le subió un poco y vi una marca en su brazo que se parecía a un cardenal. Esa marca hizo que algo se contrajera en mi interior y, durante un breve instante, quise mostrarle mis heridas: la cicatriz de la rodilla que parecía un cráter o la zona marrón en mi brazo izquierdo, de cuando *masi* me golpeó con una cuchara caliente. «Usted y yo somos iguales», quise decirle. Pero entonces la señora Khan me miró a los ojos y me preguntó:

—¿Ocurre algo?

Y el momento pasó.

—No, señora —contesté.

¿Cómo iba a ayudarme esta mujer si no podía ayudarse a sí misma? Así que me marché, fingiendo no haber visto nada.

Mishal Al-Abdulaziz se sentaba frente a mí, en el equipo que daba argumentos en contra del tema. A lo largo del último mes aproximadamente, las había sorprendido a ella y a Layla observándome de vez en cuando y lanzándome miradas de odio. A principios de esa semana, se estaban burlando de mí y, en cierto momento, se echaron a reír a carcajadas en medio de la conversación. Aunque no era raro que Mishal o Layla hicieran ese tipo de cosas, desde mi pelea con Abdullah no podía evitar preguntarme si se habrían enterado de algún modo, aunque mi mente me decía que estaba paranoica. Me recordé que Abdullah no le hablaba a su hermana de mí.

—Si se lo contara a Mishal, se enteraría todo el colegio —me había asegurado él una vez—. No te preocupes. Nunca le diría nada sobre nosotros.

En ese momento, sin embargo, Mishal no me estaba mirando. Estaba tomando notas tranquilamente en su libreta, probablemente para cuando le tocara el momento de rebatir. O tal vez fuera una táctica para intimidar a sus oponentes. Pude comprobar cómo estaba afectando ya a los otros miembros de mi equipo: Alisha Babu, que era la chica más tranquila que conocía, tomaba notas como loca, copiando el discurso de Asma palabra por palabra.

Yo, por mi parte, solo le prestaba atención a medias a la argumentación de Asma. Ya era evidente que no sería buena teniendo en cuenta el impreciso comienzo. Dejé vagar la mente un momento. Hacia Abdullah, primero. Y la desconcertante inquietud que siempre parecía ir asociada a la idea de tener sexo con él. La ira que él demostraba últimamente, cada vez con más frecuencia. Luego pensé en Porus. En que era extraño que se pudiera hacer daño a un chico tan corpulento con unas cuantas palabras bien escogidas. Y entonces, así sin más, pensé en Farhan Rizvi. Un chico al que solo había visto de lejos. Un chico cuyas fotografías a veces contemplaba en mi cuarto después de pelearme con Abdullah, preguntándome, imaginándome qué habría pasado si me hubiera visto sonreírle hacía dos años.

Alisha me dio un golpecito con el codo.

—¡Te toca! —me dijo.

La imagen de aquel chico se desvaneció dando paso a las luces y al centenar de rostros que me observaban: chicas de noveno, décimo y undécimo a las que habían sacado de sus clases para llevarlas al auditorio situado en la planta baja y que se usaba para deportes de interior y exposiciones, chicas a las que se les cerraban los ojos y que se escribían notas unas a otras, que se estaban aburriendo como ostras en un debate que seguramente esperaban que fuera más emocionante teniendo en cuenta el tema: «¿Es lícito que las víctimas de malos tratos se defiendan con violencia letal u otra acción ilegal?».

Me puse en pie a toda prisa, dejando mis papeles atrás. Coloqué las manos a ambos lados del atril y miré al público a los ojos:

—¿Las mujeres víctimas de malos tratos deberían responder empleando cualquier medio a su disposición? ¿Incluida la violencia letal? ¿La violencia está bien o es moralmente aceptable? ¿El asunto es tan simple como decir: «Ojo por ojo y todo el mundo acabará ciego»?

Hice una pausa, esperando a que el silencio se propagase por la sala, una táctica que había visto emplear a la directora cuando daba sus discursos.

—¿Es tan simple como poner la otra mejilla y esperar que el marido recuerde de pronto el amor que una vez le tuvo a su mujer, como sugiere la señorita Rizvi? ¿O simplemente supondrá otra visita al hospital, como le pasó a Savitri Sharma en Amritsar, en Punyab? Una mujer que acabó ingresada en cuidados intensivos con quemaduras graves porque no le proporcionó a la familia de su marido el coche que querían como parte de su dote. ¿O será como el caso de Megan Forester, de Columbus, Ohio, cuyo marido retuvo a la hija de ambos pistola en mano para que Megan no lo abandonase? ¿Y si estas mujeres hubieran reaccionado de forma diferente? ¿Y si hubieran respondido? ¿Y si hubieran actuado en defensa propia?

Miré a los jueces de nuevo para evaluar sus reacciones. En lugar de parecer aburridos y desinteresados, los hombres escuchaban mis palabras con atención. Nuestra directora sonreía y asentía con la cabeza. La señora Khan era la única que parecía pálida y preocupada.

—Seema Rao, de Bombay, hizo eso mismo en 2013. Golpeó a su marido en la cabeza con un bate de críquet antes de que él la apuñalara. Más tarde se descubrió que el marido sufría una enfermedad mental. Gracias a su rápida actuación, logró salvarse a sí misma y también a su marido. El juez asignado al caso dictaminó que sus actos estaban justificados a pesar de que, en circunstancias normales, serían ilegales.

Masi me había llamado «pequeña bruja» la primera vez que notó que olía a cigarrillos, cuando estaba en décimo. Todavía recordaba cómo me había clavado las uñas, cómo me había quemado la piel con la cuchara caliente, cómo me había gritado al oído cuando reaccioné dándole un pisotón, aplastándole los dedos del pie con el tacón del zapato. Fue la única vez que me defendí de forma física. Y ella nunca intentó volver a hacerme lo mismo.

—Hablar de violencia no siempre implica hablar de muerte —proseguí—. A veces, la violencia puede suponer la diferencia entre la vida y la muerte. La diferencia entre aguardar la ayuda de alguien y continuar sufriendo malos tratos y ayudarte a ti misma cuando más lo necesitas. Incluso la ley reconoce el concepto de defensa propia. En el caso de Seema Rao, el juez del Tribunal Supremo de Bombay lo definió como el derecho absoluto que todo ser humano tiene a protegerse para no sufrir daño... con violencia, si es necesario.

Hice otra pausa y recorrí el silencioso auditorio con la mirada.

—Cuando revisé estos casos durante mi investigación, encontré muchísimos ejemplos en los que la víctima de malos tratos decía: «Ojalá hubiera hecho algo» u «ojalá no hubiera tenido tanto miedo». Y ¿saben qué? Yo opino lo mismo. Ojalá no hubieran tenido miedo u ojalá hubieran intentado defenderse. Porque, de haberlo hecho, tal vez hubieran descubierto que la ley estaba de su parte. Gracias.

Me senté de nuevo junto a mis compañeras de equipo, con la cara sonrojada, el corazón acelerado y el aplauso resonándome en los oídos. Alisha me agarró de la muñeca.

—¡Te has llevado el mayor aplauso de momento! La señora Khan parecía a punto de echarse a llorar. ¡El equipo contrario no tiene nada que hacer!

Pero yo no estaba tan segura. A lo largo de los años, había aprendido a no subestimar a la chica alta que acababa de levantarse de su silla y se dirigía al podio.

Mishal imitó mi postura en el atril, colocando las manos a ambos lados.

—Mi compañera ya ha tratado los aspectos morales relacionados con responder con violencia en una situación violenta. Así que no hablaré de eso. Me centraré en los aspectos legales relacionados con el tema. O con la defensa propia, como lo denomina la señorita Wadia. Sin embargo, ¿es tan fácil demostrar la defensa propia ante un tribunal? La primera pregunta que hará un abogado es: ¿por qué no solicitar el divorcio? La ley le permite a una mujer escapar del maltrato a manos de un cónyuge violento. Ya no estamos en la Edad Media. ¿Por qué es necesario responder con violencia? ¿Por qué arriesgarse a ir a la cárcel o a perder a los hijos en una batalla por la custodia? Sí, puede que la ley te permita defenderte…, pero la carga de demostrar tu inocencia en estos supuestos podría resultar mucho más dura que la carga de ser una mujer divorciada.

Mis compañeras escribían frenéticamente, algunas anotaban argumentos acerca de que las mujeres prácticamente carecían de alternativas en países como Arabia Saudí, etcétera, pero yo pude comprobar que el argumento de Mishal había cambiado las tornas, había unido todo lo que sus compañeras de equipo habían dicho antes para formar algo más estructurado, con más cohesión. Ellas ganarían el trofeo por equipos, independientemente de lo que dijéramos para rebatirlas. Estaba convencida.

Diez minutos más tarde, después de que Mishal y yo volviéramos a enfrentarnos en réplicas de un minuto, mi predicción se cumplió.

—El equipo ganador… —anunció la directora— ¡es el equipo en contra, liderado por Mishal Al-Abdulaziz!

Alisha agachó la cabeza.

—¿A quién le importa? —le susurré al oído—. Este debate es una tontería.

Era mentira. Me había esforzado para prepararlo. Mucho más que para cualquier otra tarea del colegio.

—Ahora bien, elegir a la mejor oradora ha sido un poco más difícil —continuó la directora cuando se apagaron los aplausos—. Había dos candidatas, una de cada equipo, ambas tan buenas que podrían acabar dedicándose al Derecho en el futuro. —Sonrió—. Pero hay una ganadora. Por un punto: ¡Zarin Wadia, del equipo a favor! Mishal Al-Abdulaziz ha quedado muy cerca, en…

Su voz se perdió en medio del aplauso que me dedicaron, que fue mucho más fuerte que el del equipo ganador. El público había hablado y era evidente de lado de quién estaba.

—Deberíamos haber ganado —se susurraban unas a otras mis compañeras de equipo, con una mezcla de enfado y triunfo en la voz—. ¿Lo veis?

Lo que yo vi fue la expresión en la cara de Mishal. Estaba sonriendo, pero era una sonrisa de decepción y, durante un momento, sentí pena por ella, pues yo había experimentado el mismo abatimiento unos segundos antes, cuando mi equipo perdió. Ella fue la única persona en el escenario que no me felicitó, aunque no caí en la cuenta hasta mucho después, hasta que subí al autobús escolar para regresar a casa. Observé mi reflejo en la ventanilla: los ojos me brillaban más de lo normal y en mi rostro todavía se apreciaba la satisfacción de la victoria. Sonreí para mí, mostrando los dientes, y, durante un segundo, no fui la Zarin Wadia que todo el mundo conocía, sino una chica más, una alumna normal que había ganado algo y estaba orgullosa de ello.

Percibí, por el rabillo del ojo, que alguien me estaba observando. Me volví con cautela. Se trataba de un chico con gafas de sol que estaba apoyado contra la puerta de un coche negro, un BMW. Tenía la cabeza ladeada y una leve sonrisa en los labios. En circunstancias normales, yo habría enarcado una ceja o incluso le habría devuelto la sonrisa. Pero se trataba de Farhan Rizvi. Y me estaba examinando sin ningún tipo de disimulo. Me sonrojé y de nuevo, por segunda vez en mi vida, no estuve segura de qué se suponía que debía hacer.

De todas formas, no tuve tiempo de hacer gran cosa. Un momento después, Asma salió corriendo por la verja, dispersando chicas a derecha e izquierda, con su *abaya* ondeando y un pequeño trofeo dorado en la mano. Chocó la mano con su hermano y luego alzó la pequeña copa de oro.

«Gané —pude leer en sus labios—. Gané, Farhan-*bhai*.»

Aparté la mirada y me concentré en el asiento que tenía delante: el cuero granate que el sol había decolorado hasta adquirir una tonalidad rosácea, el hilo blanco que lo mantenía unido, pero que se estaba soltando, dejando ver la espuma amarilla. Tiré de una hebra que se enroscaba en el aire y clavé las uñas en el cuero blando. Respiré hondo y me obligué a calmarme. Volví a examinar mi trofeo: una pequeña copa plateada y dorada con las palabras «Mejor oradora» grabadas delante.

Al levantar la mirada, vi a Mishal de pie en su lugar habitual en la parte delantera del autobús. Me estaba mirando con una sonrisa extraña en la cara, que no pude descifrar del todo.

—¡Enhorabuena! —exclamé, y levanté una mano, sin darme cuenta al principio de que era con la que sostenía el trofeo.

Mishal endureció la expresión y se sentó sin darme las gracias. Era evidente que pensaba que me estaba burlando de ella. Vacilé un momento, preguntándome si debería acercarme y decirle que había sido sin querer.

—¡Muy bien, chicas, sentaos! —nos pidió el conductor desde la parte delantera.

Me dije que ya me disculparía después. Pero, de algún modo, supe que era demasiado tarde. El momento ya había pasado. Giré el interruptor situado encima de mi cabeza para apagar el aire acondicionado y cerré los ojos, rindiéndome por completo al calor de la tarde y al dolor de cabeza que parecía presionarme el cráneo por todos lados.

* * *

A la mañana siguiente, Mishal se me acercó unos minutos después de empezar el recreo.

—Oye, Zarin. ¿Puedo hablar un momento contigo? —preguntó, sentándose en la silla vacía situada junto a la mía.

Cerré mi libro.

—Hola. Sí, claro. —Titubeé un instante—. Por cierto, ayer no pretendía…, no te lo estaba restregando por la cara cuando te felicité, ¿sabes? Iba en serio. Hiciste un buen trabajo en el debate.

Mishal entornó los ojos una fracción de segundo, como si estuviera sorprendida. Luego negó con la cabeza. Incluso sonrió.

—No pasa nada. Supongo que unas veces se gana y otras se pierde.

—Eso es. —Se produjo un silencio incómodo—. Querías…

—Verás… —Mishal se inclinó hacia delante para mantener nuestra conversación en privado—. Sé que estás saliendo con Abdullah. —Me quedé impresionada, pero ella me colocó una mano en el brazo y siguió hablando—: En realidad no me importa, ¿vale? Me da igual con quién tontee en su tiempo libre.

—Como si fuera asunto tuyo —contesté con calma. Debería haber sabido que esto era demasiado bueno para ser verdad.

—Deberías oír las cosas que dice de ti. —Cuando se rio, su bonita cara resplandeció aún más de lo normal—. Veamos. Te llamó provocadora, ¿verdad? Ah, sí, por tu cara veo que sí. Se lo contó a sus amigos este fin de semana.

Mishal procedió a recitarme de qué otras formas me llamaba Abdullah. Algunas eran tan horribles que resultaban imperdonables.

«Cómo la llamaban —había dicho *masi* de mi madre—. Las cosas que decían a sus espaldas.»

Mishal me dedicó una sonrisa casi amable. Se puso en pie de nuevo.

—En fin, que yo también quería felicitarte —dijo en voz alta—. Hiciste un buen trabajo en el debate, aunque te pusieras un poco emotiva.

Mishal

NO ME SORPRENDIÓ QUE ZARIN LLAMARA ESA tarde a Abdullah para recriminarle las cosas que le dije. Lo que sí me sorprendió fue que no le contara que había sido yo: como si no tuviera importancia que su única fuente de información contra su novio fuera una chica del colegio que la odiaba.

La suerte me favoreció aún más cuando Abdullah decidió no negar las acusaciones. Me mordí el labio para contener una carcajada. Aunque ya no me daba miedo ser el blanco de la ira de mi hermano, cuanto menos supiera de mi implicación en todo este asunto, mejor. En lo que concernía a Abdullah, yo no tenía ni idea de su «relación secreta» con Zarin, a pesar de que era gracias a mí que su relación seguía siendo un secreto para el resto del colegio. Puse los ojos en blanco cuando la voz de mi hermano aumentó en volumen e intensidad.

En cualquier caso, mi intervención no tenía importancia. A juzgar por la conversación que mantuvieron (si es que se podía denominar conversación a un festival de insultos de cinco minutos), daba la impresión de que la relación ya era un tanto inestable y era inevitable que acabaran rompiendo. Zarin probablemente pensó lo mismo, sobre todo cuando Abdullah perdió los estribos y dijo:

—¿Quién te lo contó? ¿Fue uno de mis amigos? ¿Ahora te estás tirando a uno de ellos?

Cambié con cuidado el teléfono inalámbrico que estaba usando para oír la conversación de la oreja derecha a la izquierda.

«De momento no», pensé, contestando mentalmente a la pregunta de mi hermano. Pero, teniendo en cuenta la forma en la que Rizvi y ella se miraron ayer después del debate, pasaría bastante pronto.

Rizvi se la había quedado mirando tan fijamente que pensé que los ojos le iban a asomar a través de las gafas de sol. También era evidente que Zarin no había sido inmune a esa mirada. Observé cómo había dejado de sonreír lentamente al darse cuenta de que Rizvi la estaba mirando. La forma nerviosa de morderse el labio. La rapidez con la que se había dado la vuelta después de que Asma cruzara la verja, con las mejillas sonrosadas. En ese momento, no era la Zarin Wadia que yo conocía, sino una chica como otra cualquiera ante el chico que le gustaba: insegura, tímida y sin saber qué decir.

—No te molestes en volver a llamarme —le dijo Zarin a Abdullah antes de colgar.

Aguardé a que mi hermano dejara bruscamente el auricular en su sitio antes de desconectar mi teléfono y colocarlo en la base. Recordé los insultos que Abdullah me había lanzado a lo largo de los años: llorica, imbécil, chismosa, idiota… Ahogué una carcajada con la almohada. «¿Quién es el idiota, Abdullah? —quise preguntarle—. ¿Quién es el idiota ahora?»

Cuando al fin me atreví a salir de mi cuarto, lo encontré tendido en el sofá de la sala de estar, con los pies descalzos apoyados sobre la mesita de centro y la tele encendida, pero sin sonido.

—¿Qué ha pasado? —le pregunté—. Te oí gritar por teléfono.

Él se encogió de hombros.

—Corté con la chica con la que estaba saliendo.

Me senté a su lado.

—¿Quieres hablar de ello? —ofrecí con suavidad.

—Se enteró de que les había hablado a mis amigos de ella. Que la había llamado… cosas horribles. —Tragó saliva de forma audible en medio del silencio—. No sé cómo se enteró…, no quiso decírmelo.

Me puse colorada al oír eso, pero, por suerte, él no pareció darse cuenta.

—Da igual —prosiguió—. Tampoco es que dijera nada a sus espaldas que no le hubiera dicho a la cara. —Soltó una risa cargada de amargura—. Pensaba que por fin había encontrado a alguien diferente al resto. Una chica que no necesitaba cotorrear constantemente, alguien que creía que me gustaba de verdad. Pero era como las demás chicas que conozco: me atrajo con su cuerpo para conseguir comida y cigarrillos gratis.

Fruncí el ceño. Las palabras de Abdullah no me sorprendieron. Pero sí el dolor que se percibía en su voz: un dolor que vi por última vez cuando padre se casó con Jawahir, cuando mi hermano y yo éramos niños. Observé sus ojos vidriosos, la nariz recta, tan parecida a la de nuestra madre, el hoyuelo en la barbilla que yo solía tocar de niña, preguntándome si sería la marca del dedo de alguien. Noté una incómoda opresión en el corazón y empecé a preguntarme si habría hecho lo correcto.

Entonces, negué con la cabeza. Daba igual, me recordé. Daba igual cuánto le gustara Zarin a Abdullah. Padre nunca le habría permitido casarse con una chica que no fuera musulmana. De hecho, era mejor que hubieran roto ahora, en lugar de más adelante. ¿Quién sabe qué habría hecho Abdullah si hubieran intimado más, si se hubieran enamorado? Podrían haberse fugado para casarse, incluso huido para siempre, dejándome sola en Yeda…, con nuestra madre ausente en esta casa enorme, a merced de padre y Jawahir. Se me hizo un nudo en el estómago ante esa idea. Por muy mala que fuera mi relación con Abdullah a veces, yo sabía que, a la hora de la verdad, nunca permitiría que nadie nos hiciera daño a nuestra madre ni a mí. Últimamente, él era la única persona con la que hablaba padre, quien se aseguraba de que Jawahir visitara nuestra casa lo mínimo indispensable, quien todavía, de algún modo, mantenía unida esta familia disfuncional.

—Probablemente estés mejor sin ella —dije tras una pausa—. En fin, a veces pasan cosas malas por un buen motivo, ¿no?

191

Abdullah se me quedó mirando un momento. Tenía una expresión extraña en la cara: de enfado, mezclado con tristeza.

—Voy a darme una ducha —dijo de pronto—. Será mejor que vayas a ver a madre para saber si va a bajar a cenar.

Un día, siendo niña, una abeja se me había posado en el dedo. En aquel entonces, no sabía que debía tenerles miedo. Observé el elíptico cuerpo del insecto, las franjas negras y amarillas del lomo, las pequeñas alas traslúcidas, escuché el suave zumbido que emitía. Cuando fui a tocarla, la abeja reaccionó como era de esperar, alzándose en el aire con un zumbido de enfado, dejándome con un doloroso bulto en la mano y una sensación de confusión mezclada con una pérdida inexplicable.

Esa tarde, cuando Abdullah se alejó de mí, me sentí igual: como si hubiera estado a punto de ver algo extraño e increíble, pero que se me había escabullido entre los dedos antes de poder comprenderlo del todo.

* * *

En lugar de actualizar el blog de NicabAzul con la noticia de la épica ruptura de mi hermano con Zarin, fui al cuarto de mi madre.

—¿*Ummi*? —Llamé con suavidad a la puerta—. *Ummi*, soy yo. Ya sé que no te gusta que te molesten, pero… necesito hablar.

Al otro lado de la puerta, pude oír las tenues y conocidas notas de un sitar. Cuando tenía un buen día, madre tocaba música para sarangui de Ustad Sultan Khan, composiciones para flauta de Pandit Hariprasad Chaurasia, incluso algunas antiguas canciones semiclásicas de Bollywood de la cantante Lata Mangeshkar. Sin embargo, cuando tenía un mal día, siempre recurría al maestro Ravi Shankar. Ravi Shankar y su sitar.

Cerré el puño. Silencio, retraimiento, cambios repentinos de calma relativa a profunda tristeza. Conocía los síntomas. Los había buscado en Internet el año anterior, junto con cómo curar la depresión clínica.

Aporreé de nuevo el puño contra la puerta, que se sacudió en el marco. La música se detuvo.

—Necesito hablar contigo —le dije en voz alta a la puerta—. Necesito hablar contigo desesperadamente, pero no estás aquí. Nunca estás. Ya fue bastante malo cuando *abu* nos dejó para irse con Jawahir, pero ¿tú también tenías que abandonarnos? ¿Sabes que ahora Abdullah y yo apenas nos hablamos? ¿Que *abu* y Jawahir se están planteando casarme con el primer tipo que encuentren?

Y proseguí:

—Tú... ¡me pones tan furiosa, *ummi*! Es como si te hubieras olvidado por completo de que tienes hijos. Como si ni Abdullah ni yo existiéramos ya para ti. Y no sé si podré perdonártelo algún día.

Esa noche, mi madre no tocó más música. Y, cuando me estaba quedando dormida, empecé a preguntarme por qué.

Porus

ANTES DE ZARIN, EN GENERAL SABÍA QUÉ DEBÍA decir para que las mujeres me considerasen razonablemente encantador. Al trabajar en la charcutería y estar en el negocio de la venta de carne y queso, tenía que andarme con ojo.

—Puede que las mujeres sean tus clientas —me aconsejó mi jefe—, pero no puedes permitir que eso te intimide. Tú tienes que estar siempre al mando.

Al mando, como algunos de los hombres con los que trabajaba, hombres como el propio Hamza, que descargaban del camión sacos de veinte kilos llenos de carne y queso con el logotipo verde y amarillo de Lahm b'Ajin sin apretar los dientes ni entornar los ojos. Hombres que podían insultarse unos a otros y luego sonreír y ser encantadores detrás del mostrador cuando les vendían a nuestros clientes (mujeres, en su mayor parte) filetes de ternera y pavo y trozos de queso *jibneh*, *akkawi* y *shanklish* cubiertos con *zaatar* y piñones. «¿Quiere también salami con pimienta, *sayeedati*?» «¿Pavo ahumado? Por supuesto.» «Usted es de Francia, ¿no?»

—Aunque no puedes ser encantador con todo el mundo —me había advertido mi jefe—. A algunas mujeres no les gusta que les sonrías. Algunas quieren que seas educado y cortés y que no las mires directamente a la cara, aunque vayan cubiertas con un nicab.

Puse en práctica la misma cortesía con Zarin la semana después de que ganara aquel debate, aunque no exactamente por las mismas razones: no la miré a la cara mientras ella se fumaba cuatro cigarrillos Marlboro en mi camioneta en menos de media hora. Sabía que, si la miraba directamente, ella se limitaría a hacerme ojitos y yo sería tan tonto que acabaría dándole todo lo que quisiera, que en este caso era más cigarrillos.

—No —dije cuando alargó la mano para ir a por el quinto—. Ya es suficiente.

—¡Otro!

—He dicho que no, ¿*na*?

—«He dicho que no, ¿*na*?» —me imitó, con voz aguda y quejumbrosa—. Deja de comportarte como un *mutawa*, Porus. Ya sabes que estoy estresada.

Ese estrés podía deberse a cualquier cosa, desde algo que su *masi* le hubiera hecho en casa a algo que le hubiera pasado en el colegio. Yo era consciente de que no me lo contaría de inmediato y, a estas alturas, ya sabía que no debía preguntárselo directamente. Había descubierto que distraerla era la única forma de conseguir que Zarin empezara a hablar de sí misma (aunque fuera un poco), así que me puse manos a la obra.

Comencé contándole la gran historia de amor entre Cosroes, Shirin y Farhad (un cuento que papá me había repetido tantas veces que seguía grabado en mi mente, palabra por palabra, mucho después de su muerte). Papá me había dicho que esa historia representaba el amor en sus múltiples facetas. Los celos de Cosroes, la pasión de Farhad y la confusión de Shirin: sobre elegir entre el rey sasánida con el que estaba destinada a casarse o el pobre cantero que dedicó su vida a cavar un túnel entero por ella a través de una montaña impenetrable.

Zarin, como era de esperar, no se mostró demasiado impresionada. Llamó a Cosroes mirón:

—¿Cómo llamarías tú a un hombre que espía a una mujer desde detrás de los arbustos mientras se está bañando?

Farhad, por otro lado, era un tonto.

—Así que ¿una anciana le dice que Shirin está muerta y se suicida por eso? —preguntó Zarin.

—La amaba —contesté, deseando que viera a Farhad como yo—. Se pasó años cavando un túnel a través de la gran montaña de Beysitoun para que dos ríos se unieran y se convirtieran en uno. Aceptó el desafío de Cosroes y lo cumplió. Incluso había empezado a ganarse el corazón de Shirin gracias a su devoción. Imagina cómo debió sentirse al oír que su amada, su misma razón de vivir, había muerto.

—Bah. Estoy segura de que había mujeres menos complicadas por ahí. Debería haber centrado sus esfuerzos en ellas en lugar de en una princesa.

—No creo que le importara que fuera una princesa. Y tal vez no lo hizo por ella. Tal vez lo hizo para demostrarle a Cosroes que incluso un hombre normal y corriente podía hacer grandes cosas. Que podía conquistar el corazón de una mujer inalcanzable demostrándole su amor y devoción y sin esperar nada a cambio. ¿Por qué si no Cosroes se pondría tan celoso que enviaría a esa anciana para hacer llegar falsos rumores sobre la muerte de Shirin a oídos de Farhad? A Farhad, incluso una mirada accidental de Shirin le habría bastado: habría supuesto una alegría, un milagro. Él demostró lo desinteresado que podía ser el amor.

Ella negó con la cabeza y se rio.

—Qué cursi eres.

—Sí, sí, puede ser cursi o como quieras llamarlo, pero estás infravalorando la fuerza de los sentimientos. A Farhad, sus sentimientos le daban fuerzas; los canalizó para crear una gran obra de arte.

—¿Y de qué le sirvió? Su principal objetivo era conseguir a la chica, ¿verdad? Y no lo hizo. Creyó a una vieja que le dijo que Shirin estaba muerta y se abrió el cráneo con una roca. —Agitó la mano en el aire y curvó la boca hacia abajo—. Qué desperdicio de arte.

—¡El amor no es un desperdicio, Zarin!

Pero no me pareció que lo entendiera. Para ella, Romeo y Julieta, Layla y Majnún, Shirin y Farhad eran mitos: «Personas que hicieron cosas ridículas hace mucho tiempo y luego murieron por ello. En nombre del amor, por supuesto».

Le conté la historia de mis propios padres, de cómo mi padre conoció a mi madre y la impresionó persiguiendo a un carterista que le había robado el bolso en Balaram Street.

Que mamá se pasó día tras día junto a papá en el hospital cuando le diagnosticaron leucemia, que rezaban juntos todos los viernes para aliviar sus problemas.

—Vaya, ¡qué suerte tienes! —respondió Zarin, y luego tendió la mano otra vez—. Un cigarrillo, Porus. ¡Por favor! Noto cómo me bajan los niveles de nicotina mientras hablamos.

El problema con las chicas era que nunca te decían lo que estaban pensando. En el caso de Zarin, la verdad solía presentarse de forma indirecta, dosificada en breves declaraciones y opiniones, normalmente después de haberse fumado una buena cantidad de cigarrillos.

Incluso entonces, cuando se trataba de su infancia, se mostraba muy poco comunicativa.

—Mis padres murieron y me fui a vivir con mis tíos. ¿Qué más hay que contar? —había comentado una vez.

Sin embargo, a lo largo de las semanas, aprendí a calcular el nivel de enfado de Zarin por la cantidad de cigarrillos que fumaba. Uno significaba que era la Zarin normal: ligeramente tranquila, ligeramente malhumorada. Dos significaban que estaba cabreada. Tres o más querían decir que estaba muy cabreada o tan cabreada que podría matarte, y la mayoría de las veces yo ni siquiera sabía de cuál de las dos opciones se trataba.

—Ya te has metido suficiente nicotina en el cuerpo. —Saqué una lata de Vimto de mi bolsa y la abrí—. Aquí tienes. Mejor tómate esto. Y tal vez, cuando estés de mejor humor, me cuentes por qué estás más gruñona de lo habitual.

Zarin suspiró, pero aceptó el refresco después de un momento. Miró por la ventanilla, en dirección a una familia árabe que estaba sentada en una manta debajo de una de esas famosas esculturas de arte abstracto que poblaban el paseo marítimo y las carreteras de Yeda: un orbe gigante, un enorme puño dorado, vehículos brotando de un bloque de hormigón, cuatro faroles colgantes elaborados con cristales de colores que relucían con distintas tonalidades al iluminarse por la noche... Yeda era una ciudad de arte repentino y sorprendente. Zarin me había explicado una vez que se trataba de obras abstractas en su mayor parte porque el arte no podía imitar a la vida según el islam. Los artistas no podían exponer estatuas de humanos ni de animales.

—Sería como intentar ser Dios y querer recrear sus creaciones —me había dicho Zarin.

Sin embargo, ese día, yo sabía que ella no estaba pensando en esculturas.

—Ven a buscarme después del colegio —me dijo por teléfono esa mañana. Y, como el tonto que era, ni siquiera se me ocurrió preguntar por qué, aunque tuve que cambiar de turno en el trabajo, algo que molestó tanto a Hamza que amenazó con reducirme el sueldo el siguiente mes.

—Mira, Zarin, tienes que decirme de una vez qué te pasa. He tenido problemas en el trabajo por tu culpa.

—Los problemas ya venían de antes.

Se refería a la vez que unos chicos de la charcutería me pegaron una nota en la espalda con la palabra «perro» escrita en árabe y en negrita.

—*Kalb*. —Zarin me quitó la nota cuando vino a comprar un paquete de filetes de pavo—. *Kaaf, laam* y *ba*. ¿Lo ves?

También había intentado enseñarme a leer el logotipo de Lahm b'Ajin: las columnas de letras árabes escritas en verde

199

sobre un fondo amarillo brillante que llevaba cosidas en el bolsillo izquierdo de mi delantal; si las mirabas de lejos, esas letras adquirían la forma de una granja y un silo.

—*Laam, ha, meem, ba, ain, jeem, ya, noon* —dijo Zarin—. Repite después de mí. No es tan difícil.

Pero las letras se me arremolinaban en la mente: las líneas curvas y oblicuas me resultaban indescifrables e imposibles de diferenciar unas de otras, se unían formando garabatos sin sentido.

—Me alegro de que me hayas dicho lo que significa, Zarin, pero estoy seguro de que fue una broma inofensiva. No veo por qué tengo que aprender esto. ¿Qué sentido tiene?

—¿Sentido? ¿Lo dices en serio? ¡El sentido es que debes saber estas cosas! El conocimiento es poder, Porus. Puedes controlar a las personas si conoces su idioma. Puedes hacerlas callar. También puedo enseñarte algunas palabrotas, ¿sabes?

A continuación, procedió a soltar una sarta de palabras y frases que hicieron que me pitaran los oídos.

—Gracias, pero no creo que a mi jefe le parezca bien.

—Oooooh, mira, te has puesto colorado. ¿Es porque soy una chica?

Ahora, en mi camioneta, tomó un sorbito de refresco con tanta delicadeza y elegancia que casi parecía una chica.

—Además, si tenías problemas en el trabajo, no deberías haber venido. No te obligué. Podía haber llamado a otro.

Eso era precisamente lo que me daba miedo de ella: su absoluta despreocupación por saber con quién salía. Incluso cuando le hablé de ese novio suyo que conducía un GMC, de que lo había visto con Bilal, que tenía tan mala reputación que mi jefe le había prohibido entrar en la tienda.

—Es un drogadicto —le conté a Zarin, hablando de Bilal—. Tiene *wasta* con algún alto cargo, por eso todavía no lo han arrestado.

Zarin me miró ahora y, de algún modo, supo lo que yo estaba pensando.

—Abdullah no es un drogadicto —insistió, refiriéndose al chico del GMC por su nombre por primera vez—. Fuma y es un imbécil, pero no se droga. De todas formas, corté con él, así que ya no tienes que preocuparte por eso.

Cualquier otro día, me habría puesto a dar volteretas al oír esa noticia, pero Zarin tenía una expresión tan abatida que apenas sentí alivio. A lo lejos, las chimeneas gemelas de la planta desalinizadora de Yeda lanzaban columnas de humo gris hacia el cielo anaranjado. Me las quedé mirando un buen rato, mientras notaba un extraño hormigueo en la parte posterior de la garganta.

—¿Cortaste con él? —le pregunté por fin—. ¿Cuándo? Quiero decir, ¿qué pasó?

Ella se encogió de hombros.

—Nos peleamos, y luego descubrí que estaba hablando mal de mí a mis espaldas. La semana pasada, cuando le pregunté por teléfono si era verdad, ni siquiera intentó negarlo. Se alteró y empezó a despotricar acerca de que le había estado dando falsas esperanzas y que ya había gastado mucho dinero en mí, como si le debiera algo o qué sé yo. El muy cerdo.

No dije nada. Durante mucho tiempo, me había preguntado si Zarin y el tal Abdullah habrían hecho algo más que besarse o acariciarse. Ese tipo de cosas pasaban aquí, en habitaciones de hotel o en coches. Los chicos de la charcutería denominaban a esos encuentros «un rapidito». Ahora, al añadir Skype y FaceTime a la mezcla, las cosas iban incluso más rápido.

—Los jóvenes de hoy en día no tienen vergüenza —se lamentaba mi jefe.

Sin embargo, más que eso, yo me preguntaba si a ella le gustaba Abdullah. Si lo quería, incluso.

—No hay de eso en la vida real —dijo Zarin después de una pausa—. Tíos como el Farhad de Shirin. Tíos capaces de hacer cualquier cosa, sin condiciones, por una chica. Bueno, tal vez tu padre. Pero él era la excepción. En la vida real, ningún tío saldría corriendo detrás de un carterista ni cavaría un túnel a través de una montaña por una chica a la que apenas conoce. Caray, ni siquiera le importaría que la hubieran asesinado. Nadie hace nada en este mundo sin esperar algo a cambio.

Zarin bajó más la ventanilla y lanzó fuera el Vimto a medio terminar. La lata chocó contra el hormigón con un sonido metálico y luego rodó por el suelo hasta que cayó por el borde hacia el agua, dejando tras de sí un charco de líquido color uva.

Me recordó otro charco que había visto en Bombay hacía dos años, un charco de sangre secándose al sol, volviéndose negro a medida que la sangre se coagulaba. El atracador yacía en medio del charco, con el cuerpo destrozado y curvado en forma de signo de interrogación. Fui yo quien le propinó el puñetazo que le rompió la nariz. Fue la única vez que dejé de ser Porus Dumasia, un adolescente normal y corriente de dieciséis años, para convertirme en otro integrante más de una enfurecida turba de Bombay.

No conocía al atracador. Aquel hombre no era nadie para mí y, sin embargo, era alguien al mismo tiempo. Un completo desconocido. Una representación del hombre que había abordado a mis padres en el camino de regreso a casa desde el hospital el mes anterior. Que le había exigido a papá que le entregara la cartera y luego lo había apuñalado, antes de arrancarle a mi madre la cadena de oro que llevaba al cuello y darle una patada en las costillas.

—¡*Chor*! —gritó alguien de la multitud.

—¡*Chor*! —grité con el resto de ellos.

«Ladrón. Ladrón. Dale. Dale.»

El ritmo se fue volviendo más rápido con cada patada, con cada puñetazo. Un agente de policía permanecía al margen, con la porra en la mano, sin decidirse a intervenir ante el riesgo de que lo golpeáramos con nuestras manos desnudas y ensangrentadas. Detrás de él, un policía de tráfico continuaba trabajando en su puesto, con su camisa blanca que relucía al sol y su brillante silbato, hinchando las mejillas mientras emitía bruscos pitidos y movía las manos, dándoles indicaciones a vehículos y ciclomotores: para él, era un día como otro cualquiera en Bombay. Dijeron que, después de que la turba se dispersara, tardaron dos horas en retirar el cuerpo, y únicamente porque impedía que la avalancha de gente que salía de las oficinas a las seis en punto transitara por la carretera para regresar a casa.

Ahora, dos años después, respiré hondo.

—Puede que tengas razón —le dije a Zarin—. Lo que Farhad sentía por Shirin era poco común. No es habitual inspirar esa clase de pasión. Esa clase de amor ocurre una vez en la vida, como mucho. Pero... —Entonces dudé, preguntándome si ella me creería—. Incluso un tipo corriente puede sentir eso, Zarin. Puede que no excave una montaña por ti, pero hará otras cosas. Cosas pequeñas como recordar tu cumpleaños, hacerte regalos sin ningún motivo o darte el trozo más grande de un sándwich. De todos modos, los pequeños detalles son los que acaban teniendo importancia. Pueden transformar a alguien completamente corriente en alguien a cuyo amor puedas corresponder algún día.

Ella se me quedó mirando un rato. Después, no pude recordar cuál de los dos se movió primero. Lo único que recordaba era la sensación de sus labios posándose sobre los míos como una mariposa, los míos presionando los suyos en respuesta. Sus dedos rozaron el hueco situado en la base de mi garganta y me pregunté si podría notar lo rápido que me latía el pulso. Yo había besado a un par de chicas en Bombay, antes de que a papá le diagnosticaran cáncer, pero no recordaba haberme sentido así.

No deseaba interrumpir el beso, así que cambié la boca de posición para respirar por la nariz. Nuestros dientes se rozaron con suavidad. Zarin me sostuvo la mandíbula con las manos, realineando nuestras bocas tan rápido que, en retrospectiva, no me cabía duda de que había sido algo instintivo. Me llevé su labio inferior a la boca y lo chupé con cuidado.

Tal vez eso fue lo que la asustó. O tal vez oyó algo a lo lejos. Pero, cuando quise darme cuenta, se estaba apartando de mí, respirando con dificultad.

—Ha sido un error —dijo en voz baja—. No puede volver a pasar.

—Zarin, por favor, no hagas esto.

Sin embargo, en lugar de reírse de mí o poner los ojos en blanco, ella me dedicó una sonrisa triste.

—Ese chico del que hablabas antes… ¿Y si no puedo hacerlo?

—¿Hacer qué?

—Corresponder a su amor.

El beso y su posterior rechazo me habían dejado tan abrumado que tardé un momento en recordar a qué se refería.

No respondí. El sol se sumergió en el océano, tiñendo el cielo de rojo. Tendría que llevarla a casa pronto. Notaba algo dentro de la garganta que parecía una pelota gigante. Me pregunté si sería mi corazón.

Farhan

EL AROMA DE LA CHICA FUE LO PRIMERO QUE percibí: una mezcla de flores y sándalo que se abría paso entre el olor lechoso de las cabras muertas y desolladas que colgaban de ganchos en un rincón de la charcutería Lahm b'Ajin de Aziziya, sobre las cabezas de los hombres con uniforme que trabajaban detrás de los mostradores. Era un olor fresco, que evocaba a un jardín, y muy femenino. Ese aroma me rozó al pasar, junto con la chica, cuando la manga de su *abaya* me golpeó el brazo por accidente. Se trataba de uno de esos *abayas* con diseños de lentejuelas y cordones en las mangas y en la parte inferior y que me raspó la piel al pasar, dejando un fino arañazo blanco.

La chica irrumpió en la tienda, haciendo caso omiso de las miradas de sorpresa de la gente que la rodeaba, ignorando a todos salvo al chico alto que se encontraba detrás de la vitrina de cristal con su uniforme y gorra blancos de empleado, y le enseñó su pequeño dedo corazón, que estaba manchado de amarillo por la nicotina. Si su perfume y su forma de andar no hubieran captado ya mi atención, eso lo habría hecho sin duda.

—Esto es por ser un entrometido y seguirme hasta Durrat Al-Arus. —Dobló el dedo y apretó el puño—. No te metas en mis asuntos, Porus.

—Buenas tardes a ti también —dijo el charcutero con voz tan fría como los trozos de queso feta de la vitrina.

Entonces lo reconocí. Era el chico nuevo indio que habían contratado hacía unas semanas, el que tenía las cejas gruesas y un nombre gracioso, el que había echado a Bilal de la tienda por orden del dueño.

—Y me voy a seguir metiendo —le estaba diciendo el chico—, mientras vayas por ahí comportándote como una…

—¿Como una qué? ¿Una cualquiera? ¿Una zorra? —La risa de la chica poseía las cualidades de un cristal recién cortado: limpia, cristalina y afilada por los bordes—. Solo era un chico, Porus. Un chico con el que fui a fumar. ¡No hicimos nada!

El *abaya*, que llevaba desabotonado por la parte frontal, estaba a punto de resbalársele de los hombros. Debajo tenía un *salwar* blanco y un *kameez* azul marino con el logotipo de la Academia Qala bordado en blanco sobre el bolsillo delantero de la cadera. El liso y almidonado *dupatta* blanco, que llevaba sujeto a los hombros y colocado en forma de V sobre el torso siguiendo el típico estilo de colegiala, no llegaba a cubrir las puntas de sus pequeños y firmes pechos.

La pálida cara del charcutero se enrojeció.

—Escúchame bien...

Qué patético. Ni siquiera me hizo falta oír al tipo para saber la impresión que estaría causándole a la chica; a pesar de medir más de un metro ochenta y ser musculoso, era evidente que él no llevaba los pantalones en esa relación, si es que la tenían.

Los dedos de la chica se apretaban contra el cristal que cubría los quesos. Tenía una marca estrecha y sin broncear alrededor de la muñeca: la huella de un reloj que no se había molestado en ponerse esa mañana. Observé aquella franja de piel cremosa, preguntándome si sería del mismo tono o incluso más clara en otras zonas que no tocaba la luz del sol.

—¿Qué desea? —me preguntó el charcutero, cuyo ceño fruncido no concordaba con el cortés tono de vendedor.

—Nada, gracias —contesté sin apartar los ojos de la chica.

Ella me echó un vistazo. Ojos oscuros y mordaces. Una cara que, cuando logré apartar la mirada de su pequeño y firme cuerpo, me resultó extrañamente familiar.

Entonces caí en la cuenta: era la chica del autobús. La chica guapa con la que había intercambiado una mirada antes de que mi hermana llegara corriendo con su tonto trofeo de debate. Una chica que entonces me había parecido terriblemente tímida, pero que ahora ya no lo parecía tanto.

Sonreí.

Ella alzó una ceja y se volvió de nuevo hacia el charcutero.

—Date prisa —le dijo ella—. Ya sabes que me matará si llego tarde.

El chico le entregó una bandeja de pavo cortado en filetes finos envuelta en plástico.

Se suponía que yo debía recoger algo parecido para *ammi* (filetes de rosbif con pimienta, creo que me había dicho), pero ¿a quién le importaba eso ahora?

Me situé detrás de la chica, interponiéndome en parte en su camino cuando ella se dio la vuelta para marcharse, y me saqué un paquete de Marlboro del bolsillo de los vaqueros.

—¿Quieres que te lleve a casa?

Ella frunció el ceño ligeramente.

—¡No puedes irte con él! —le espetó el charcutero—. ¡Ni siquiera lo conoces!

La mirada de la chica pasó de los cigarrillos que yo sostenía en la mano al Rolex plateado de *abba* que llevaba en la muñeca y luego a los músculos de mi brazo.

—Adiós, Porus. —Al fin me miró a los ojos—. Sí lo conozco.

—¿En serio? ¿Y quién es?

La chica le sonrió a Porus y contestó:

—Don «métete en tus asuntos».

* * *

Desde que era niño, la gente solía decirme que tenía mucha labia. Si me lo proponía, podía sacarle una sonrisa hasta a la vieja más cascarrabias de la habitación; un rasgo que había heredado de *abba*, según mi madre. Mi madre, de la que siempre creí que no tenía ni idea de los devaneos de mi padre, hasta el día en que la encontré sentada sola en la sala de estar, mirando la estática en el televisor.

—¿Dónde está *abba*? —le pregunté.

—Fuera —contestó *ammi*—. Como siempre.

—¿Otra vez por negocios?

Había dudado antes de hacer la pregunta. Sabía que los viajes de negocios de *abba* habían terminado la semana pasada. Ya debería haber vuelto a casa. A no ser que...

Mi madre soltó una carcajada. Aguda y brusca.

—Oh, sí. Por negocios.

Abdullah, el único que conocía la situación, se encogió de hombros.

—Así son las cosas, tío. A ver, mi padre tiene dos esposas y finge que una no existe. Por lo menos tu padre todavía viene a ver a tu madre y pasa tiempo contigo y con tu hermana.

Tal vez Abdullah tuviera razón... hasta cierto punto. Mientras que su madre se había convertido en una zombi tras el segundo matrimonio de su marido, mi madre seguía con su vida como siempre, sin demostrar nunca cómo la afectaba, durmiendo siempre con *abba* en la misma habitación, en la misma cama en la que él se había tirado a otras mujeres en el pasado.

Ammi se centraba en Asma y en mí; en mi hermana más que en mí, por suerte, al ser una chica. Yo era su poni de exhibición, el apuesto hijo que le gustaba mostrarles a sus amigas cada vez que venían a nuestra casa. Algunas veces era la tía con cara de bulldog. A veces se trataba de la otra tía, la que era más tímida, más guapa y más fácil de cautivar. Cuando *ammi* me pedía que saliera a saludar, yo sabía que mi verdadera labor era sonreír como *abba* y decir cosas como: «Hola, tía. ¿Cómo le va? Está tan guapa como siempre».

Entonces, ellas le dirían a *ammi*: «Ah, sí, se parece mucho a su padre» o «¡Qué jovencito tan encantador!».

Las hijas de las tías eran harina de otro costal. Las hijas de las amigas de *ammi* eran intocables, por muy buenas que estuvieran. Lo aprendí por experiencia, cuando comencé a enviarle correos a la guapa hija de la tía con cara de bulldog, que estaba en décimo. La muy idiota se lo contó a su madre, que quiso que nos comprometiéramos. Aunque todo acabó rápido. *Ammi* descartó la idea alegando que yo era demasiado joven para comprometerme:

—¡Solo son niños! Es demasiado pronto. Deja que sean amigos y se escriban y…

—¿Dejar que se escriban? —repuso la tía con cara de bulldog y, por primera vez, no me miró con su habitual expresión de aprobación—. ¿Qué dirá la gente de mi hija si descubre que ha entablado amistad con chicos? ¡Las chicas de buena familia no hacen esas cosas!

—¡Probablemente fuera su niñita buena la que se puso en contacto con Farhan! —exclamó *ammi*, irritada, después de que la tía se marchara. Me dio una palmadita en el brazo—. Olvídate de ella, *beta*. Las chicas como esa solo quieren atrapar a chicos ricos y guapos como tú para casarse.

La chica, como era de esperar, tenía planes diferentes a los de su madre: «t kiero y me fugare contigo, farhan», me escribió un día.

Nunca le respondí, aunque no fue porque me preocupara acabar atrapado o algo por el estilo. Simplemente encontré a otra chica a la que escribirle. Como casi siempre.

Bilal decía que las chicas tenían la asquerosa sensación de que tenían derecho a ser tratadas «bien» por los chicos.

—Tienes que averiguar hasta dónde puedes presionarlas —afirmaba—. Cuánto tolerarán antes de decirte que pares.

Te sorprendería lo que está dispuesta a hacer una chica para complacer a un chico que le gusta.

Sin embargo, desde el principio, me quedó claro que la chica de la charcutería era diferente: su forma de caminar unos pasos por delante de mí, como si le diera igual que la siguiera o no, como si estuviera segura de que la seguiría; que se detuviera delante de mi coche, justamente mi coche, aunque había otro BMW negro aparcado fuera en la calle. Se me quedó mirando de nuevo, con un leve ceño.

—¿Adónde quieres que te…?

—Ahora no —me interrumpió con voz baja y cortante—. Un hombre nos está mirando desde la tienda. Haz de hermano mayor, Rizvi. Finge que soy Asma. Abre el coche y vámonos de aquí.

«Está jugando contigo, Farhan *miyan*», pude oírle decir a Bilal en mi mente.

Pero su forma de pronunciar mi nombre, «Rizvi», como si me conociera igual que Abdullah; su capacidad para no ponerse nerviosa e inquieta como la mayoría de las chicas con las que salía, por lo menos fuera del coche, donde cualquiera podría vernos… Durante un segundo, me pregunté si sería la chica de la que Abdullah me había hablado, la que le hizo añicos el corazón, junto con su ego.

Sus labios esbozaron una leve sonrisa.

—¿Tienes miedo, Rizvi? Tal vez debería volver a casa caminando.

Y, en ese momento, tanto Abdullah como Bilal dejaron de tener importancia.

—No me asusto fácilmente —contesté.

* * *

No obstante, una vez dentro del coche, no le pregunté adónde quería ir. De todos modos, tuve el presentimiento de que no quería volver a casa. O tal vez fuera otra partida al tira y afloja: para poner a prueba sus límites, para ver qué haría falta para asustarla.

La partida comenzó tras unos pocos kilómetros de trayecto.

—Primero al paseo marítimo —propuso ella—. Suele estar tranquilo por la tarde. Es un buen sitio para fumar.

No dije nada y toqueteé los controles de la radio hasta que encontré una emisora en la que estaban poniendo un *remix* de Calvin Harris. Quería comprobar si esta chica era como Nadia, si se enfadaría cuando yo no respondiera.

Pero no lo hizo. Quizá simplemente se fiaba de mí. Quizá se daba cuenta de que era un juego. Quizá se trataba de ambas cosas.

Me detuve en un aparcamiento paralelo a la costa, en la parte norte del paseo marítimo, al lado de la mezquita a la que solía ir de niño.

Le ofrecí un cigarrillo de mi paquete.

—Estupendo. —El mechero se encendió y la mitad inferior de su rostro se iluminó de color naranja durante un instante—. Bueno, ¿qué clase de nevera tienes en casa, Rizvi?

—Así que sabes quién soy.

Ella enarcó una ceja.

—¿Acaso no conocen todos en el colegio al delegado escolar? ¿O de verdad esperabas que me subiera al coche de un desconocido?

Saqué un cigarrillo del paquete y lo encendí.

—Pensaba que le habías mentido a tu novio.

—¿Porus? —Puso los ojos en blanco—. No es mi novio. Me encogí de hombros y exhalé el humo del cigarrillo.

—Si tú lo dices. No me gustaría ser el proverbial hueso en la carne que se inmiscuye en la relación de otra persona.

Percibí sorpresa en su risa, un indicio de verdadera diversión.

—Bien dicho, Rizvi. Pero todavía no has contestado a mi pregunta. ¿Qué clase de nevera tienes en casa?

—Antes de responder a tu extraña pregunta, me gustaría saber cómo te llamas. A menos que... —me acerqué más— solo sea una excusa para ver dónde vivo.

—Bah, no seas ridículo. —El humo que exhaló en mi dirección me hizo arder los ojos. Me eché de nuevo hacia atrás—. Si nos para un *mutawa* u otra figura de autoridad con una porra, es evidente que tendremos que mentir y decir que somos hermanos. En ese caso, mi nombre será Asma Rizvi, no Zarin Wadia, que es lo que les diré antes de que nos lleven a zonas separadas para interrogarnos y hacernos preguntas básicas para las que ambos deberíamos poder dar las mismas respuestas si...

—Un momento —la interrumpí cuando mi cerebro asimiló por fin sus palabras—. ¿Cómo has dicho que te llamas?

Ella ladeó la cabeza y sonrió con aire de suficiencia, casi como si hubiera esperado que le hiciera esa pregunta.

—Zarin Wadia.

—Por casualidad, ¿no serás la misma Zarin de la que mi amigo Abdullah no deja de hablar?

—A lo mejor. ¿Eso te supone un problema?

No. En realidad, no. No me molestaba que esta chica hubiera salido con Abdullah en el pasado ni que lo hubiera plantado sin miramientos por teléfono un par de semanas antes. Cuando se trataba de chicas, Abdullah y yo teníamos un trato: las hermanas eran intocables, pero no las ex. Sobre todo las ex guapas. Estudié la cara de Zarin: los cortos rizos negros, el suave hueco en la base del cuello, la inusual palidez de su piel que el delicado rubor de sus mejillas realzaba aún más. No se me ocurría qué motivos tendría para salir conmigo. Aunque comprendí que, en realidad, me daba igual.

—Una Whirlpool —contesté al fin—. La nevera que tengo en casa, digo. Es bastante grande. Blanca, puede que color crema.

—¿Blanca o color crema? Sé específico.

Ella se fumó casi tres cigarrillos mientras yo me movía, incómodo, detrás del volante y respondía preguntas sobre mis padres, sobre Asma, sobre mi tía que daba clases de hindi en un edificio situado enfrente de la sección femenina de la academia, incluso sobre el nombre de la tienda que había frente a mi complejo de apartamentos.

Zarin lanzó la última colilla encendida por la ventanilla.

—Con eso será suficiente.

Examiné rápidamente el entorno. A lo lejos se veía una mancha negra: un hombre mirando las olas. El sol de la tarde daba de lleno sobre mi coche. Era arriesgado. El hombre podría decidir darse la vuelta y caminar en esta dirección en cualquier momento. Un vehículo podría pasar por detrás de nosotros y disminuir la velocidad para ver qué estábamos

215

haciendo. Pero entonces miré de nuevo la cara de Zarin, que tenía los labios ligeramente entreabiertos, casi como si le faltara un poco el aliento.

Me incliné hacia ella.

Su boca estaba húmeda y sabía a humo. Su cabello olía a incienso de sándalo y champú. Sin embargo, cuando subí la mano poco a poco por sus costillas, ella se apartó.

Zarin estaba jadeando, aunque apenas nos habíamos besado durante unos segundos. Tenía una expresión en la mirada que podría ser confusión o nervios. O tal vez fuera su corazón, que latía a toda velocidad igual que el mío a causa de la descarga de adrenalina por estar en peligro.

—Se está haciendo tarde. —Retiró las uñas de mi muñeca; ahora había pequeñas medialunas en mi piel, justo debajo de donde su *abaya* me había rozado—. Ese pavo está empezando a hacer que tu coche apeste.

* * *

Fue en clase de Química donde Bilal me habló por primera vez del «relajante»: un vial de líquido transparente que, en las proporciones adecuadas, te aflojaba las extremidades y te paralizaba la lengua, desconectando partes del cerebro que no hacía falta que estuvieran activas.

—Es incoloro, inodoro e insípido —me dijo—. Diluye unas pocas gotas en agua o en una buena bebida afrutada. Gotas, recuerda. Y tampoco lo mezcles con alcohol. Quieres que la chica experimente el paraíso contigo, no que vaya directamente allí.

Días después de mi cita con Zarin, me entregó el vial fuera del aula, metiéndomelo disimuladamente en el bolsillo trasero de los pantalones al pasar por mi lado en el pasillo antes de las prácticas de laboratorio. Era la segunda vez que se lo compraba.

—No te sientes encima —me advirtió—. Llevas unos mil riyales en el bolsillo.

Bilal había exigido el dinero por adelantado. El precio había subido un poco desde que lo usé con aquella otra chica, Chowdhury. Nunca supe de dónde sacaba Bilal estas cosas. Cuando se lo preguntaba, siempre me decía que tenía amigos en las altas esferas. En esferas muy muy altas.

—Gracias, tío. —Hablé en voz baja, igual que él—. Nos vemos en el almuerzo.

El pasillo estaba vacío, pero siempre hablábamos así como medida de precaución adicional. Abrí la puerta del laboratorio al mismo tiempo que sonaba el timbre que marcaba el inicio de la tercera clase y me dirigí al pupitre situado al fondo del aula, junto a un armario lleno de matraces polvorientos y viejos manuales de laboratorio. Eché un vistazo rápido a mi alrededor: aparte del ayudante de laboratorio, que estaba ocupado preparando las cosas en la parte delantera del aula, como de costumbre, yo era el único presente. Gracias a las tareas de delegado que el director me encomendaba cada dos semanas para algún evento escolar, esos lunes siempre tenía libre la mitad de la segunda hora… o, por lo menos, yo nunca regresaba a clase tras terminar mi reunión de quince minutos con Siddiqui.

Me saqué el vial con cuidado del bolsillo y lo guardé en la mochila, en una bolsita donde estaría a salvo. Aproximadamente un minuto después, el laboratorio comenzó a llenarse.

Abdullah lanzó el libro de texto y el manual de laboratorio sobre el pupitre que compartíamos, haciendo que los tubos de ensayo vacíos se sacudieran en su soporte.

—Hola —me dijo con voz fría.

—Hola —contesté.

La conversación que mantuvimos el fin de semana pasado no había ido muy bien, sobre todo cuando se enteró de lo mío con Zarin. No habíamos vuelto a hablar desde entonces, por lo que me sorprendí cuando se sentó a mi lado y me preguntó:

—¿Vas a volver a verla?

Lo miré detenidamente.

—Sí. Este jueves, de hecho.

Me dedicó una sonrisa tensa.

—Buena suerte.

Sentí una leve punzada de culpa, pero luego la deseché. Me recordé que habíamos llegado a un acuerdo sobre estas cosas. Abdullah lo sabía. Recordé el beso que había compartido con Zarin la semana pasada. Su respiración acelerada. Esos dedos pequeños y sorprendentemente fuertes agarrándome los brazos. «Ese pavo está empezando a hacer que tu coche apeste.» Las palabras se me habían quedado grabadas en la mente, provocándome, incitándome, tentándome toda la noche, haciendo acto de presencia cuando menos me lo esperaba, como ahora. Apreté el libro de texto con los dedos durante una fracción de segundo, de modo que los nudillos se me quedaron de color rosa y blanco. Como deseaba ver la piel de Zarin cuando acabara con ella. Empujé mi mochila debajo del asiento con la punta de la zapatilla, procurando que no tocara ninguna de las patas de la silla.

—El viejo Rawoof suspendió a la mitad de la clase 2 de duodécimo en el examen oral a primera hora —dijo Abdullah después de un minuto—. No podemos esperar nada mejor de la señora Dawood: está en modo «preparación para los exámenes estatales». ¡Creo que me estoy volviendo loco, tío! ¿Y por qué este sitio huele a pedos?

El aire olía igual que siempre en el laboratorio de química: una combinación de tinta, sudor y azufre. Pero sabía qué se proponía Abdullah. Aunque al principio se hubiera enfadado conmigo, esta era su forma de darme el visto bueno, de decir que todo volvía a ir bien entre nosotros y que ya no le importaba lo que yo hiciera, aunque fuera con su exnovia. No estaba seguro de qué lo habría hecho cambiar de opinión. Tal vez se hubiera cansado de nuestra guerra fría. O tal vez simplemente quería mantenerse al tanto de lo que pasara con Zarin y averiguar si yo tendría éxito donde él había fracasado. Abdullah y yo éramos así de competitivos. Sobre todo cuando se trataba de chicas.

Esbocé una sonrisita de suficiencia durante un instante y luego puse otra cara, como si estuviera a punto de vomitar.

—Probablemente sea el olor del viejo Rawoof —dije—. A legumbres y vómito.

A continuación, Abdullah y yo nos metimos las manos debajo de las axilas y nos pusimos a hacer ruidos de pedos una y otra vez, hasta que algunos de los otros chicos se unieron, hasta que toda la clase se olvidó de que teníamos exámenes orales y comenzamos a corear: «¡Gases! ¡Gases! ¡Gases! ¡Gases!» (ignorando al ayudante de laboratorio, que no servía para nada), hasta que la señora Dawood entró en el aula y nos gritó que nos calláramos.

SANGRE

Zarin

—ZARIN, HAY ALGO QUE QUERÍA PREGUNTARTE —me dijo Porus un par de días después de nuestra pelea en la charcutería.

Eso era lo que él solía hacer cuando discutíamos o nos peleábamos: me hacía preguntas sobre cosas que no venían a cuento o hablaba de temas triviales para aliviar la tensión que se iba acumulando entre nosotros.

—Vale —contesté con cautela—. Dime, ¿qué querías saber?

—Me preguntaba si estás…, espera, no —se interrumpió, pasando de repente a hablar en inglés—. Me preguntaba si hay algo que desees desesperadamente. Algo que lleves esperando toda la vida.

Era evidente que todavía estaba inquieto. Por algún motivo, Porus siempre empezaba a hablarme en inglés cuando se ponía nervioso, y yo debía admitir que esa peculiaridad suya me parecía adorable.

—Hacerme mayor e irme de casa de *masi* —dije.

—Eso ya lo sé. Me refiero a... aparte de eso.

«Ser feliz.» La respuesta que me vino a la mente fue simple. Descarnada. Demasiado descarnada para contársela a otra persona, y mucho menos a alguien tan en sintonía con mis emociones como Porus.

—¿Qué más podría desear? —repuse.

Lo cual le puso fin a la conversación.

Tal vez debería haber sido más amable. Tal vez simplemente debería haberle dicho que le olía el aliento a cebolla y ponerme a hablar de caramelos y chicles. Pero acababa de recibir un correo electrónico de Farhan Rizvi esa mañana y no pensaba con claridad.

Y, de todas formas, habría sido mentira. Porus no tenía mal aliento. Nunca había tenido que apartarme de él por ese motivo en particular, a pesar de que su uniforme (y su camioneta) olía de vez en cuando a carne y queso feta. En cuanto a su aspecto, Porus no estaba mal. Era alto y de hombros anchos y su voz profunda a menudo lo hacía parecer mayor de lo que era. En ocasiones, había visto a unas cuantas clientas mirándolo en la tienda y ruborizándose cuando él les sonreía, aunque Porus parecía no darse cuenta de su interés. Incluso las pobladas cejas le sentaban bien.

La realidad era que Porus era bueno. Demasiado bueno para alguien como yo. Aunque afirmaba que yo le gustaba más que cualquier otra chica que hubiera conocido, si su madre le pidiera que dejara de salir conmigo (algo que, teniendo en cuenta las cosas que *masi* le había contado acerca de mí, era muy probable que ocurriera), él lo haría, como el buen chico parsi que era. No sería algo insólito. Lo había visto varias veces en Bombay, les había ocurrido a algunas chicas de la colonia Cama, y yo me había jurado que eso no me pasaría a mí.

En cuanto al beso... La explicación era sencilla: había sido una anomalía. Un acto irreflexivo. Daba igual que sus labios fueran sumamente suaves o que encajaran perfectamente contra los míos, me dije con firmeza. Sería absurdo pensar lo contrario.

Abdullah me dijo una vez que la sociedad saudí no permitía que los chicos y las chicas se reunieran a solas porque era imposible que la relación siguiera siendo platónica.

—Piénsalo —me había dicho—. Nuestros cuerpos están diseñados para eso. Es como poner una llave y una cerradura una al lado de la otra y no esperar que alguien intente ver cómo encajan.

En momentos como este, deseaba contar con una amiga en lugar de con chicos que intentaban montárselo conmigo o Porus, que era como un perrito faldero. A veces, incluso pensaba en mi madre y anhelaba que estuviera aquí para darme consejos, aunque recordarla hacía que se me formara un nudo en el estómago. Algunas noches veía un destello plateado en mis sueños, sombras a mi alrededor, largas y delgadas como las patas de una cigüeña, y notaba algo cálido y pegajoso goteando sobre mis labios. A pesar de que no entendía el motivo, sabía que esos sueños tenían que ver con mi madre. No era un cuchillo, me decía a mí misma cada vez que me despertaba de estos sueños, con la ropa pegada a la

225

espalda y el cuerpo retorcido en ese ángulo que yo siempre había asociado con las pesadillas. Tal vez fuera el destello de un plato de acero inoxidable con el que mi madre me daba de comer de pequeña. Y tal vez el líquido no fuera sangre, sino leche tibia que yo me negaba a tomar cerrando la boca. Hasta el día de hoy, seguía sin poder ni querer tomar leche, por mucho que *masi* se enfadara o me pegara.

La otra única persona a la que podría haberle hecho alguna pregunta relacionada con chicos era Asfiya, la chica con la que solía sentarme a fumar en el depósito de agua, aunque nunca hablábamos mucho cuando estábamos allí. Les había oído decir a las profesoras que Asfiya se había comprometido después de graduarse. A los diecisiete años, con un chico al que solo había visto una vez, por Skype.

—Hoy en día, todo se hace por medio de la tecnología, pero los matrimonios concertados siguen siendo así —le había dicho la señora Khan a nuestra profesora de Física—. El matrimonio es lo primero. El amor, si lo hay, llega luego y crece con el tiempo.

Me pregunté si se podría decir lo contrario de los matrimonios por amor. Si, en esos casos, el amor simplemente disminuía en lugar de crecer. ¿O era el matrimonio lo que creaba el problema, lo que hacía que el amor perdiera su brillo, como parecía haberles ocurrido a mis tíos, que se llamaban «cariño» o *«jaanu»* o «cielo», pero siempre lo decían con cautela, a veces incluso con un asomo de malicia?

Con Farhan Rizvi, sin embargo, las cosas eran diferentes. Para empezar, no estaba enamorada de él, a pesar de que era el primer chico por el que me había colado de verdad. Un chico que, al besarlo, hacía que todos los demás a los que había conocido se desvanecieran temporalmente de mi mente. Salvo la primera vez, en su coche, cuando comparé de forma inconsciente aquel beso con el que había compartido con Porus. Eso me había confundido tanto que me aparté de él a los pocos segundos. No sabía qué me estaba pasando. Podría haberlo resuelto todo diciéndole a Porus: «Sí, es Rizvi. Es a él a quien estaba esperando».

Pero habría sido mentira. Y, de todos modos, Porus no lo habría entendido.

—En realidad, no sabes lo que haces —me dijo, con un inusual arrebato de mal genio, el día después de mi primera cita con Rizvi—. Te crees muy lista. Piensas que lo sabes todo. Pero no es verdad, Zarin. No puedes tener siempre el control. He visto a chicos como ese Rizvi. Sé cómo son. Salen con una chica diferente cada semana. Te usará y te desechará como a todas las demás.

—¿Alguna vez te has planteado que esas historias podrían ser solo rumores? —le pregunté, furiosa—. ¿Que tal vez no tengan ninguna base? Mira, Porus, si todavía estás enfadado por lo del beso que nos...

—No estoy hablando de eso. —Me lanzó una mirada de indignación—. Estoy intentando decirte que, cuando el río suena, agua lleva. No me caía bien tu exnovio, pero por lo menos él tenía algunos escrúpulos. Farhan Rizvi no tiene ninguno.

—¡Ni siquiera lo conoces!

—Y tú no sabes cómo te estaba mirando en la charcutería. No es un buen tipo. Hazme caso.

Si no estuviera tan enfadado, le habría preguntado cómo me estaba mirando Rizvi. ¿Como en la feria, hace años?

¿Momentos antes de que apareciera Durrani, la delegada escolar? Aquella idea me afectó más de lo que me habría gustado admitir.

—De ninguna manera —repuso Rizvi cuando le conté el incidente en la feria—. Me acordaría de ti.

Yo sabía que solo era un cuento. Un truco que seguramente empleaba con muchas chicas. Reaccioné dándole una calada al cigarrillo y lanzándole el humo a la cara.

—Eso te enseñará a no olvidarme —le dije mientras él tosía.

Mi ira se disipó al ver que los ojos se le oscurecían y las pupilas se le dilataban levemente. Esbozó una sonrisa antes de abalanzarse sobre mí, dándome besos profundos y bruscos, como a mí me gustaba. Me asustaba esta atracción sexual que él parecía ejercer sobre mí, el hecho de que cada vez me costara más negarle cosas que nunca le habría permitido hacer a Abdullah ni a ningún otro chico.

—¡Para! —jadeé. Tiré de sus dedos y les impedí seguir restregándose contra mi ropa interior—. Es… es nuestra segunda cita, Farhan.

Sus ojos se endurecieron durante una fracción de segundo, pero sucedió tan rápido que pensé que era cosa de mi imaginación. Él sacudió la cabeza y se rio.

—Relájate, Zarin. A veces, eres como una gatita: asustadiza y lista para huir de un salto. Necesitas relajarte un poco más.

Días después, se propagó por el colegio un nuevo rumor sobre él. Acerca de que había dejado embarazada a una chica de noveno hacía varios meses y que habían tenido que llevarla a la India para practicarle un aborto. La noticia provino de Mishal, que afirmaba haberla leído en un blog de Internet y luego la difundió por la clase antes de que la prima de la chica, Maha Chowdhury, tuviera ocasión de quitarle hierro al asunto.

—¡Fue una simple operación de vesícula! —farfulló en dirección a Mishal—. ¡Ya sabes lo mala que es el agua de Yeda! ¡Provoca piedras!

—¡P-provoca p-p-piedras! —la había imitado Mishal, lo que hizo que la mayoría de sus amigas se echara a reír—. Si era tan simple, ¿no habría sido más barato realizar la operación aquí en Yeda? ¿Por qué ir a la India para eso?

Las demás chicas observaron en silencio o siguieron almorzando. Nadie interfirió. Así funcionaban las cosas en la Academia Qala, o al menos en nuestra clase, cuando Mishal decidía hundir sus garras en alguien.

—Ya basta, Mishal —dije cuando Maha se echó a llorar. También le expliqué a Mishal, con toda claridad, dónde podía meterse sus rumores.

Fue una suerte para Mishal y una desgracia para mí que la señora Khan entrara en el aula en ese preciso momento en busca de las gafas que se le habían perdido y oyera mi última frase. ¡Me obligaron a permanecer de rodillas fuera del aula el resto del día, con los brazos en alto, por «hablar como un rufián deslenguado»!

* * *

El problema de los rumores era que tenían tendencia a perdurar. A superponerse a la lógica como si fueran manchas de té en los dientes. Lo que resultaba aún más molesto era que, en el pasado, algunas veces habían resultado ser ciertos. Como cuando Mishal le contó a todo el mundo que Chandni Chillarwalla había huido de casa para evitar que la prometieran con un chico con el que sus padres querían que se casara. La propia Chandni confirmó el rumor un año después en una partida de verdad o reto, durante una hora libre de clases. El rumor sobre los múltiples novios de la delegada escolar también parecía ser verdad. Lo había comprobado por mí misma hacía mucho tiempo, cuando estaba en noveno: Nadia se escabullía de la fila de las chicas que entraban en tropel por la verja del colegio y se subía al coche de un desconocido. Incluso la historia que Mishal había difundido sobre mí y aquel chico sirio con el que salí hace tiempo era cierta, aunque nunca supe cómo se había enterado.

Por supuesto, los rumores acababan propagándose con frecuencia hasta la sección masculina de la academia, donde los tergiversaban hasta rozar el ridículo. Por ejemplo, según Farhan Rizvi, Chandni Chillarwalla no huyó a la casa de una amiga, sino que intentó fugarse con un novio secreto. Durrani, la delegada escolar, no solo había tenido muchísimos novios, sino que también había participado en un vídeo sexual con un chico repulsivo de la Academia Qala. En cuanto a mí: había salido con dos chicos sirios al mismo tiempo y mis cigarrillos contenían marihuana, no tabaco.

Me reí cuando Rizvi me lo contó en nuestra tercera cita. En el correo que me mandó, la denominó «un almuerzo tardío en forma de pícnic», pero acabó consistiendo en una gran bandeja de pollo asado y patatas fritas dentro de su coche en el viejo almacén Hanoody, situado cerca del edificio de apartamentos de Porus.

—¿Quién te dijo eso? —Lancé un hueso de pollo en la bandeja—. ¿Marihuana? ¿En serio?

Rizvi simplemente se encogió de hombros a modo de respuesta y se rio. Los labios le brillaban debido a la grasa del pollo. Tenía un poco de salsa barbacoa en la comisura de la boca. Si se tratara de Abdullah, tal vez le habría limpiado la mancha de color marrón rojizo con un dedo con aire juguetón y luego me lo habría llevado a la boca. Con Rizvi, sin embargo, no lo hice. Algo en su expresión me advirtió que no era buena idea, o quizá fueran los rumores de nuevo, deslizándose como insectos bajo mi piel.

Para distraerme, recorrí con la mirada la zona árida y arenosa que constituía el aparcamiento del almacén. Había colillas desperdigadas por todas partes, junto con viejas latas de refresco y relucientes bolas arrugadas de papel de aluminio. *Masi*, que reutilizaba una y otra vez el papel de aluminio en casa y también lo empleaba para cubrir los fogones, se habría enfurecido ante tal desperdicio.

Pensar en mi tía me llevó a pensar en mi tío, que, durante la última semana aproximadamente, había intentado que le hiciera confidencias.

—Ese Porus es un buen chico, ¿no? —me había preguntado *masa*—. Y trabaja duro.

—Sí, supongo que sí.

—Es un chico muy agradable. Bueno. Decente. No se encuentran chicos así hoy en día.

Me encogí de hombros, preguntándome adónde llevaba eso.

—Puede ser.

Masa carraspeó.

—Zarin, *dikra*, ¿hay algo que quieras contarme?

La pregunta del novio. Lo supe por la forma en la que la nuez se le movía en la garganta, por el suave chasquido que emitió con la boca cerrada.

—No, Rusi *masa*. —Lo había mirado a los ojos mientras lo decía—. Nada.

Era la verdad. Abdullah y yo habíamos cortado y, aunque los besos de Rizvi hicieran que me diera vueltas la cabeza, solo habíamos tenido dos citas de momento. En cuanto a Porus… Negué con la cabeza. No podía pensar en él ahora. Y no lo haría.

Observé cómo Rizvi devoraba el último muslo de pollo de la bandeja, chupando el hueso gris libre de carne hasta que pude ver la oscura médula del centro. Algo en esa imagen despertó un viejo recuerdo que tenía de él, haciendo que las palabras salieran de mi boca antes de poder detenerlas.

—Te vi aquí con una chica una vez. Ella estaba llorando.

Sus hombros, aquellos hombros anchos que yo había admirado cuando tenía catorce años, se tensaron durante un breve momento. Rizvi lanzó el hueso de nuevo en la bandeja.

—A veces, las rupturas pueden ser duras —contestó—. ¿Qué se le va a hacer?

—Sí. ¿Qué se le va a hacer?

Me sonrió, y yo le devolví la sonrisa, pero percibí un ligero cambio en el aire, una tensión que antes no estaba presente. Me pregunté si sería la misma chica de la que Mishal les había estado hablando a todos: la prima embarazada de Maha Chowdhury.

Noté un hormigueo en la piel y, durante un segundo, estuve tentada de pedirle que me llevara a casa. Sacudí la cabeza, irritada por esta súbita oleada de nervios.

—Gracias por el almuerzo. —Me sequé la grasa de los labios con una servilleta de papel—. Estaba muy bueno, aunque he comido tanto que creo que voy a reventar —comenté, intentando relajar el ambiente.

Él se me quedó mirando un momento, y entonces lo volví a ver: ese rápido destello de hielo en sus ojos, la forma casi imperceptible de apretar los labios antes de sonreír.

—De nada. ¿Quieres beber algo? A mí me da sed después de comer este tipo de comida.

Se giró y rebuscó dentro de su mochila. Me llegó el entrechocar de objetos metálicos y el crujido del papel antes de oír el conocido silbido de una lata de refresco al abrirla.

Me pasó un Vimto.

—Dijiste que te gustaba esta marca, ¿verdad? —Sacó otra lata para él y la abrió. Me sonrió y se le formó un profundo hoyuelo en la mejilla izquierda—. Servirá para limpiar el paladar. Con suerte, así ninguno de los dos sabrá demasiado a pollo.

Le eché un vistazo al reloj del salpicadero: las tres de la tarde. Le dije a *masi* que hoy me retrasaría porque tenía prácticas de debate, pero tenía que volver a casa en media hora.

—Vale —cedí—. Pero solo un refresco.

Solo recordaba unas cuantas cosas con claridad después de eso. El sabor del refresco de uva: efervescente, dulzón, caldeado por estar al sol. La sensación de la mano de Rizvi, caliente y manchada de grasa, subiendo por mi muslo cubierto con el *salwar*.

—No pasa nada, Zarin —me susurró—. Relájate.

* * *

Estaba soñando de nuevo con aquel hombre que me lanzaba alto por el aire.

—*Majhi mulgi* —dijo en marathi. «Mi niña.»

—¿Dónde has oído esa frase? —quiso saber *masa* cuando un día le pregunté qué significaba.

—En ningún sitio —contesté.

Como siempre, el hombre era una sombra. Al principio se inclinaba sobre mí, sumiéndome en la oscuridad, hasta que me lanzaba, alto, alto, alto, tan alto que casi podía tocar la brillante bombilla del techo y las polillas que danzaban a su alrededor. «Tócala —me animó—. Vamos, toca la luz.»

Alargué una mano.

Al fondo, una mujer gritó. «Basta. Basta.» ¿Era *masi*? No estaba segura.

El cuero del interior del coche ardía por pasar demasiado tiempo bajo el sol de Yeda. La cabeza me martilleaba e intenté moverme. Pero mis extremidades eran como cuatro bolsas de cemento mojado. Algo me raspó la rodilla.

Oí un taco y, entonces, el hombre misterioso se transformó en un chico con relucientes ojos dorados.

* * *

Vi al sacerdote de nuestro templo de fuego.

Según él, rezar a diario no era el único requisito para lograr cruzar el puente Chinvat. Los zoroástricos también debían llevar una vida que encarnara tres preceptos importantes: *humata*, *hukta* y *huvareshta*.

Humata: buenos pensamientos. Para *masi*: hipócrita. Para *masa*: débil. Para Porus: cargante.

Hukta: buenas palabras. Para *masi*: «Hazme el favor de pirarte». Para *masa*: «Deja el numerito de padre preocupado». Para Porus: «Búscate otra persona a la que darle la lata, Don Perfecto».

Huvareshta: buenas acciones. Vi a *masi* buscando el *malido* en la nevera; el *malido* que dejé a propósito junto a la ventana de la cocina para que se lo comieran los cuervos. Imité el chillón falsete de *masi* delante de *masa* y vi cómo se ponía rojo de rabia. Le eché el humo del cigarrillo a Porus en la cara y me reí cuando tosió.

* * *

Vi de nuevo al chico de ojos dorados. Su mano subió lentamente por mi rodilla desnuda y jugueteó con la banda de mi ropa interior.

Entonces se produjo un estallido de luz: un millar de brillantes fragmentos de cristal. Una corriente de aire me acarició la cara, cálida y ahumada, con granitos de arena.

Unas sombras forcejearon por encima de mí. Cuando se dispersaron, el chico de ojos dorados tenía la cara manchada de sangre. Me pregunté si sería un vampiro, y esa idea tonta me dio ganas de reír. De reír, reír y reír hasta que pudiera gritar, gritar y gritar.

Noté la tela deslizándose de nuevo sobre mi piel, seguida del sonido de unos botones de metal cerrándose con un clic, cubriéndome hasta la garganta. Una voz me susurró al oído, suave como una flor:

—No te ha hecho daño, ¿verdad?

«No lo sé», quise decir. Pero la lengua no me respondía y no pude contestar.

Porus

SUPE QUE ALGO IBA MAL EN CUANTO NOTÉ vibrar el teléfono en el bolsillo. Se podría decir que tuve un presentimiento. O tal vez fuera por el nudo que notaba en el estómago desde el día en que Zarin me besó y luego empezó a salir con Farhan Rizvi. En lugar de hacer caso omiso del aparato como hacía normalmente mientras trabajaba, solté la caja de cartón que tenía en las manos y contesté.

—¿Hola? ¿Porus? —Era una voz conocida, brusca y preocupada: la tía de Zarin—. ¿Zarin está contigo?

—No, tía Khorshed. Estoy en el trabajo. Esta tarde no la he visto.

Pegué la espalda a la pared, situada junto al muelle de carga, fuera de la charcutería, y me apreté el teléfono contra la oreja, ignorando a Alí, que me estaba fulminando con la mirada por dejar la caja en el camión. Levanté un dedo para indicarle que esperara un momento. Alí puso los ojos en blanco y me dio un fuerte codazo al volver a entrar.

—No ha vuelto a casa. Me dijo que tenía prácticas de debate, pero deberían haber terminado hace una hora. Ni siquiera contesta al teléfono.

Me mordí el labio. «Prácticas de debate» era la excusa que solía emplear Zarin para poder verse a escondidas con Abdullah. Supuse que estaría usando la misma táctica con Rizvi.

—Si me esfumara, ella ni se enteraría —había dicho Zarin refiriéndose a su *masi*—. Algunas veces, cuando vuelvo a casa, la encuentro tan drogada por las pastillas que toma que apenas se da cuenta de que estoy ahí. Luego se despierta y empieza a preguntarme qué me ha parecido el almuerzo que ha preparado. Como si yo pudiera pensar en comer después de verla así.

—Debe ser culpa de los autobuses. A veces s-se retrasan —tartamudeé, esperando que la tía Khorshed no pusiera en duda mi mentira. Que yo supiera, los autobuses nunca se retrasaban. Y, estuviera o no con un chico, Zarin nunca había tardado tanto en volver a casa.

Al otro extremo de la línea telefónica, oí un sollozo apenas reprimido.

—¿Podrías… podrías ir a ver dónde está? Lamento molestarte, querido, pero Rusi no contesta al teléfono en el despacho… Y no… no sabía a quién más llamar.

Por muy mal que esta mujer hubiera tratado a Zarin, no pude evitar sentir lástima por ella ahora. Y también estaba preocupado. En la India, aunque a veces la burocracia fuera espantosa, podríamos haber intentado llamar a la policía, haber intentado presentar una denuncia por desaparición. En Arabia Saudí, las cosas eran diferentes. Ninguno de los dos sabía suficiente árabe como para comunicarnos con las autoridades. Y si la policía religiosa se involucraba, era imposible predecir lo que ocurriría.

A Zarin le gustaba hablar de ellos con desdén, me aseguraba que todo iría bien, que Yeda no estaba tan estrictamente controlada como la capital, Riad, donde estaba situado el cuartel general de la Haia. Pero yo había oído historias en la charcutería sobre redadas sorpresa en casas de aquí a partir de un soplo sobre alcohol o drogas. También había leído artículos en Internet sobre parejas de jóvenes saudíes y expatriados a los que arrestaban en cafeterías por «comportamiento sospechoso» y a los que se llevaban para interrogarlos en las oficinas de la Haia en Yeda. En casos extremos, que implicaban adulterio, la pareja era encarcelada o sentenciada a recibir múltiples latigazos. Zarin sabía un poco de árabe, pero no lo suficiente como para explicarse en un escenario como ese. ¿Y si la malinterpretaban? ¿Y si no pedían ninguna explicación y simplemente asumían lo peor? Por mucho que yo despreciara a Rizvi, nunca querría que Zarin se metiera en problemas con las autoridades por salir con él.

—Yo me encargo, tía —dije con un nudo en las entrañas—. La encontraré. Se lo prometo.

Colgué y marqué al instante el número de Zarin. Tras un par de tonos, saltó el buzón de voz.

Solté una palabrota en voz alta, pues no se me ocurría de qué otra forma ponerme en contacto con ella. Cerré los ojos e intenté recordar todo lo que Zarin me había contado sobre

Farhan Rizvi, todo lo que les había oído a los chicos de la charcutería. Mi mente saltó a la primera vez que vi a aquel chico. Gafas de sol. Una chica llorando. Un coche negro. Un almacén.

Miré a Alí, que estaba descargando la última caja de queso suizo del camión de reparto.

—Tengo que irme —le dije.

—¿Qué? —Alí tenía la cara roja por el esfuerzo—. ¡No puedes largarte del trabajo así como así! El jefe te echará la bronca.

—Es una emergencia. Se trata de mi madre. —La mentira acudió con facilidad a mis labios, suprimiendo la necesidad de dar más explicaciones—. De verdad que tengo que irme. Te haré el próximo turno, te lo prometo.

Alí frunció el ceño y abrió la boca, como si fuera a decir algo.

No esperé a averiguar el qué.

* * *

Un día normal, habría tardado doce minutos en llegar al almacén. Hoy, tardé nueve. Si no hubiera estado considerando los diversos y horribles escenarios en los que podría encontrar a Zarin, me habría alegrado el hecho de que la camioneta no me hubiera dado ningún problema durante todo el trayecto.

Fuera del vehículo, el sol pegaba con fuerza. Si cerraba los ojos, sabía que lo vería todo rojo a través de los párpados. Entrecerré los ojos para protegerme de la luz que se reflejaba en un fragmento de cristal que había cerca de la oxidada verja del almacén y divisé un coche negro a lo lejos, entre los edificios polvorientos.

Salí de la camioneta a toda prisa, golpeando el asfalto con mis zapatillas de deporte, pero me detuve a unos metros de distancia, para asimilar la escena. Una sombra se movió en el asiento trasero del coche negro. Era Rizvi. Levantó la mano y la bajó, como si golpeara algo. A alguien. No intenté abrir la puerta. Ni siquiera me lo pensé antes de agacharme para recoger una piedra de los escombros que rodeaban el edificio y estrellarla contra la ventanilla.

* * *

¿Qué le habría hecho a Zarin?

¿Hasta dónde habría llegado?

No lo sabía. No podía estar seguro. Después de romper la ventanilla de Rizvi y luego su nariz, ni siquiera tuve tiempo de revisar a Zarin en busca de cardenales. Para mi sorpresa, Rizvi no intentó defenderse; simplemente se aferró el tabique roto y gimoteó.

Si no fuera por el coche de policía verde y blanco que había visto a unas manzanas del almacén (un inquieto *shurta* que parecía empeñado en poner muchas multas de aparcamiento esa tarde), estaba seguro de que habría matado a Rizvi.

Volví a colocarle bien la ropa a Zarin y le abroché el *abaya* antes de llevarla a mi camioneta. Pesaba mucho para ser tan pequeña. O tal vez fuera el efecto de la droga, fuera cual fuera, que Rizvi le había dado. La deposité con cuidado en el asiento trasero. Me encontraba lo bastante cerca como para percibir un olor a pollo asado y, debajo, un toque de polvos Pond's. Intenté aferrarme a esa leve fragancia floral, a la primera vez que la olí de niño, y luego a la otra vez, a la semana pasada, cuando ella hundió los dedos en mi pelo y fundió sus labios con los míos.

—*Shhh* —susurré cuando ella hizo un ruido—. Estás a salvo. Ahora estás a salvo.

No podía llevarla a su casa así. Si viviera solo, podría haberla llevado a mi apartamento, pero vivía con mi madre, que estaría allí, y no podría explicarle nada sin que la noticia llegara a oídos de la familia de Zarin. Lo mejor que podía hacer era conducir y esperar a que se le pasaran los efectos de la droga.

Al llegar al semáforo situado a unas manzanas del almacén, volví a ver al policía, esta vez en el vehículo justo al lado del mío. Mantuve la vista al frente. El aire era agrio y se ondulaba a causa del calor, desdibujando la carretera y los vehículos que tenía delante de mí. La ropa se me pegaba a la espalda. Cada vez que respiraba, era como si estuviera inhalando sudor. El ojo derecho me temblaba: un tic que mamá atribuía a los nervios y papá a la mala suerte o al peligro. Apreté los dientes. Ahora no era el momento de pensar en limones malditos o gatos negros. Miré de reojo con disimulo. El *shurta* estaba mirando algo en su móvil. Entonces, como si sintiera mi mirada, levantó la vista y me saludó con la cabeza.

Le devolví el saludo y me giré de nuevo hacia el semáforo. Una gota de sudor me bajó lentamente por la sien y se deslizó hacia mi oreja.

Tuve que hacer uso de toda mi fuerza de voluntad para no acelerar a fondo cuando la luz se puso verde, para mirar a la izquierda y luego a la derecha y soltar poco a poco el freno, avanzando y uniéndome al tráfico como si fuera un adolescente normal que volvía a casa del colegio o el trabajo y que no llevaba a una chica drogada en el asiento trasero.

A los pocos minutos, Zarin comenzó a moverse en la parte de atrás.

—¿Porus? —Tenía la voz ronca—. ¿Eres tú? ¿Estoy en tu camioneta?

—Sí, soy yo. No…, no te sientes todavía.

Recorrí unas cuantas manzanas más antes de detenerme por fin en el aparcamiento de un tranquilo edificio de apartamentos. Cuando abrí la puerta trasera, ella seguía tumbada en el asiento cubierto de tela, con los ojos cerrados. Era la primera vez que cumplía voluntariamente alguna de mis instrucciones. O tal vez estuviera demasiado cansada para oponerse.

Había espacio suficiente para que yo pudiera entrar. Le levanté la cabeza con cuidado y la apoyé sobre mi regazo. Le acaricié la frente sudorosa.

—¿Estás bien? ¿Te hizo daño?

—Eh…, no lo sé —dijo después de una pausa—. Estaba aturdida. Sigo aturdida.

—Tengo que llevarte a casa. —Mantuve la voz baja, suave—. Tu tía fue quien me llamó para decirme que habías desaparecido. Está muy preocupada.

Zarin gimió mientras comenzaba a incorporarse por fin. La ayudé a sentarse. Al rodearla con los brazos, me recordó a un pájaro. Parecía frágil. Y quizá lo fuera. Quizá siempre lo había sido y yo, como un tonto, me había dejado engañar por sus palabras cortantes y su bravuconería.

—Se pondrá furiosa. Se transformará en la malvada madrastra de una peli hindi y me dirá que me lleve mi deshonra de vuelta al arroyo con los de mi calaña. Y probablemente tenga razón. Deberías haberme dejado morir, Porus. Porque, si vamos a casa, ella me matará.

—Calla —dije, a pesar de que sus palabras hicieron que se me revolviera el estómago—. Deja de decir esas cosas. —La ayudé a sentarse en el asiento de delante y le abroché el cinturón—. Nos vamos a casa.

* * *

La reacción de la tía Khorshed se acercó bastante a lo que Zarin había predicho. Segundos después de confirmar que ambos seguíamos vivos, entornó sus agudos y pequeños ojos y se fijó en otras cosas: la tambaleante forma de andar de Zarin, el desgarrón en el dobladillo de su *abaya*. Cuando arrugó la nariz, supe que también pudo oler la grasa del pollo.

—¿Dónde estabas? —preguntó con voz aguda y débil—. ¿Dónde estabas, inútil? ¿Con quién te has deshonrado?

En otras circunstancias, podría haberme reído de la precisión con la que Zarin había predicho la reacción y las palabras de su *masi*. Por desgracia, la forma en la que había encontrado a Rizvi cerniéndose sobre su cuerpo semiinconsciente no tenía nada de graciosa, ni tampoco lo que estaba ocurriendo ahora, en la propia casa de Zarin, donde en lugar de comprobar si estaba bien, su tía parecía a punto de pegarle.

Al otro lado de la ventana, el cielo iba adquiriendo un aspecto marrón rojizo. Era un poco más oscuro que la bata que llevaba la tía Khorshed, un color que teñiría los edificios de apartamentos, los árboles y los vehículos de tonos óxido.

Ese color bañaba la cabeza calva y las mejillas estrechas del tío Rusi cuando entró en el apartamento minutos después, rellenando los cráteres que le había dejado la viruela y dando la ilusión de suavidad.

—Khorshed —dijo sin aliento—. Estaba en una reunión. Me fui en cuanto…

—Por fin —lo interrumpió su mujer, y luego soltó una carcajada, aguda y extraña—. Por fin el señor de Lahm b'Ajin se presenta en su humilde morada.

—Lo siento, pero…

—Ahora.

Ella se giró a un lado y, por primera vez, el tío Rusi pareció darse cuenta de que tenían público. Me echó un vistazo rápido y luego a Zarin, que todavía llevaba el *abaya* y el pañuelo y aferraba su mochila.

—Ahora puede que por fin digas la verdad. —La tía Khorshed señaló a su marido, pero no apartó la mirada de mí—. ¡Cuéntaselo! ¡Cuéntale dónde habéis estado todo este tiempo!

El tío Rusi sujetó con torpeza la bolsa que llevaba en las manos antes de colocarla en el sofá.

—Khorshed, ¿qué…?

—¡Pregúntaselo! —gritó ella. Una vena le sobresalía en la sien y por un lado del cuello—. ¡Pregúntale a este idiota cuánto tiempo tardó en traerla aquí después de que lo llamara! Aunque a ti te da igual, ¿verdad, Rusi? Ocupado, ocupado, siempre estás ocupado. Tan ocupado que ni siquiera te importa que tu propia sobrina no haya regresado a casa cuando se suponía que debía hacerlo.

—Tía, estaba en el trabajo —le supliqué—. Tuve que esperar media hora o cuarenta y cinco minutos antes de poder marcharme. Cuando llegué al colegio, Zarin estaba esperando allí con otras dos chicas. El autobús se retrasó y...

—¡Tonterías! ¡Los autobuses siempre están esperando allí! Si vas a mentir, por lo menos hazlo bien.

Un soplo de aire fresco atravesó mi camisa pegajosa antes de que el aire acondicionado emitiera un suave clic y luego se apagara.

Apreté los puños y, por primera vez, noté los raspones que los cubrían. Eran recientes, algunos todavía estaban rojos. Ni siquiera recordaba cómo me los había hecho. No recordaba los fragmentos de cristal que me cortaron la piel cuando rompí la ventanilla de Rizvi con la piedra y luego introduje el brazo para quitar el seguro de la puerta. Ni siquiera había notado el dolor. Zarin arrugaba la alfombra con el pie. Le temblaban las manos como cuando ansiaba un cigarrillo. Se me hizo un nudo en la garganta.

—¿Qué te ha pasado en las manos? —La mirada del tío Rusi había pasado de Zarin a mí. Su voz estaba cargada de recelo.

—Un accidente laboral. Cosas que pasan.

A mi lado, noté que Zarin temblaba aún más, a pesar de que no había hablado y mantenía la mirada fija en el suelo.

El tío Rusi dio un paso hacia ella.

—Zarin, *dikra*, ¿qué pasa? Vamos, puedes contárselo a Rusi *masa*.

Tal vez, si se tratara solo de él, Zarin lo habría hecho. Siempre tuve la sensación de que la relación con su tío habría sido mucho mejor si no fuera por la esposa de este.

Zarin dio un paso atrás y tropezó. La rodeé con el brazo por instinto. El aire que nos rodeaba olía a salsa barbacoa y sudor.

—Baño —susurró Zarin. Era la primera vez que hablaba desde que habíamos entrado en la casa hacía quince minutos.

Se escabulló por debajo de mi brazo y, durante unos segundos, permanecí allí, agarrando el aire.

—¿Por qué sigues llevando el *abaya*? —gritó la tía Khorshed—. ¡Por lo menos cuélgalo en el armario! ¿Y por qué te llevas la mochila?

Zarin volvió la mirada una vez y luego dejó caer la mochila en el pasillo, fuera del baño, con un ruido sordo. Segundos después, una franja de luz asomó por debajo de la puerta, seguida del zumbido del extractor de aire. Fruncí el ceño, notando que la ansiedad se me acumulaba en las tripas del mismo modo que cuando su tía me llamó, salvo que esta vez era más fuerte, tan fuerte que parecía una piedra.

Las uñas de la tía Khorshed se me clavaron en el brazo.

—¿Mi sobrina sale dando tumbos de tu camioneta como si fuera una drogadicta y pretendes que me crea que estaba en una práctica de debate? ¿Es que piensas que soy tonta? ¿Crees que no me fijé en el desgarrón que tiene en el *abaya*?

Resistí el impulso de quitármela de encima. De repente, comencé a comprender por qué Zarin odiaba tanto a esta mujer. «¿Es que no te importa? —quise gritarle—. ¿No te importa que tu sobrina esté sufriendo?»

—Lo juro por Dios, tía, Zarin está bien —le dije con voz tensa—. Probablemente se lo enganchó en algo afilado y...

—¡Mientes! —Los labios se le quedaron sin sangre—. ¡Los dos me estáis mintiendo!

Pero entonces el tío Rusi dio un paso al frente, colocó las manos con cuidado sobre los hombros de su mujer y presionó con los pulgares. Le murmuró suavemente al oído, una y otra vez, hasta que ella dejó de apretarme el brazo. Le colocó de nuevo los brazos a los costados y se los masajeó con suavidad. No era algo inusual: recordaba ver a mi padre haciendo lo mismo con mi madre cuando estaba enfadada, pero la resignación que reflejaba la cara del tío Rusi me indicó que había hecho esto más veces de las que le habría gustado.

Por fin, el tío de Zarin me miró.

—Si le ha pasado algo a nuestra sobrina, tenemos derecho a saberlo. Debes decirnos la verdad, Porus. ¿Estaba en una práctica de debate?

Habló con tanta amabilidad que titubeé un momento y casi le cuento todo lo que había visto. Pero entonces recordé el rostro de Zarin y lo aterrorizada que estaba.

—Sí —contesté—. Claro que sí.

El tío Rusi endureció la mirada al oír mi respuesta y, durante un segundo, pensé que me iba a pegar. Pero continuó acariciando las manos temblorosas de su mujer.

—No me mientas. ¿Dónde estaba? ¿Con un chico? Debes decir la verdad ya, Porus.

—Estoy diciendo la verdad —insistí, deseando que se me diera la mitad de bien que a mi padre convencer a la gente.

Quise cerrar los ojos y buscar la presencia de papá, como hacía algunas mañanas mientras rezaba ante el altar situado en la pequeña cocina de nuestro apartamento. Papá sabría qué hacer, sabría exactamente qué decir. Le eché un rápido vistazo a la puerta del baño. Si Zarin y yo estuviéramos solos, habría llamado a la puerta, la habría aporreado hasta que ella saliera o me dejara entrar. Pero aquí, delante de sus tíos, las cosas parecían diferentes. Ya no era un amigo, sino un extraño que se estaba entrometiendo en la vergüenza privada de una familia. Me pregunté si Zarin también se sentía así, como una intrusa perpetua entre este hombre, esta mujer y su relación disfuncional.

Vi el reflejo de la cara del tío Rusi en la ventana. Cuando nuestras miradas se encontraron, él desvió la suya.

—Ya puedes irte —me dijo con voz fría. Se aseguró de no volver a mirarme—. Gracias por traer a Zarin a casa.

Vacilé.

—Tío, yo…

—Vete, Porus. —El tono cortante de su voz me hizo retroceder—. Vete de una vez.

Zarin

NO HABÍA SANGRE. NO COMO SE SUPONÍA QUE debería haber si eras virgen. Había oído rumores en el colegio acerca de que algunas chicas no sangraban, ni siquiera se daban cuenta de que les había pasado algo hasta que ya estaban de varias semanas, como la prima de Maha Chowdhury.

El período me vino un par de días después, lo cual acabó demostrando que no había pasado nada con Rizvi aquel día; al menos, nada que me obligara a dejar el colegio con la excusa de que tenía el vientre hinchado. Pero sí pasó algo. Algo que me hacía despertarme por las noches, sudando y con el estómago revuelto, y vomitar la cena que había comido horas antes.

—Gastroenteritis —dijo el doctor Thomas cuando *masa* me llevó a verlo—. Bastante fuerte, pero nada grave. Pudo deberse a algo que comió fuera de casa.

Pero era más que un virus, y mis tíos lo sabían.

—¿Qué pasó ese día? —me preguntaba constantemente *masi*, una y otra vez—. ¿Fue por un chico? ¡Dímelo!

—¡No pasó nada! —le respondía yo siempre—. Estaba enferma, ¿vale?

Me preparé para recibir sus golpes (su táctica favorita para sonsacarme la verdad), pero, para mi sorpresa, *masi* no me levantó la mano. Era casi como si ahora temiera tocarme, como si pudiera sentir de algún modo la mancha invisible que Rizvi había dejado en mi piel.

—Lo he intentado —le oí decirle a *masa* por teléfono—. Lo he intentado con todas mis fuerzas, Rusi, pero no quiere contarme nada.

Cuando *masa* llegó a casa esa tarde, me encontró sentada en mi cama, con el libro de Física en el regazo.

—Zarin. —*Masa* extendió la mano hacia mí, pero se detuvo cuando lo rehuí—. Zarin, *dikra*, ¿por qué no me dices qué te pasa?

—N-nada —contesté, odiando cómo me tembló la voz delante de él—. Estoy e-estudiando. Tengo un simulacro del examen de Física el miércoles.

—Zarin, nos tienes preocupados… No eres tú misma.

—Estoy bien —insistí—. Es la gastroenteritis.

Se hizo el silencio en la habitación.

—Puede que me lo cuentes luego —dijo él tras una pausa. Empleó un tono de voz tan bajo que no estuve segura de si estaba hablando solo o conmigo—. Me lo contarás luego, ¿no?

—No hay nada que contar.

Observé las palabras del libro, las letras se volvieron borrosas y se amontonaron, hasta que al fin oí sus pasos alejándose. Se me revolvió el estómago y, durante un segundo, temí volver a vomitar. Lancé el libro a un lado y cerré los ojos.

¿Qué quería *masa* que dijera? ¿Que me había colado por un chico que luego intentó violarme? ¿Que había ignorado las advertencias de Porus, los rumores y, aún peor, mis propios instintos?

«¿Dónde te tocó?», podía imaginarme a la policía religiosa preguntándome. «¿Con qué parte del cuerpo?» Rizvi lo negaría todo o, lo que era peor, contrataría a un abogado que señalaría que fui yo quien dio el primer paso aquel día en la charcutería. Que todo lo que sucedió después fue consentido, aunque yo solo quería besar a Rizvi (una idea que ahora me daba ganas de potar).

«¿A quién piensas que van a creer? —se mofó en mi mente una voz que se parecía a la de Mishal Al-Abdulaziz—. ¿A un polifacético y apuesto chico, que además es delegado escolar en su colegio, o a una chica de la que todo el mundo opina que es prácticamente una delincuente juvenil?»

—Sois chicas —recordé que la profesora de Física nos dijo un día, cuando estábamos armando más alboroto de lo normal en clase—. No podéis permitiros comportaros como chicos.

Durante los días siguientes, mis tíos no volvieron a abordarme. Me observaban desde lejos, eludiendo mis ojos cuando los miraba y susurrando frenéticamente cada vez que yo salía de una habitación: «¿Te contó lo que pasó ese día?» o «¿Estaba gritando en sueños otra vez?».

Me recordó a cuando me mudé a la colonia Cama tras la muerte de mi madre, cuando me pasé días enteros sentada en un rincón del apartamento de mis tíos después del funeral.

—¿No se acuerda? —*Masi* parecía furiosa—. ¿Cómo no se va a acordar?

Yo sabía que se refería a cómo había muerto mi madre y que me habían encontrado a su lado, cubierta de sangre. Dijeron que no hablé con nadie después y que ni siquiera lloré. En la Torre del Silencio de Bombay, donde se celebró el funeral, no pude mirar a mi madre a la cara. Los portaandas trajeron a un perro con una correa, un animal flaco cubierto de pelo blanco y con dos manchas marrones sobre los ojos. El perro olfateó los pies de mi madre y luego sus tobillos, buscando una señal, cualquier señal de que todavía siguiera viva. Pero no lo estaba, y ese hecho fue confirmado en las oraciones que los sacerdotes enmascarados recitaron, palabras en voz alta destinadas a coser la piel sobre la herida de los pecados terrenales de mi madre.

Después de lo de Rizvi, las pesadillas (sobre todo las relacionadas con mi madre) se habían vuelto más frecuentes. En mis sueños, mi madre tarareaba suavemente como en mi cuarto cumpleaños y sus dedos rozaban la suave pared de mármol de nuestro edificio de apartamentos en Yeda. Mi madre cantaba, haciendo oídos sordos a mi llanto mientras yo subía a gatas y desnuda por la escalera detrás de ella, intentando eludir las voces que oía a mi espalda…, voces que se reían de mí y que me llamaban.

Casi una semana después del incidente, vi a Rizvi en el interior del colegio femenino, recostado contra la pared, fuera del auditorio de la planta baja. Había venido a buscar a Asma después de nuestro simulacro de examen de Física. Llevaba el pelo cuidadosamente peinado y su *blazer* de delegado escolar abrochado y planchado. Noté, con cierta satisfacción, que todavía tenía una férula en la nariz. Sentí una opresión en el corazón al pensar que Porus había hecho esto. Había actuado como Farhad por mí, a pesar de que no me lo merecía.

—Oye —me llamó Rizvi, como si fuéramos viejos amigos, o puede que algo más—. ¿Qué tal te ha salido el examen?

La bilis me subió a la garganta. Tenía toda la intención de agachar la cabeza y alejarme lo más rápido posible, pero el descaro con el que se dirigió a mí me dejó pasmada durante un instante, incapaz de moverme.

Me fijé en que, unos metros por detrás de él, había varias chicas de mi clase apiñadas. Nos estaban mirando y cuchicheaban entre ellas: era evidente que las conversaciones posexamen habían quedado en el olvido. Mishal no participaba en la conversación. Después de que Abdullah y yo rompiéramos, se había vuelto un tanto silenciosa y me ignoraba por completo ahora que ya no me relacionaba con su hermano. A veces, sin embargo, al darme la vuelta, la sorprendía mirándome con una expresión extraña en la cara. Igual que me estaba mirando ahora. Como si yo fuera un accidente de tren a punto de ocurrir: algo de lo que no podía apartar la mirada, aunque pensar en ello la asqueara.

Sin apartar los ojos de Mishal, abrí la cremallera de mi mochila y las saqué: dos agujas de tejer que emitieron un destello plateado a la luz de la tarde, unas agujas que había llevado encima desde el incidente en el coche de Rizvi.

—No te me acerques —le advertí a Rizvi. Era como si otra persona se hubiera apoderado de mí: una chica con voz fría y dura que podía sostener con pulso firme algo largo y afilado a unos centímetros de los ojos atónitos de un chico, aunque por dentro le temblara todo—. Si te acercas más, te saco los ojos.

Rizvi apretó la boca. Soltó una risa forzada. Levantó las manos y empezó a retroceder despacio.

—Cálmate, nena —dijo lo bastante alto para que lo oyeran las chicas que nos espiaban—. Solo pretendía saludarte.

—No hace falta —contesté igual de alto—. Ya me he despedido.

Me alejé con aire indignado, haciendo caso omiso de las chicas que ahora me miraban boquiabiertas, con una mezcla de asombro y resentimiento. Una avalancha de voces estalló a mi espalda.

—Pero… ¿Qué ha…?

—¿Por qué lo ha amenazado?

—Un momento… ¿Está llorando?

Alguien de la multitud gritó mi nombre. Salí corriendo, dispersando grupos de chicas, hasta que llegué al otro extremo del largo pasillo y abrí de golpe la puerta del baño femenino. Ignoré la mirada de sorpresa de una chica bajita de noveno que se estaba cepillando el pelo delante del espejo y me encerré en un cubículo. Aquí, en un recinto mohoso formado por cuatro paredes grises, rodeada por los sonidos del papel higiénico partiéndose, las cisternas bajando y el agua corriendo, por fin me permití echarme a temblar. Me deslicé por la puerta con los ojos ardiendo y ahogué mis gritos contra la parte superior de la mochila.

Porus

—NO LO SÉ —LE OÍ SUSURRAR A MI MADRE POR teléfono en la sala de estar—. No me ha dicho nada. Nada en absoluto, querida Khorshed.

Nada en absoluto, a pesar de su constante insistencia. «¿Qué pasó ese día?» «Debes contarme lo que pasó, Porus. ¡Soy tu madre!» «No se lo diré a nadie, te lo prometo.»

Lo que de verdad querían saber era si había pasado algo «malo». Algo que requiriera un aborto o casar a Zarin lo antes posible.

—Estaba en clase de debate —mentí una y otra vez—. Ya te lo he dicho.

Pero la verdad era que no lo sabía. No sabía con certeza qué había ocurrido en el espacio de tiempo en blanco entre la aterrada llamada telefónica de la tía Khorshed que recibí cuando estaba en la charcutería y el momento en el que encontré a Zarin junto a aquel almacén, aturdida dentro del coche negro, con el *salwar* blanco por los tobillos y Rizvi encima de ella, con los pantalones desabrochados.

Volví a verlo una semana después, cuando fui a recoger a Zarin al colegio. Un esparadrapo blanco le sujetaba el puente de la nariz y todavía tenía el labio inferior hinchado. Me pregunté si la policía lo habría atrapado merodeando por el almacén, si habrían encontrado algún rastro de la droga que había usado con Zarin. Aunque tal vez se había deshecho de las pruebas y habían tenido que soltarlo.

Mi jefe, Hamza, me había dicho que a veces pasaba. Y no siempre era culpa de la policía.

—Tengo un amigo. Es policía, ¿sabes? Muchas veces quiere mantener a un chico en la cárcel. Por temas de alcohol..., ¡incluso de drogas! Pero el padre del chico conoce a algún alto cargo del ministerio y entonces... *khallas*. ¡Se retiran los cargos! Se trata de *wasta*, amigo mío. De a quién conoces.

El instinto me decía que había pasado lo peor, a pesar de que una semana después Zarin me dijo que no creía que hubiera pasado nada.

—¿Qué quieres decir con eso de que no crees que pasara nada?

—Nada importante, ¿vale? —gruñó ella. Tenía los ojos rojos y ojeras debajo—. No es que tenga mucha experiencia en estos temas, pero tengo entendido que se supone que habría sangre si hubiera pasado algo. Y no había.

Le temblaron las manos en la fracción de segundo que transcurrió antes de que cerrara los puños.

—Ni sangre ni moretones. Así que no vas a decir ni una palabra. ¡A nadie!

—No puedes permitir que se vaya de rositas —protesté, obligándome a no alzar la voz—. Debes contárselo a alguien.

—¿A quién? ¿A *masi*, que probablemente me matará? ¿O a los tribunales de aquí, que sin duda lo harán? ¿A quién piensas que creerán cuando entre en juego un caro abogado defensor?

Ella tenía razón, por supuesto. Denunciar la agresión aquí, en Arabia Saudí, era inviable. Incluso en la India, la sociedad no veía con buenos ojos a las chicas que presentaban ese tipo de denuncias. Yo había leído acerca de esos casos en los periódicos, había visto cómo se desarrollaban por la tele.

—Su hija está intacta, ¿no? —le preguntaba la policía al padre—. En ese caso, le sugiero que no presente cargos, señor. Le acarreará publicidad innecesaria a su hija e incluso podría arruinar el futuro del chico.

Ante nosotros había un plato de galletas de glucosa, duras y rectangulares, de la marca Britannia, junto con dos humeantes tazas de té. Sentí que la tía Khorshed se detenía un momento detrás de nosotros y luego se retiraba a la cocina.

—No me mentirías, ¿no? —dije después de una pausa. Sería típico de Zarin evitar buscar ayuda e intentar manejarlo todo por su cuenta—. Sabes que no te juzgaría, ¿verdad?

Ella me miró, con la sombra de su antigua sonrisa sarcástica en los labios.

—Por lo general, tú eres la única persona a la que me resulta muy difícil mentirle. Aunque parezca raro. Tal vez sea porque nunca le cuentas nada a nadie. No les dijiste con

258

quién estaba, ¿verdad? Ni siquiera a tu madre. Pero, en el fondo, no me crees.

—No he dicho eso. —Mi voz no sonó convincente, ni siquiera para mí. Le di un mordisco a la galleta: fue como meterme papel de lija en la boca.

Zarin remojó su galleta en una taza de té, una y otra vez, hasta que la dura masa se ablandó y colgó flácida y marrón.

—Sueño con mi madre por las noches. A veces con un hombre. A veces hay sangre, mi madre está tendida en medio de un charco de sangre y yo estoy a su lado y el hombre está de pie sobre nosotras, riéndose. Veo caras flotando sobre mí. Caras alrededor del hombre. *Masa, masi*, tú. Os llamo e intento llegar hasta vuestras caras. Luego desaparecen. Y me despierto gritando. Bueno, no siempre grito. Pero ayer sí. *Masa* me dijo que solía hacer lo mismo cuando era pequeña. Él opina que tengo que ver a un médico. —Zarin emitió un sonido que podría haber sido una risa o una exclamación ahogada—. Apuesto a que se refiere a un ginecólogo.

El trozo de galleta cayó en el té y se diluyó.

—¿No te parece que deberías ir a ver a un médico después de lo que…?

—Te repito de nuevo que no pasó nada. Nada, ¿de acuerdo? —Se había puesto lívida, histérica—. ¡Y también se lo puedes decir a los demás!

No dije nada. Examiné los nudillos de mi mano izquierda, apretando el puño hasta que quedaron pálidos: la piel de un par de ellos se despegó, dejando al descubierto la carne, pues las heridas apenas se habían curado.

Fue cuestión de suerte, quise decirle. Pura suerte que se me ocurriera pensar en el almacén, que supiera siquiera que existía, cuando su tía me llamó. Suerte que la hubiera visto con Rizvi la semana anterior. Y se debía a la suerte que estuviera aquí, sentada a mi lado, en lugar de tirada en una cuneta.

Su tía salió corriendo de la cocina.

—¿Qué pasa?

Zarin no nos miró a ninguno de los dos. Respiró hondo y, de repente, mi ira se desvaneció. Ella mojó el resto de la galleta en el té pastoso y la dejó caer.

—Nada. Solo charlábamos tomando té.

A su tía le temblaron los labios y luego abrió la boca como si fuera a decir algo. Pero volvió a cerrarla.

—Pues bebéoslo entonces —dijo con tono brusco—. Se va a enfriar. Y, Porus, quiero que te vayas a las seis en punto. Zarin tiene que estudiar.

—Sí, tía Khorshed.

—Me trata como a una intocable. —Zarin volvió a hablar cuando su tía se retiró, esta vez procurando no alzar la voz—. Coloca la bandeja de comida a dos metros de mí. Ya no me obliga a sentarme con ellos en la mesa del comedor. Y, si lo hago, no hablan. Es repugnante. Me siento como esas chicas a las que marginan a un rincón separado de la casa cuando tienen el período. Es como si sufriera un sangrado perpetuo.

Me removí en el sofá.

—Tal vez debería irme y dejarte estudiar.

Ella enarcó una ceja.

—Si quieres irte, vete. Nadie te lo impide. Ni nadie te ha pedido que me hagas de chófer tampoco, ¿sabes?

—Me lo pidió tu tío. Cuando él tiene cosas importantes que hacer en el trabajo. Ya lo sabes, Zarin.

Había recibido la llamada de improviso, en medio de la noche.

—No tengo elección —había dicho el tío Rusi con una voz que sonaba avejentada—. La situación es complicada en la oficina. Ya sabes cómo son estos árabes, Porus. Y no confío en nadie más. Por favor, *dikra*. Por favor, ayúdanos.

—No estabas obligado a aceptar, ¿no? —me preguntó Zarin ahora, casi como si me hubiera leído la mente.

«No —pensé—. No estaba obligado a aceptar.» Una parte de mí deseaba que me levantara y me marchara como había dicho. Pero, por algún motivo, no pude.

—Las otras chicas me insultan en el colegio —dijo Zarin después de una pausa, y no supe si estaba hablando sola o conmigo—. Creen que no las escucho, pero sí lo hago. Constantemente.

Volví a dejar mi galleta a medio comer en el platillo.

—Da igual lo que digan.

—Oh, sí, claro que sí. A estas alturas, se supone que ya debería estar acostumbrada, ¿no es así?

Soltó de nuevo esa extraña risa.

—No me refería a eso.

—«No me refería a eso» —me imitó, exagerando mi acento gujarati, pronunciando cada palabra con mordacidad.

Los dos guardamos silencio entonces y permanecimos varios minutos sin hablar. El reloj de la sala de estar dio las seis. Tomé un sorbo de la taza de té que apenas había tocado. Estaba frío.

—Tengo que irme ya. Tengo que trabajar. —Esta vez hablé en gujarati, pues no confiaba en poder hacerlo en inglés.

—Vale. Pues vete.

Cuando volví la mirada hacia ella por última vez, Zarin estaba partiendo las galletas en pedazos cada vez más pequeños, aplastándolas con tanta fuerza que la masa acabó convertida en polvo y se deslizó entre sus dedos como si fuera arena.

VERGÜENZA

Mishal

LA HISTORIA SALIÓ A LA LUZ POCO A POCO, primero por teléfono, durante una conversación entre Abdullah y un tal Bilal.

—En serio. —Abdullah parecía fascinado—. Me dijo que se la tiró. No una vez, sino tres. Dijo que estaba bien apretada.

—Qué va. Anoche nos emborrachamos y admitió la verdad. Ni siquiera consiguió que se le levantara. Entonces, su mala suerte se volvió aún peor. El Romeo de la chica apareció, empezó a gritarle y le dio una paliza.

—¿Qué? ¿Qué Romeo?

—El charcutero. Ya sabes, el que conduce esa chatarra de camioneta.

—Entonces fue así como Farhan se rompió la nariz. —Abdullah se rio como si fuera la cosa más graciosa del mundo—. Me dijo que se había caído en la ducha.

—Sí. Es una verdadera lástima para Farhan *miyan*. Mil riyales tirados a la basura.

En el colegio circulaban otros rumores, la mayoría de los cuales llevaban el titular: «La ruptura histórica de Zarin Wadia con Farhan Rizvi».

—¿Esos cigarrillos le han frito las neuronas? —Chandni Chillarwalla sacudió la cabeza—. Farhan Rizvi. Por Dios, si ese chico me mirara siquiera, me moriría de felicidad. ¿A quién se le ocurre plantarlo después de conseguir salir con él?

—No es oro todo lo que reluce —contestó Alisha Babu—. A mí me pareció genial. En fin, ¿qué tiene Rizvi de especial? Vale que es atlético y todo eso, pero hay chicos más guapos por ahí. ¡Y sus ojos son espeluznantes, casi amarillos, como los de un gato!

Los rumores sobre la ruptura no me sentaron demasiado bien, sobre todo porque Zarin no hizo nada para confirmarlos ni negarlos. Tras aquel dramático enfrentamiento con Rizvi fuera del auditorio, ella no había vuelto a abrir la boca. Durante días, permaneció en su asiento del rincón, en la última fila del aula, sin decir nada y con la cara pálida. Solo recobraba su antigua arrogancia cuando alguien le hacía una pregunta: su respuesta habitual era «métete en tus asuntos», lo que llevó a todos a creer que sí, que era bastante probable que Zarin Wadia fuera la única chica de la Academia Qala capaz de conquistar al ídolo del colegio y luego romperle el corazón.

—Tendríais que haberlo visto —dijo Layla, repitiéndoles la historia del enfrentamiento a quienes no la sabían—. Él estaba esperando a Asma fuera de la sala después de los simulacros de exámenes. Cuando Zarin salió, intentó hablar con ella. Le dijo: «Oye, ¿cómo te va?». Ella puso cara de asco. Como si él fuera una estatua de jardín sobre la que un pájaro se hubiera cagado. Luego, de repente, rebuscó en su mochila y sacó dos agujas de tejer. ¡Parecía tan furiosa que pensé que iba a sacarle los ojos o algo por el estilo!

—¿Crees que lo hicieron?

En realidad, esa era la pregunta que generaba mayor debate entre las chicas de nuestro grupo. El sector que llamaba delincuente a Zarin opinaba que era bastante probable que ya no fuera virgen. Otro sector, liderado por Alisha, que se había convertido en fan de Zarin Wadia desde que esta ganó el premio a la mejor oradora en el debate, calificó sus argumentos de ilógicos y antifeministas.

—¿Te das cuenta de que, si Zarin fuera un chico, nadie pondría en duda su pureza o falta de ella? —me dijo—. De todos modos, ¿cómo se determina la virginidad? El himen también se puede romper de otras formas.

—¡Qué asco!

—Esto es un indicio del *qayamat*. Vamos a arder en el infierno.

—No seas tonta —repuso Alisha—. Estoy segura de que el Señor tiene mejores cosas que hacer que condenar al fuego del infierno a un grupo de chicas por hablar de sus propios cuerpos.

—Pero, pensad en ello —argumentó otra chica—. Ahora somos jóvenes y la mayoría hemos cometido pecados que pueden parecer pequeños, pero, a medida que pase el tiempo, nuestros pecados se irán acumulando, ¿no? Cuando te enfrentes a Dios el Día del Juicio Final, ¿qué vas a decirle? ¿Cómo vas a explicar tus transgresiones?

Le eché un vistazo al pupitre vacío de Zarin. Era la segunda vez que le ponían falta esa semana por no asistir a clase por razones desconocidas.

—¿Tú qué opinas? —me preguntó Layla—. ¿Sobre ella y Rizvi?

—¿Te refieres a si lo hicieron? ¿Quién sabe? —Me encogí de hombros—. Teniendo en cuenta la reputación de esa chica, todo es posible.

No les conté que la bandeja de entrada de Tumblr de Nicab Azul estaba inundada de preguntas y correos de admiradores, de diferentes detalles, enviados por diferentes personas:

«conocs ese almacn n madinah rd? seguro q se la tiro alli»

«¡Una fuente me contó que se drogaban, Azul! Rizvi estuvo en una fiesta la noche anterior… en la casa de un príncipe saudí. Las cosas se descontrolaron bastante, tú ya me entiendes.»

Gran parte eran tonterías, por supuesto. Estaba convencida de que Rizvi no conocía a ningún miembro de la familia real saudí, a pesar de que su padre tenía un buen trabajo en el Ministerio del Interior. Alguien (probablemente un tío) me envió una imagen en la que habían pegado, con un Photoshop horrible, las caras de Zarin y Rizvi sobre los cuerpos desnudos de un hombre y una mujer practicando sexo. Tras examinar detenidamente la repugnante imagen, la borré y bloqueé al remitente. Puede que no me cayeran bien Zarin ni Rizvi, pero incluso yo tenía mis límites.

El tráfico en mi blog era aún mayor que durante los días de la pelea con Nadia Durrani. Los cotilleos sobre Zarin y Rizvi se repetían en el colegio por medio de diferentes fuentes.

—Hubo otra chica de duodécimo hace dos años, ¿sabéis? —dijo Layla unos días después—. Empezó a quejarse de calambres en el estómago. Le dolía tanto que el profesor tuvo que hacer que se tumbara en una fila de sillas en la parte de atrás del aula. Luego faltó a clase durante mucho mucho tiempo. Nadie supo qué había ocurrido. Entonces, el año pasado, averigüé que abortó en la India. Faltaba mucho a clase, como Zarin. Uno o dos días a la semana. Al principio, nadie le dio importancia.

En cierto momento, los profesores se enteraron de la historia (al menos, de una versión). Fue evidente por las charlas repentinas que nos daba el profesor de Matemáticas, en medio de la clase de Álgebra, acerca de las chicas infames que no podían mantener la mirada baja cuando pasaban junto a un grupo de chicos.

—¿Qué hace una chica buena? Veréis, jovencitas, una chica buena mira al frente y sigue caminando. Una chica mala, en cambio... —Recorrió toda el aula y luego se volvió, aunque sin mirar a nadie en particular, ni siquiera a Zarin, que mantenía la cara inclinada sobre su libro con actitud aplicada—. Una chica mala vuelve la mirada.

La profesora de Física empezó haciéndole el vacío a Zarin al principio, ignorando por completo todas sus peticiones de ir al baño y luego escogiéndola siempre a ella para responder a todas las preguntas que se le ocurrían del libro de texto.

—¡Idiota! —gritaba cuando Zarin no acertaba la respuesta—. ¡Esto es lo que pasa cuando no les prestas atención a tus estudios!

A mi lado, Layla y otras cuantas chicas disimulaban sus sonrisas con las manos.

Zarin solo hallaba algún alivio en clase de Inglés y de Educación Física. La señora Khan puso en práctica su favoritismo habitual comportándose como si no pasara nada, a pesar de que en el pasado nos había regañado a Layla y a mí muchas veces por no atender en clase.

La profesora de Educación Física apenas le prestó atención a Zarin salvo para darle permiso para no tomar parte en los juegos cuando ella puso como excusa que tenía el período una semana y gastroenteritis la siguiente. La profesora, que llevaba un *salwar-kameez* y zapatillas de deporte como siempre, hacía sonar su silbato para que el resto de nosotras se moviera, mientras que Zarin simplemente permanecía sentada en las gradas, observando.

* * *

Zarin ya no usaba el autobús escolar. En cambio, su tío la llevaba al colegio en coche todas las mañanas y la recogía todas las tardes. Algunas veces, venía un chico nuevo en su lugar; las chicas se habían acostumbrado a ver su maltrecha camioneta verde esperando en el punto de llegada y recogida detrás de vehículos mejores, incluido el BMW de Farhan Rizvi.

—¿Quién es ese chico? —le preguntó una vez Alisha a Zarin.

—Se llama Porus.

—¿Es tu novio?

Durante un segundo, me pareció que a Zarin se le ponían los ojos llorosos, pero entonces parpadeó y me di cuenta de que era un reflejo del tubo fluorescente del techo. Ella ladeó la cabeza y sonrió.

—¿Tú qué crees?

Los rumores, si es que antes había alguna esperanza de que desaparecieran, continuaron, evolucionando de nuevo para incluir a este nuevo personaje en la ecuación. Zarin y Porus, Porus y Zarin.

Alguien me envió una foto borrosa de ellos sentados dentro de la camioneta de Porus con el título «Cotilleos frescos», lo cual era un poco tonto, ya que ninguno de los dos ocultaba su relación. Venía a recogerla al colegio, por el amor de Dios. Delante de todo el mundo.

—Está bueno, ¿verdad? —les oí comentar entre risas a algunas de mis compañeras—. Es muy masculino.

Al parecer, muchas otras opinaban igual. A menudo, veía a un grupo de chicas del último curso junto a su camioneta, evaluándolo descaradamente, a veces incluso lanzándole sonrisas coquetas. Aunque Porus no era guapo en el sentido tradicional, no me costaba entender por qué esas chicas se sentían atraídas por él: la complexión fornida, el ceño fruncido, la forma en la que se le suavizaba la expresión al mirar a Zarin, como si solo tuviera ojos para ella.

—Me encantaría que alguien me mirara así. —Pude ver corazoncitos formándose encima de la cabeza de Alisha—. Hace que me derrita.

—¡Puaj! —Layla hizo una mueca—. Contrólate, por el amor de Dios. ¿Has visto las cejas que tiene?

Dejé de prestarle atención a la discusión. No era la primera que oía sobre el tema de Zarin y su nuevo novio. Día sí y día no, surgían nuevas voces. Dedos acusadores. Nadie pareció notar ni preocuparse por las ojeras de Zarin. Nadie comentó la forma en la que Porus la observaba cuando la traía y la recogía; cómo se quedaba sentado, rígido y con la espalda recta; que siempre parecía aparcar lo más lejos posible del coche de Rizvi.

Mi madre siempre decía que, de sus dos hijos, yo era la que tenía instinto, la que sabía cuándo algo iba mal, la que percibía el peligro.

Puede que Abdullah se hubiera burlado de mí por querer ser psicóloga, pero él no sabía que yo me fijaba en todo: desde su forma de tamborilear con los dedos cuando estaba nervioso al movimiento hacia dentro de su nuez cuando algo lo sorprendía. Hizo ambas cosas cuando le conté los rumores sobre Zarin y Porus.

—Caray. —Se le crispó un músculo en la mejilla. Subió de nuevo el volumen de la tele y se recostó en el sofá—. Esa chica no pierde el tiempo, ¿eh? Aunque tampoco me extraña.

Era la primera vez que me hablaba de ella desde que rompieron, el único indicio de que la conocía siquiera. Después de que empezara a circular el rumor de que Zarin había plantado a Rizvi, Abdullah se pasaba la mayor parte del tiempo recluido en su cuarto, encorvado delante del ordenador escribiendo trabajos o correos electrónicos o hablando por Skype hasta altas horas de la madrugada con «una amistad», según me dijo. Para mi sorpresa, también empezó a dejarse barba. Por muy religioso que Abdullah siempre hubiera fingido ser delante de nuestro padre, esto suponía un nuevo paso para él. Comprendí que iba en serio cuando empezó a invitar a casa de vez en cuando a algunos de los chicos de su clase de estudios coránicos.

En apariencia, a mi hermano parecía resultarle indiferente, casi aburrirle, lo que le estaba ocurriendo a su exnovia, salvo por la vez que se había burlado abiertamente de la disfunción eréctil de Rizvi delante de Bilal.

Pero yo sabía que eso no era del todo cierto. Mientras que sus amigos repasaban una y otra vez el incidente cuando venían a nuestra casa, Abdullah permanecía en silencio, casi nunca se sumaba a la conversación, a veces incluso se impacientaba:

—¿No tenéis nada mejor de lo que hablar?

Mientras tanto, yo publiqué soplos, respondí preguntas e incluso hice unas cuantas bromas sobre Zarin, Rizvi y Porus en mi blog. Pero, a veces, me preguntaba por qué no disfrutaba con los cotilleos en esa ocasión; por qué, en lugar de producirme una cálida sensación de satisfacción, simplemente me hacían sentir incómoda. Aunque Abdullah nunca hizo ningún comentario sobre Zarin y se negó a participar en todo lo relacionado con los intentos de Rizvi de vengarse de ella («Tengo mejores cosas que hacer»), yo no podía evitar preguntarme si él sabía o quizá suponía que ocurriría algo como esto si Zarin y Rizvi salían juntos. Si su negativa a involucrarse en el asunto era simplemente una forma de vengarse de ella por romper con él.

La única vez que lo oí dar su opinión fue cuando Bilal y Rizvi dijeron algo sobre desquitarse del nuevo novio de Zarin.

—¿Es que lo que quieres es ir a la cárcel? —La furiosa voz de mi hermano me hizo ponerme rígida junto a la puerta detrás de la cual estaba escuchando—. Hay ciertas cosas de las que ni siquiera el *wasta* de tu papaíto puede librarte, Farhan.

—¿Cuándo empezaste a usar los brazaletes de tu mamá, Abdullah? —se burló Rizvi.

A lo largo de la siguiente semana más o menos, empezaron a surgir historias sobre peleas que tenían lugar cerca del almacén Hanoody, al borde de Aziziya. Los coches se pitaban unos a otros y echaban carreras por la estrecha calle, haciendo caso omiso del tráfico que venía en dirección contraria. Aunque nunca se mencionó el nombre de Rizvi, yo tenía el fuerte presentimiento de que él estaba implicado: tal vez fuera una táctica para intimidar a Porus, que supuestamente vivía cerca de allí.

—Pude oír los neumáticos chirriando en la carretera, ¡y eso que vivo en el cuarto piso! —dijo una chica de undécimo B—. El ruido era espantoso. ¡Ni siquiera se detuvieron cuando llegó la policía!

Una semana después de que Porus y ella se convirtieran en pareja, Zarin faltó otra vez a clase.

—¿Está enferma otra vez? —me preguntó Layla durante el recreo, señalando hacia el pupitre vacío de Zarin.

—¿A la caza de otro novio? —sugirió alguien.

—¿Por qué? ¿El charcutero ya es historia?

En la fila que quedaba delante de la nuestra, Alisha se giró en su asiento para fulminar a Layla con la mirada, pero aparte de eso no dijo nada.

—¡Mira! —Layla me dio un golpecito con el codo.

274

Me volví. Zarin había entrado en el aula con la mochila sobre los hombros y un papel rosado de falta por llegar tarde apretado en la mano.

—Hola —la saludó Alisha—. No te vimos ayer. ¿Qué te pasó?

—Estaba enferma —contestó ella—. Tuve que ir al médico.

—¿Al ginecólogo? —murmuró alguien detrás de mí, y se oyeron unas risitas.

Me mordí el labio.

Zarin, había que reconocérselo, nos ignoró por completo. Dejó caer la mochila en el asiento vacío que había junto a la puerta y comenzó a sacar los libros y el estuche.

—¿Deberíamos preguntarle por su novio? —dijo Layla en voz baja, conteniendo la risa—. Tal vez si nos...

—¿Tal vez si os qué?

Al girarme, vi a Zarin de pie detrás de Layla, con los puños apretados y los labios blancos.

—No te incumbe —contestó Layla con voz brusca y nerviosa, echándose un poco hacia atrás.

—Oh, ¿en serio?

Las chicas que se sentaban en la fila de delante de la nuestra observaban la inesperada pelea de gatas.

—¿Y si te arranco el maldito pelo del maldito pañuelo?

Zarin empujó a Layla tan fuerte que casi se me cae encima, junto con la silla.

—Zarin. —Alisha se puso en pie—. Zarin, cálmate, por favor.

—¿Por qué? —gritó la aludida—. ¿Para que podáis seguir cotilleando?

275

—¡No estamos diciendo ninguna mentira! —A Layla se le habían puesto las mejillas rojas como tomates—. Tú eres la que anda tonteando con esos chicos. ¿Qué esperas que diga la gente de ti?

Fue entonces cuando me di cuenta de que nadie hablaba ni se reía a nuestro alrededor, el murmullo de las respiraciones era audible en la silenciosa aula, junto con el zumbido del aire acondicionado. Al otro lado de la puerta, se oían ruidos: el parloteo de las chicas y el repiqueteo de sus fiambreras, el chirrido de sus zapatillas por las baldosas del pasillo, el golpeteo de las pelotas contra el asfalto, estrellándose contra los tableros de las viejas canastas de baloncesto que había fuera, en el patio. El corazón me retumbaba en el pecho.

Zarin se nos quedó mirando unos segundos y luego sus ojos se posaron en mí. En su rostro, junto con la ira, percibí desesperación. Durante un espantoso momento, me recordó a mi madre, hace seis años, cuando le suplicó a mi padre que no tomara una segunda esposa.

—Olvídalo —dijo Zarin en voz baja.

Salió del aula con paso airado, dejando atrás la mochila y los libros, y no regresó hasta el final de la última clase, cuando llegó la hora de volver a casa.

Farhan

LOS HOMBRES QUE BILAL ME HABÍA RECOMEN-
dado para el trabajo no me dijeron cómo se llamaban.
—Así es más seguro —me dijo Bilal con su típica sonrisa
astuta y demasiado amplia—. De todas formas, ¿para qué
quieres saber cómo se llaman? Lo único que debería impor-
tarte es que están dispuestos a hacer esto por ti y que saben
mantener la boca cerrada.

Los observé: uno era alto y desgarbado y el otro, más bajo
y fornido. Ambos miraron el vendaje que llevaba en la nariz antes de examinar los billetes de cien riyales que les di
por adelantado. Esta vez había tenido que birlarle el dinero
a *abba* del bolsillo, pero, por suerte, mi padre nunca se daba
cuenta de que le faltaba dinero.

El alto se lamió los labios resecos y sacó un pasamontañas.

—Toma. Ponte esto. —Empleó un tono cortante, que no dejaba margen para excusas.

Obedecí, arrugando la nariz a causa del ligero olor a humedad de la tela.

—Tienes que ir con ellos —me había dicho Bilal con voz tranquilizadora—. Para identificar al objetivo. No tienes que hacer nada más.

Bilal debía pensar que yo estaba tan colocado como él si esperaba que me creyera esa explicación. Yo sabía que estaba allí a modo de póliza de seguro, en caso de que la policía apareciera y nos atrapara. Para ellos, sería más fácil entregarme a los policías («Él también estaba implicado») en lugar de cargar con toda la culpa.

Pero, por suerte para ellos, daba igual. Yo quería ir. Quería mirar al charcutero a la cara cuando lo hicieran papilla. Me pasé un dedo por la nariz, que nunca volvería a estar recta. Quería vengarme.

Había sido más fácil con Zarin. Unos cuantos rumores, un puñado de soplos anónimos en el blog de esa chismosa y su reputación —la poca que tenía— había acabado hecha trizas. Por lo que le había oído contar a Asma a sus amigas (a cualquiera que la escuchara, en realidad), Zarin estaba hecha polvo y una vez hasta la habían oído llorando en el baño.

A veces me preguntaba si sería cierto, si de verdad había llorado, cuando algo muy parecido a la culpa se retorcía en mi interior. «¿Seguía siendo necesario vengarse?», decía una voz en mi cabeza que se parecía mucho a la de Abdullah. Mi reputación no se había visto afectada. El charcutero no había dicho nada. Abrí la boca, dispuesto a cancelar el asunto. Pero entonces el coche se detuvo bruscamente y me di cuenta de que ya estábamos a una manzana de la tienda Lahm b'Ajin de Aziziya.

—¿Listos? —nos preguntó el alto antes de ponerse un puño americano en la mano izquierda.

—A estos tipos se les da muy bien lo que hacen —recordé que me había dicho Bilal—. No te conviene cabrearlos.

Tragué saliva con fuerza. Ya era demasiado tarde para echarse atrás.

Un hombre con el gorro y el uniforme blancos de la charcutería y un delantal manchado salió de la parte delantera de la tienda con un paquete grande en las manos, que entregó en un vehículo que esperaba.

—¿Es ese? —El bajo, que estaba a mi lado en el asiento de atrás, me dio un fuerte codazo en el costado y señaló con la cabeza hacia el empleado que regresaba adentro.

Negué con la cabeza. No. El chico que me había pegado era más alto y corpulento. Examiné el cuerpo mucho más pequeño del tipo bajo y me pregunté si él o el alto podrían enfrentarse al nuevo novio de Zarin. Pero entonces, como si sintiera mis dudas, el bajo entornó los ojos, como si estuviera sonriendo detrás del pasamontañas, y sacó algo de su bolsa.

El bate de críquet parecía viejo, pero macizo. Lo suficiente como para transformar *spinners* en seises y partir cabezas duras de chicos parsis.

Me invadió la adrenalina y dejó de importarme llevar puesto el sofocante pasamontañas.

El cajero levantó la mirada cuando entramos: tres hombres enmascarados, el bajo con su bate de críquet y el alto con un palo de *hockey*. Me había molestado cuando Bilal me advirtió que yo no debía llevar ningún arma.

—Así es más seguro —me había dicho—. Tú vigila y mantente al margen de la pelea. Como te hagas más moretones, tu padre empezará a hacer preguntas, y no queremos que pase eso, ¿verdad?

Pero ahora, frente al único empleado que había en la tienda a esa hora de la tarde, me sentí un poco aliviado de no tener un arma. El empleado ni siquiera me miró, tenía los ojos clavados en el palo de *hockey* que el alto blandía como si tal cosa ante su cara. Levantó las manos y dijo:

—Os daré el…

—Porus —lo interrumpió el alto—. El indio. Lo estamos buscando.

El empleado, que también era indio, frunció levemente el ceño. Apretó la boca antes de contestar:

—Aquí no trabaja nadie que se llame así.

El alto me miró y levantó una ceja. ¿Era un error? Negué con la cabeza. Se volvió de nuevo hacia el cajero.

—Mira. Dinos dónde está Porus y nadie más saldrá herido. ¿Entendido?

—No sé de quién habláis. —El empleado se negó a ceder, se negó a decirnos dónde estaba Porus.

—Alí, ¿eh?

El alto recorrió con el dedo el nombre bordado en el delantal. Su mano ascendió trazando un arco e impactó contra la barbilla del otro hombre y luego contra su nariz. Los dos rápidos golpes hicieron que el cajero se llevara las manos a la cara y se le llenaran los ojos de lágrimas.

—O tal vez te llamas Porus y me estás mintiendo.

Detrás de mí, el bajo agarró tranquilamente la graciosa figurita de la compañía que había cerca de la vitrina (una vaca sonriente que sostenía la bandera verde y amarilla de Lahm b'Ajin) y la lanzó contra el escaparate, rompiendo el cristal.

—¡No! —gritó el cajero—. ¡Socorro!

Pero nadie vendría a ayudarlo. La charcutería estaba situada en la parte baja de un antiguo edificio de apartamentos que en otro tiempo le había pertenecido al abuelo del dueño. No había más tiendas en los alrededores y, a esa hora de la tarde, las carreteras estaban desiertas.

Bilal había procurado esperar hasta que el dueño de la charcutería tuviera el día libre.

—Nunca se sabe con ese viejo —me había dicho—. Estuvo en el ejército.

Pero hoy, aparte del cajero y nuestro objetivo, no había más empleados dentro.

Fue ridículo lo rápido que el cajero se derrumbó bajo los golpes del tipo alto, cómo comenzó a balbucear los detalles que tanto se había esforzado por negarnos antes:

—Muelle de carga…, entrada trasera…, al lado del baño.

Tal vez fue mejor que Porus estuviera de espaldas cuando nos acercamos sigilosamente y que tuviera los brazos ocupados cargando con una caja grande de salami.

El alto no se sobresaltó como lo habría hecho yo ni dudó cuando Porus se dio la vuelta. La parte plana del palo de *hockey* se estampó primero contra el hombro de Porus, apenas dándole tiempo para expresar su sorpresa, antes de golpearle el cráneo. Una y otra vez.

La caja se estrelló contra el asfalto. Cuando Porus logró agarrar por fin el palo con las manos, un hilito de sangre le bajaba por un lado de la cara. Entonces fue cuando el bajo entró en acción con su bate de críquet. Pero, para entonces, Porus ya estaba preparado: se quitó al alto de encima y se puso en pie de un salto para bloquear los golpes del bajo.

No fue una pelea fácil. Lo supe por el sudor que les cubría la frente. En cierto momento, incluso noté preocupación: el alto le lanzó una mirada rápida al bajo antes de que ambos arremetieran contra Porus.

Puede que Porus supiera luchar, pero no había crecido en las calles, peleando en los bajos fondos. Unidos, los hombres de Bilal lo derrotaron asestándole un golpe con el bate de críquet en la cabeza y otro con el palo de *hockey* en la mandíbula. Porus se desplomó en el suelo cubierto de sudor, sangre y saliva.

El alto me miró y asintió con la cabeza. Habían cumplido con su trabajo. Al final, me acerqué al cuerpo tendido de lado en el suelo y me incliné para poder hablarle al oído.

—Ojo por ojo y nariz por nariz —le dije antes de darle una patada en la cara.

Zarin

LOS DÍAS TRANSCURRÍAN COMO SI FUERAN
alquitrán líquido extendiéndose por el suelo. Una oscuridad
densa y pegajosa se adhería a ellos mientras *masa* y *masi* continuaban con sus vidas, fingiendo que no había pasado nada,
hasta que sorprendía a uno u otro mirándome, como si espe-
raran verme estallar en cualquier momento.

Para llenar el silencio, *masi* dejaba el televisor encendido
en la sala de estar mientras ella trabajaba en la cocina, dete-
niéndose de vez en cuando para ver un bloque sobre cocina
o un programa de entrevistas estadounidense en el que la
gente iba a llorar por su pasado y sus traumas.

—Airean sus trapos sucios en público —decía *masi*, in-
dignada, a pesar de que ella era la única que quería ver el
programa.

A veces usaba la televisión como tapadera para encubrir las llamadas que le hacía a la madre de Porus desde el teléfono que había al lado de la cocina.

—Lamento oír eso, querida —le oí decir a *masi*—. Hablaré con él si lo veo hoy. Me aseguraré de que te haga caso. Gracias por intentarlo.

Así que ahora también estaban tratando de poner a Porus en mi contra. Me quedé inmóvil un momento, observándola colgar el teléfono y luego enderezar la espalda, como si hubiera notado mi presencia en la esquina. Me escabullí antes de que pudiera verme.

Resistí el impulso de buscar mi teléfono y llamar a Porus. De un tiempo a esta parte, había empezado a llamarlo a altas horas de la noche, cuando me despertaba de golpe a causa de las pesadillas sobre mi madre o Rizvi, con un grito atascado en la garganta. Porus era quien insistía en que lo llamara.

—Necesitas hablar con alguien. No puedes guardártelo dentro. Además, últimamente tengo insomnio —me dijo—. Cuando cae la noche, pienso en papá y sigo esperando oír su voz fuera de mi cuarto, hablando con un amigo por teléfono o bromeando con mamá. Es como si tuviera un agujero gigante en el pecho que no logro llenar, haga lo que haga. Tú consigues distraerme.

Él también conseguía distraerme con bromas tontas y extravagantes mitos persas. A veces ni siquiera hablábamos, simplemente nos escuchábamos respirar el uno al otro a través de la línea telefónica hasta que ambos nos quedábamos dormidos.

Una vez, en un día entre semana, lo sorprendí llamándolo mientras se tomaba un descanso en el trabajo. La felicidad que percibí en su voz me hizo alegrarme de haberlo hecho, aunque colgué después de una breve conversación. No quería meterlo en más problemas con su jefe, algo que sabía (porque su madre se lo contó a *masi*) que ya había ocurrido en el pasado.

Hacía un par de días que no hablábamos, sobre todo debido a que los medicamentos para la gastroenteritis me habían dejado completamente fuera de combate y me habían permitido dormir una única noche sin soñar.

Recordé la discusión que había tenido en el colegio con Layla Sharif esa mañana y sacudí la cabeza. No debería haber reaccionado. Debería haberla ignorado. Eso era lo que habría hecho Porus.

Pero hoy, cuando lo llamé para contárselo, no contestó.

* * *

Horas después, cuando sonó mi móvil y un número conocido apareció en la pantalla, el corazón me dio un vuelco y se me dibujó una leve sonrisa en los labios. Cerré el libro de texto con el que intentaba estudiar en vano y descolgué.

—Hola, Porus, estaba…

—¡Déjalo en paz! —exclamó una voz de mujer.

—¿Tía Arnavaz? —pregunté, asombrada. Desde que la conocía, la madre de Porus casi nunca me hablaba, y jamás con tanto veneno en la voz—. ¿Qué ha pasado? ¿Porus está bien?

—No gracias a ti —me espetó su madre—. Desde que te conoció, ha ignorado todo lo demás: su trabajo, su familia. ¿Sabes dónde me he pasado la mayor parte de la tarde? En el hospital al que llevaron a mi hijo, apaleado y sangrando. No quiere decirme qué le pasó ni con quién se peleó. Pero no soy tonta. Sé que esto tiene que ver contigo.

Noté un sabor metálico en la boca. Cuando me lamí el labio, me ardió. En algún lugar, al fondo, el sonido del televisor disminuyó. Sentí otra presencia en la habitación, una sombra rondando por el rabillo de mi ojo izquierdo. Era *masi*.

—Tía. —Me esforcé por mantener la voz firme—. Tía, por favor, yo no sabía...

—Claro que no lo sabías. —Por el tono de su voz, supe que no me creía—. Bueno, pues recuerda esto, Zarin Wadia: solo tengo un hijo. Puede que Dios se llevara a mi marido, pero no permitiré que alguien como tú me quite a mi Porus.

Al otro extremo de la línea telefónica, oí una voz masculina que sonaba adormilada.

—¿Mamá? Mamá, ¿con quién hablas?

Colgué, con el estómago tan revuelto como si hubiera comido algo en mal estado.

—¿Quién era? —Por primera vez, *masi* sonaba tranquila, casi sumisa.

Negué con la cabeza. Porus había resultado herido..., no, gravemente herido, por mi culpa. No soportaba decirlo en voz alta. Sabía que *masi* me culparía. Aunque esta vez tendría motivos justificados para hacerlo.

Durante un momento, me pregunté si Rizvi estaría detrás del ataque. Pero, aunque así fuera, ¿cómo se podría demostrar?

Para mi sorpresa, *masi* no me presionó en busca de información como pensé que haría. En cambio, la sentí observarme, como hacía desde que volví a casa tras el incidente con Rizvi, examinando mi pantalón de pijama floreado y mi camisa de franela roja y negra. El año anterior, *masi* me había comprado una docena de camisas como esta para que las llevara fuera del apartamento junto con los vaqueros holgados, a pesar de que *masa* había protestado porque la ropa me hacía parecer un palo con un saco.

—¡Apenas se la ve!

Pero ahora tuve la sensación de que era *masi* la que quería verme, la que quería quitarme la ropa para comprobar si tenía cardenales u otras señales de daño. Como si fuera una madre demasiado curiosa, había empezado a hacerme preguntas fortuitas sobre todo, desde «¿Te has lavado los dientes?» hasta «¿Qué has hecho hoy en el colegio?». O la más importante: «¿Ya te ha venido el período?».

Mis respuestas, que generalmente consistían en monosílabos, la enfurecían. Así que la mayoría de los días me limitaba a encogerme de hombros, sin decir nada. Algunos días, por el rabillo del ojo, la veía levantar las manos en el aire para luego detenerse, como si hubiera recordado algo, y alejarse despacio. Era más fácil permanecer en mi cuarto, fingiendo hacer los deberes con los libros de texto, que sentarme frente al ordenador en la sala de estar bajo la inquisitiva mirada de *masi*. Aunque tampoco es que tuviera nada que mirar en el ordenador esos días.

Cuando salía de mi cuarto, me sentaba al lado de *masa* en el sofá frente al televisor, mientras él veía las noticias internacionales en la BBC. Normalmente, salvo por un rígido saludo con la cabeza, no se daba por aludido de mi presencia y durante las pausas publicitarias charlaba con *masi* acerca de la cena y el trabajo en la oficina.

Solo lo veía demostrar algún tipo de emoción durante las bromas telefónicas, que iban desde «Quiero que seamos amigos» a «El mío es más grande que el del delegado escolar».

—¡Número equivocado! —gritaba *masa* siempre, y colgaba de golpe.

—Rusi, tenemos que hacer algo al respecto —oí que *masi* le decía un día.

—¿Qué se puede hacer? —repuso él con tono brusco—. Probablemente sean chicos que trabajan en la compañía telefónica y están aburridos.

Chicos que empezaban marcando números al azar con la esperanza de oír voces femeninas y que luego se volvían lo bastante audaces como para hablar e intentar buscarse novia con ese torpe método.

—No tienen acento árabe —había señalado *masi*—. Parecen indios o paquistaníes.

Como si fueran de mi colegio, casi pude oírla insinuar. Como de costumbre, *masa* ignoró las palabras tácitas de su mujer.

—¡Pues no les respondas! ¡No entables conversación con ellos! ¿Cuántas veces tengo que decírtelo? Cuanto más hablas, más los animas.

Yo, por el otro lado, huía a mi cuarto en cuanto sonaba el teléfono, sin molestarme en contestar, ni siquiera cuando *masi* me lo ordenaba.

La noche que hablé con la madre de Porus, oí que *masi* le hacía una llamada de larga distancia a la Señora del Perro desde el dormitorio principal. Descolgué el teléfono supletorio del pasillo sin hacer ruido.

—… sentada en su cuarto todos los días después del colegio, haciendo Dios sabe qué. Rusi no para de decirme que le dé espacio y tiempo. Pero ¿cuánto tiempo puedo darle? —le escuché decir a *masi*—. En serio, Persis, a veces creo que me estoy volviendo loca.

Al otro lado de la línea, oí que la Señora del Perro dejaba escapar un suspiro.

—No quiero decir demasiado, Khorshed, en caso de que me equivoque. Con los jóvenes de hoy en día, ¿quién sabe? Pero, en cualquier caso, sigue siendo una chica y, lo que es más importante, *tu* chica. Si hace algo malo, puede traer la deshonra a toda tu familia. Recuerda que ahora vuestros nombres están ligados al de ella.

—¿Qué hago, Persis? —suplicó *masi*—. ¿Qué puedo hacer si nadie me dice nada?

—Oye, oye, no te preocupes, querida. Esto tiene una solución fácil y razonable. Ya tiene casi dieciocho años, ¿verdad? ¿No? ¿Cuándo…, dentro de dos años? Bueno, pues ya va siendo hora de que Rusi y tú empecéis a pensar en casarla. ¿Qué hay de ese chico, el tal Porus? Me dijiste que estaba interesado en ella.

—Su madre nunca lo aprobaría —contestó *masi*, haciéndose eco de mis pensamientos—. Además, solo tiene dieciocho años y apenas puede mantenerse a sí mismo y a su madre con su sueldo. ¿Cómo va a casarse?

Hubo una pausa antes de que la Señora del Perro volviera a hablar.

—Normalmente no sugeriría esto, pero hay unos cuantos hombres en nuestra colonia, incluso hombres divorciados, que buscan chicas jóvenes con las que casarse.

«Matrimonio.» Imaginé aquella palabra girando en la mente de mi tía, chisporroteando en los rincones y luego asentándose dentro, cálida y relajante, como el olor a mantequilla y comino del arroz recién cocinado. Después de casarme, seguramente tendría que regresar a la India. Nadie volvería a mencionar de nuevo a mi madre ni a mi padre. *Masa* y *masi* podrían quedarse en Arabia Saudí si querían o incluso mudarse a otro lugar, como Dubái.

Ni Persis ni *masi* lo dijeron, pero estaba implícito: después de casarme, yo sería problema de mi marido, no de *masi*. Lo mejor sería que el hombre en cuestión tuviera quince o veinte años más que yo y un trabajo estable.

Me invadió un hormigueo repulsivo. Deseé con todas mis fuerzas que se desvaneciera de mi piel. El móvil me vibró en el bolsillo del pijama. Al abrirlo, vi una serie de mensajes sin leer de Porus.

«Se lo q hizo mama»

«Xfavor ignorala»

«Zarin stas ahi xfavor scrib cuando leas sto»

Sostuve la mano sobre el teclado. Tenía cientos de preguntas en los dedos: «¿Qué pasó? ¿Estás herido? ¿Quién fue? ¿Pasó cuando estabas en el trabajo?».

Etcétera, etcétera.

Pero entonces recordé lo que me había dicho su madre y no pude evitar pensar que ella tenía razón. Porus no había sacado ni sacaría nada bueno al estar o involucrarse con alguien como yo. Tragué saliva para aliviar el nudo que se me había formado en la garganta y apagué el teléfono.

* * *

Esa noche me desperté alrededor de las diez y media con calambres en el estómago y entré a trompicones en el baño para hacer mis necesidades. Se me llenó la frente de sudor. Estaba cansada. Muy cansada.

Unas voces me zumbaban en el cerebro.

«Déjalo en paz.»

«... hombres divorciados... buscan chicas jóvenes con las que casarse.»

«No quiere decirme qué le pasó.»

«Sé que esto tiene que ver contigo.»

Cuando me puse en pie de nuevo, aparecieron manchas blancas delante de mis ojos.

La toalla que había usado para secarme las manos fue lo primero que cayó al suelo. Mi cuerpo la siguió, con la cabeza por delante, y mi mejilla acabó presionada contra las frías baldosas del cuarto de baño.

* * *

Los colores de la policlínica Al-Warda de Aziziya eran estériles y funcionales: paredes blancas, baldosas blancas, médicos vestidos de blanco y enfermeras con pañuelos blancos recorriendo los pasillos y riéndose, charlando en una mezcla de malayalam, inglés y árabe.

El sonido de sus voces llegaba hasta la consulta del doctor Rensil Thomas, donde me encontraba encaramada sobre la mesa de examen, que estaba cubierta con papel blanco traslúcido. Todavía me dolía la cabeza por el desmayo y me pregunté si se debería a algún efecto secundario de la droga que Rizvi me había dado, aunque la lógica me decía que eso era imposible.

Podía notar que *masi* me estaba mirando, así que mantuve los ojos bajos y observé el blanco suelo encerado. Esa noche, la consulta olía a Dettol, así que supuse que el conserje que acababa de pasar, fregona en mano, la habría limpiado unos minutos antes.

—¿Estás loco? —soltó *masi* cuando *masa* sugirió llevarme a la clínica, media hora antes—. ¿Y si ese idiota se lo cuenta a alguien? ¡Acuérdate de que su hija va al colegio de Zarin!

—El doctor Thomas es un profesional —dijo *masa* con tono firme—. Nunca infringiría la confidencialidad médico-paciente. Y lleva años tratándonos.

Ahora, el doctor Thomas entró en la sala y cerró la puerta. Tenía la cara redonda, el cabello gris y se le arrugaban los ojos en las esquinas cuando sonreía. *Masi* afirmaba que a ella nunca le había gustado, pero yo tenía la sensación de que su antipatía se debía a que, hacía años, él había sugerido que la viera un psiquiatra.

—¡Piensa que estoy loca! —había gritado *masi*, furiosa—. ¡Quiere que me encierren!

—Buenas noches, señor y señora Wadia. ¿Cómo están? —El doctor Thomas nos sonrió—. Bueno, ¿y dónde está mi paciente favorita? ¡Ah, ahí estás!

Sentí que se me relajaban los hombros al oír su voz, el acento del sur de la India con el que estaba familiarizada desde que era niña.

—Vamos a ver. —Estudió mi informe—. Tu tío dice que te desmayaste en el baño. ¿Te pasa a menudo?

Negué con la cabeza.

—Solo esta noche.

El doctor repasó una lista de preguntas: «¿Vómitos? ¿Náuseas? ¿Sangre en las heces?». Luego se puso el estetoscopio.

—¿Qué fue lo último que comiste?

—Pues… Creo que fue una bolsa de patatas fritas. En el colegio.

Después de que me llamara la madre de Porus, prácticamente había perdido el apetito. Me había encerrado en mi cuarto, sin molestarme en volver a salir. *Masi* tampoco vino a buscarme para cenar. Lo último que recordaba era a *masa* dándome las buenas noches a través de la puerta cerrada de mi habitación.

—Bueno, tu presión arterial es normal —dijo el doctor Thomas después de medírmela—. Y tampoco tienes fiebre. Yo diría que sufriste una disminución temporal de tu nivel de azúcar en sangre. Puede ocurrir cuando pasas mucho tiempo sin comer. Es probable que también estuvieras deshidratada, algo frecuente en este país. ¿Bebes agua con regularidad?

—No tanta como debería.

El doctor Thomas sacudió la cabeza con desaprobación, pero lo único que yo sentía era el alivio que me inundaba las venas. Solo era deshidratación. Y falta de comida.

—Entonces, ¿estoy bien?

—Sí, estás bien. —El doctor me sonrió, pero vi destellar algo más en sus ojos, algo que parecía preocupación—. Tienes que empezar a comer más a menudo, jovencita. Y mantente hidratada.

Se volvió hacia *masi*.

—Señora Wadia, ¿le gustaría ir a comer algo en la cafetería con Zarin mientras yo le receto unos medicamentos y envío al señor Wadia a la farmacia? Está abajo y a la izquierda.

La entrada para familias está separada de la de los hombres solteros.

—¡No! —le espetó *masi*—. Lo que sea que tenga que decir, puede decirlo delante de mí.

El doctor Thomas hizo una pausa y miró a *masa*. Él había sido el primero en fijarse en la ansiedad que reflejaba la risa nerviosa de *masi* cuando iba a verlo, en su constante estado de alerta cuando estaba conmigo.

—Señor Wadia. —El doctor vaciló—. Como sabe, mi hija va al mismo colegio que Zarin. Y, durante las últimas semanas, he… oído cosas. Ya sabe cómo son los jóvenes de hoy en día: siempre pegados al teléfono y leyendo cosas en Internet.

Noté que la sangre abandonaba mis mejillas. Una cara apareció en mi mente, observadora y silenciosa, con el largo cabello negro recogido en una coleta. La hija del doctor Thomas iba a mi colegio, estaba en mi clase. Pero yo nunca había hablado con ella. Me pregunté qué la habría llevado a hablarle a su padre de mí. ¿Era una coincidencia? ¿O *masi* tenía razón y el doctor Thomas no era tan profesional como mi tío afirmaba?

—Normalmente no sugeriría algo así —prosiguió el doctor—, pero llevo mucho tiempo atendiendo a su familia y me preguntaba si parte de las tensiones del colegio estarían afectando a la salud de Zarin. Si quiere, podría derivarla a otro médico, tal vez a un especialista que trabaja con adolescentes en el Bugshan Hospital.

—Doctor Thomas, yo…

—¡No es necesario! —lo interrumpió *masi*, levantándose. Le clavó las uñas con tanta fuerza en el brazo a *masa* que no me cabía ninguna duda de que le dejaría marcas—. No es necesario nada de eso. Nos vamos ya.

El doctor Thomas se puso en pie y alzó las manos, como si suplicara.

—Por favor, señora Wadia, estoy convencido de que esto es muy imp…

—A usted todo le parece importante. —*Masi* iba subiendo cada vez más la voz y los labios se le estaban poniendo grises. Apartó las manos de *masa* de sus hombros de un manotazo—. No, no tires de mí, Rusi. Este hombre ya ha hecho suficiente. Cuando le pasa algo a alguien, él dice de inmediato: «¡Oh, está loca! Dele medicinas.» ¡Más medicinas para volverla más loca!

Me quedé paralizada, pero pude oír la débil súplica de *masa* a través del rugido de la sangre en mis oídos.

Llamaron a la puerta y una enfermera se asomó.

—Doctor, ¿todo va bien?

—¡No! —gritó *masi*—. ¡Nada va bien!

El doctor se secó la frente con un pañuelo y se acercó a *masi*.

—Tranquila, hermana, puede irse. Todo está bajo control. Señora Wadia, no voy a llamar a nadie, no se preocupe. Por favor, siéntese. Por favor.

Un rato después, *masi* por fin se sentó, moviendo los ojos rápidamente de acá para allá, como si buscara una forma de escapar de la sala de examen de dos metros y medio por tres que de repente parecía diez veces más pequeña de lo que era.

El doctor Thomas se sentó de nuevo y garabateó algo en su talonario de recetas.

—Aquí tiene unos electrolitos. Dilúyalos en agua y que Zarin se los beba. Y, por favor, avíseme si necesitan algo más. —Me miró a los ojos mientras *masi* permitía por fin que *masa* volviera a agarrarle la mano—. Cualquier cosa.

* * *

Hacía fresco en el aparcamiento. Por encima de nosotros, las nubes y las luces de la ciudad ocultaban las estrellas. El aire estaba cargado de olor a tierra y una parte de mí se preguntó si llovería como lo hizo durante el invierno. El agua, que caía fuerte y sin tregua, se acumulaba en los balcones y entraba en los apartamentos; los vehículos flotaban por las calles como si fueran barcos. *Masa* decía que Yeda se inundaba cada vez que llovía por culpa del alcantarillado deficiente. Ahora pensé que podrías ahogarte y nadie se daría cuenta.

Fuera de la entrada para emergencias, detrás de la ambulancia, había dos policías sentados en una furgoneta verde y blanca, mirando cómo los sanitarios colocaban a alguien sobre una camilla. Un hombre les gritaba a los médicos:

—¡*Yallah*! ¡*Yallah*! ¡*Yallah*!

A mi lado, *masi* todavía jadeaba y emitía silbidos al respirar. Oí a *masa* al otro lado de mi tía, lo reconocí por su forma de arrastrar los pies con suavidad por el asfalto.

—¡Maldito receta-pastillas! —*Masi* soltó una carcajada de repente—. ¿Viste cómo se hizo *soo-soo* en los pantalones cuando le grité? Es como en la India. De vez en cuando, tienes que pegar un par de gritos. ¿Por qué me miras así, Rusi? ¡Estoy bien! Y esta también. —Me miró—. ¿Un especialista? Y un cuerno. No estoy loca, y tú tampoco. ¿Entendido, Dina?

296

Oí las sirenas de las ambulancias, el ruido de las puertas de los vehículos abriéndose y cerrándose. Uno de los policías se había bajado de la furgoneta y nos observaba con atención.

—Khorshed, querida, esta es Zarin —susurró *masa* con inquietud. Supe que él también se había fijado en el *shurta*—. La hija de Dina. Dina murió hace mucho tiempo, ¿recuerdas?

—Es una chica muy mala —sollozó *masi*, y ya no estuve segura de si se refería a mi madre o a mí—. Me tenía muy preocupada.

—Sí, ha sido muy mala esta semana. ¿Verdad, Zarin? —dijo *masa* sin mirarme—. Llega a casa tarde con Porus, no come como es debido, hace que *masa* y *masi* se preocupen sin motivo...

Cuando tenía siete años, me resbalé al pisar un trozo de suelo mojado en la Academia Qala. Me quedé suspendida temporalmente en el aire, con el corazón en la garganta, palpitándome con fuerza, hasta que choqué contra las baldosas duras y el dolor me ancló al suelo una vez más. Esa noche, me sentí igual al mirar a *masa*, salvo que esta vez no había dónde caer, ni siquiera suelo.

—Sí —continuó diciendo *masa*, con una voz casi tan tranquilizadora como la del doctor Thomas, mientras hacía entrar con cuidado a su mujer en el coche. La tenue iluminación dejaba su cuerpo parcialmente en sombras, su cara era una media luna—. Ha sido una chica mala. Una chica muy mala.

* * *

Alisha Babu fue la primera en preguntarme acerca de mi ausencia. Su elegante insignia azul y roja de encargada de clase estaba tan pulida que resplandecía.

—¿Cómo estás? —me preguntó, acercándose a mí en el pasillo fuera de nuestra aula—. Te echamos de menos en clase.

—Bien —contesté, sin querer dar más información. Clavé la mirada en la vela grabada en el centro de la insignia, rodeada de las palabras «Academia Qala»—. He estado enferma un tiempo.

Y habría seguido enferma si no hubiera sido por la parte oral de mi examen de Inglés, que era hoy, un examen al que *masa* insistió en que me presentara.

—No sé qué te pasa, porque no quieres contármelo. —La voz de *masa* había sonado cortante, fría—. Pero no pienso permitir que sigas aquí sentada en casa. Debes regresar al colegio. Volver a la rutina de hacer cosas normales.

Yo había accedido por lo estresado que parecía. Después de aceptar tomarse al fin la medicina que *masa* le había dado, *masi* se había pasado casi un día entero durmiendo; sus ronquidos guturales rompían el silencio del interior del apartamento. *Masa*, que se había tomado el día libre en el trabajo, se había pasado la mayor parte del tiempo frente al televisor, mirando la pantalla apagada. No me habló, salvo para anunciar el almuerzo y la cena y más tarde, por la noche, para decirme que volvería al colegio al día siguiente.

A Alisha se le borró la sonrisa de la cara.

—Por suerte, no te perdiste gran cosa. Los últimos dos días hemos estado repasando cosas que ya dimos.

Apreté los puños.

—Qué bien.

—Sí. —Hizo una pausa—. Zarin, hay algo que quería preguntarte.

Se mordió el labio y entonces supe que eso había sido planeado, que mis compañeras de clase probablemente la habían reclutado para hacer el trabajo sucio y averiguar lo que nadie más se había tomado la molestia, o tal vez no había tenido las agallas, de preguntar.

—Esos rumores… —dijo en voz tan baja que apenas resultaba audible—. ¿Son ciertos?

Los rumores escritos en las paredes de los baños y en las redes sociales y que reenviaban una y otra vez por correo electrónico. Los rumores que hacían que chicos desconocidos me llamaran a casa y me enviaran mensajes, llenando mi bandeja de entrada de imágenes y proposiciones obscenas. Me sorprendía que todavía no hubieran descubierto mi número de móvil, aunque, claro, nunca se lo había dado a Rizvi y, por algún motivo, Abdullah no les había filtrado esa información a sus amigos.

—No quiero hablar de eso.

Intenté rodear a Alisha, pero ella extendió un brazo para detenerme.

—Por favor, Zarin. Algunas chicas hemos estado hablando de esto y queremos ayudarte. Lo que está pasando nos tiene muy preocupadas y…

—Si de verdad intentarais ayudarme, os meteríais en vuestros propios asuntos en lugar de hablar continuamente de estas tonterías —repuse con tono brusco—. No creas que no te he visto chismorreando con las demás y luego quedaros calladas cuando entro en el aula. Dices que estás preocu-

299

pada por mí, pero lo que de verdad quieres es pasto para tus estúpidos debates con Layla y Mishal.

Alisha se quedó pálida. Una sombra cayó entre nosotras.

—Olvídalo. —Layla le puso una mano en el brazo a la otra chica y me lanzó una mirada de desprecio—. Déjala en paz.

Las vi dar media vuelta y regresar al aula en silencio. No me sentía culpable por haberle hablado así a Alisha, por echarle en cara su falso apoyo. A fin de cuentas, ella era como las demás, solo buscaba un nuevo cotilleo.

Pude notar que las otras chicas me miraban mientras me dirigía a mi pupitre, que estaba situado al fondo. Las patas de mi silla rasparon el suelo. Estaba a punto de sentarme cuando escuché una risita. Por instinto, miré hacia la silla. Alguien había hecho un burdo dibujo de un pene a unos centímetros de la boca de una chica y lo había pegado con cinta adhesiva al asiento de madera. Oí murmullos y risas ahogadas cuando arranqué el dibujo de la silla, lo arrugué hasta formar una bola y lo metí en las profundidades de mi mochila.

—¿Cuál es el chiste? —rugió el profesor de Matemáticas desde la parte delantera del aula—. ¡Compórtate, Layla Sharif, o te expulso de clase!

No las miré. En cambio, abrí mi agenda escolar y estudié las palabras que había escrito la semana pasada: el tema que la señora Khan nos había asignado para el examen oral. Se trataba de una presentación formal en la que tendríamos que hablar de nosotras mismas durante un minuto o menos, sin la ayuda de un papel ni tarjetas; un ejercicio que, según la señora Khan, nos sería útil cuando fuéramos mayores y tuviéramos que hacer entrevistas de trabajo. «Sé sincera sobre ti misma y tus logros; no te inventes historias —ponía en las instrucciones—. Sin embargo, puedes hablar de algo que deseas lograr en la vida y cómo planeas llevarlo a cabo.»

Una tarea sencilla que cualquier otro día me habría resultado pan comido y no habría requerido ningún tipo de preparación. Pero ahora me daba problemas: escribía frases y luego las tachaba, ignorando al profesor de Matemáticas, que estaba repasando los problemas que habían aparecido en los exámenes de práctica de la semana pasada. Cuando sonó el timbre anunciando el comienzo de la clase de Inglés, tenía una página llena de tachones negros y las siguientes palabras: «Zarin Wadia, dieciséis años, estudiante». La verdad, sin ningún tipo de adorno. La verdad que soportaba poner por escrito.

La señora Khan sonrió cuando llegó mi turno.

—Muy bien, Zarin —dijo—. Es hora de hablarle un poco de ti a la clase.

Dejé el papel sobre el pupitre y me dirigí despacio hacia la parte delantera del aula. La señora Khan nos había dicho una vez que el truco a la hora de dar discursos era localizar tu foco de atención: aquel miembro del público que parecía estar escuchando «con actitud comprensiva», como lo había denominado la señora Khan; un oyente cuyas opiniones fueran maleables, a quien pudieras convencer para que pensara igual que tú. Hoy, sin embargo, los rostros que tenía frente a mí eran inexpresivos y hostiles, ninguno destacaba. La comprensión quedaba descartada.

—Me llamo Zarin Wadia —comencé—. ¿Que quién soy? Bueno, esa es una pregunta interesante.

Miré a Mishal, que estaba inclinada hacia delante, con los codos sobre el pupitre, observándome con su penetrante mirada, casi como si sintiera curiosidad por lo que yo tenía que decir.

—Cuando tenía siete años, fingía ser otra persona —dije, recordando nuestra pelea en el patio de recreo—. Alguien con una vida diferente. Era una tontería, ahora lo sé, pero el problema en aquel entonces era que yo no sabía de dónde venía. Con frecuencia, nuestras raíces suponen una fuente de orgullo para nosotros; las mías eran una fuente constante de vergüenza. La vergüenza era una emoción que no acababa de comprender del todo en ese entonces. Pero la sentía, como la sienten todos los niños. Algunas personas se esconden y otras luchan para ocultar su vergüenza. Yo siempre fui de las que luchan. Pero algunos acontecimientos recientes en mi vida me han hecho esconderme, y no ha sido fácil.

Me quedé callada un momento. Reinaba el silencio en el aula. No un silencio sepulcral, sino cargado de vida, del aliento de todo el público.

—Cuando la gente te dice que te equivocas muchísimas veces durante muchísimos años, cuando te llaman mala persona, empiezas a creértelo. Empiezas a esconderte por miedo a que, si te dejas ver de nuevo, por cualquiera, te juzgarán. A veces, las cosas se ponen tan feas que empiezas a plantearte si la vida merece la pena.

Me obligué a sonreír, con la esperanza de que nadie se percatara del estremecimiento que me había recorrido el cuerpo.

—Pero entonces caes en la cuenta: ¿quiénes son estas personas que te hacen sentir vergüenza de ti misma? ¿Acaso tienen importancia? ¿Acaso te importa lo que piensen o digan de ti a tus espaldas? Antes te daba igual. Me llamo Zarin

Wadia y tengo dieciséis años. Estudio en la Academia Qala y mi asignatura favorita es Inglés. No sé qué me depara el futuro. Pero hoy voy a empezar a vivir de nuevo en el presente. A partir de hoy, dejaré de esconderme y volveré a ser la persona que conocéis tan bien y a la que odiáis.

El silencio se prolongó un buen rato. Mucho después de que la señora Khan me diera las gracias con voz nerviosa, mucho después de que regresara a mi asiento. Pude sentir que Mishal me estaba observando, pero no la miré. Después de que terminara la clase y la señora Khan saliera del aula, se produjo un aluvión de voces, fuertes y claras, a las que ya les traía sin cuidado que yo las oyera o no.

—Esa chica no siente remordimientos —exclamó alguien—. Ningún remordimiento en absoluto. Cualquier otra se habría echado a llorar. Pero ¿ella? Ella no tiene conciencia.

—¿Qué se piensa? —dijo otra persona—. ¿Que nos va a asustar con su vaga palabrería para que nos quedemos calladas? Venga ya. ¡Todo el mundo sabe que se estuvo viendo a escondidas con Rizvi a principios del mes pasado!

—Layla, ¿no te...?

No sabía cuándo me había puesto en pie exactamente ni cómo me las había arreglado para salir del aula sin toparme con ningún profesor. Momentos después, me encontré encerrada en un cubículo, al fondo del baño femenino, con la cabeza hundida en las manos.

¿Qué pensaba? ¿Que mi discurso conseguiría cambiar algo? ¿Que al mostrarme desafiante y enfadada obtendría respeto cuando, en realidad, todo el mundo quería que agachara la cabeza y me pusiera a llorar?

Para vivir en este mundo, debías cumplir una serie de normas y comportarte como la sociedad consideraba apropiado. Mi madre no lo había hecho, por supuesto. Ni tampoco mi padre. Y yo me había pasado la mayor parte de mi vida viendo cómo *masi* intentaba compensar las acciones de mis padres controlando las suyas y las de *masa*, controlándome a mí. Y ahora, en este cubículo, al fin empecé a entender por qué.

Doblé las rodillas y me las pegué al pecho, apoyando los talones contra el borde del asiento cerrado del inodoro. Sería muy fácil quedarme aquí, decidí. Seguir encerrada el resto del día. De todas formas, nadie vendría a buscarme. A nadie le importaba. Salvo tal vez a Porus.

No obstante, momentos después, oí que la puerta del baño se abría de golpe, seguida de la voz áspera de una chica que irrumpió en el espacio situado al otro lado de la puerta de mi cubículo:

—¡... esa horrible señora Verghese! ¿Quién se cree que es?

—*Shhh* —dijo otra voz—. ¿Quieres que alguien te oiga?

—¿A quién le importa? —repuso la primera chica—. Todos saben lo mezquina que es. Bueno, olvídate de eso, ¿te has enterado de lo de Zarin Wadia? Mi prima Layla me dijo que hoy le dio otro berrinche. Hace un par de días, la oí llorando en el baño que está al final del... Oh, Dios mío, ¿qué es ese olor?

El corazón me retumbaba en el pecho. Las palabras de aquella chica sacudieron mis sentidos y, por primera vez, noté el olor húmedo del baño, el hedor a orina que provenía del cubículo contiguo al mío, el sudor que me empapaba la parte delantera del uniforme.

Recordé la mirada que me había dirigido *masa* fuera de la clínica, justo después de que *masi* se alterara. Era la clase de mirada que, en otros tiempos, él reservaba únicamente para mi tía en sus días malos: una mezcla de miedo y rabia, junto con repugnancia. Pero ya no podía culparlo por eso. Me repugnaba a mí misma. Me repugnaba lo rápido que me había desmoronado, la facilidad con la que había permitido que las palabras de aquellas chicas me afectaran. Estaba haciendo justamente lo que, durante mi discurso de esa mañana, había asegurado que no haría: esconderme. Ocultarme como un animal asustado en un apestoso baño público por culpa de unos estúpidos mensajes en Facebook y de unos correos electrónicos, porque un grupo de chicas decía cosas malas de mí.

Cinco minutos después, cuando salí del cubículo, el baño estaba vacío. Las manos me temblaban tanto que estuve tentada de regresar corriendo y encerrarme de nuevo.

«No —me dije con firmeza—. No.» No volvería a esconderme.

Abrí la puerta y me obligué a salir.

Porus

—¿QUÉ HACES AQUÍ? —MI JEFE, HAMZA, OBSERVÓ el moretón de mi mandíbula y mi nariz rota, que estaba protegida con una férula blanca y un vendaje—. Creí haberte dicho que te fueras a casa y te relajaras después del robo.

Su dura mirada me dijo lo contrario. Me dijo que sabía que el robo en la charcutería no había sido un robo, sino un ataque dirigido contra mí. «Ojo por ojo y nariz por nariz.» No tenía sentido intentar demostrar que Rizvi estaba detrás del ataque, a pesar de que reconocí su voz, a pesar de que se descubrió la cara después de patearme la mía.

Yo era perfectamente consciente de lo precaria que era mi situación en este país: un chico indio no musulmán que había presentado un certificado de nacimiento falso para obtener un permiso de trabajo legal. Si las autoridades descubrían que había falsificado mi documentación, me deportarían antes de poder decir «*ma'salaama*».

Ahora había dos nuevos guardias de seguridad de pie junto a la puerta de la charcutería, uno de los cuales llevaba una pistola en el cinturón. Casi esperaba que Hamza los llamara para que me llevaran a la comisaría más cercana.

Detrás de mí, los otros trabajadores susurraban entre ellos. «Fue por él —me los imaginé diciendo—. Por su relación con esa chica.»

Mi madre también había culpado a Zarin. Después de llamarla para gritarle, me ordenó que me mantuviera alejado de ella.

—Si vas a verla de nuevo, no volveré a hablarte nunca —me amenazó.

Si fuera tan fácil..., pensé ahora. Podría serlo si Zarin y Rizvi de verdad se tuvieran cariño y si Rizvi no fuera el mayor cretino sobre la faz de la Tierra. Si Zarin no estuviera sufriendo acoso en el colegio.

—No puedes presentarte ante mis clientes en este estado.

La cara de Hamza estaba sonrosada bajo su barba gris. Me hizo señas para que me acercara más y así mantener nuestra conversación privada.

—Además, ya que estás aquí, deberíamos hablar. Últimamente, no llegas a tiempo al trabajo. Y he oído que también te marchas antes, haciendo que otros se encarguen de tu turno.

—No quiero el dinero...

—¿Dinero? —me soltó Hamza—. ¿Me hablas de dinero cuando la disputa personal que tienes fuera del trabajo, sea la que sea, casi me cuesta a mi cajero? Debería despedirte, ¿sabes? Tienes suerte de ser un buen trabajador y de que Hamza Arafat no permita que unos cuantos matones le impidan conservar a la gente que contrata.

El aire acondicionado recalentado emitió un chasquido cuando un carámbano aislado traqueteó dentro.

—¡Apágalo! —le gritó Hamza al chico que fingía cortar un trozo de salami—. ¿Cuántas veces te he pedido que lo mantengas apagado hasta que venga el técnico a inspeccionarlo?

El chico, que tenía dieciséis años y la sombra de un bigote, dejó caer un cuchillo en su prisa por apagar el equipo. La máquina gruñó un par de veces más antes de detenerse.

—Bueno. —La voz de Hamza sonó más fuerte que de costumbre en medio del silencio—. Ya que estás aquí, vas a hacer algo útil. Vas a quedarte aquí hoy hasta que llegue el técnico después de cerrar. No te meterás en problemas ni te irás corriendo a ver a alguien en cuanto recibas una llamada. Si sientes la necesidad de volver a irte, no regreses mañana, por favor. No puedo permitir que mis empleados vayan y vengan a su antojo. Este es tu tercer y último aviso. ¿Entendido?

No respondí. Pensé en Zarin, en sus profundas ojeras, en los insultos que le dirigían las otras chicas cuando iba a recogerla al colegio. «Zorra.» «Puta.»

Como si adivinara la dirección que habían tomado mis pensamientos, Hamza suspiró y me colocó una mano en el hombro.

—No es tu hermana. Ni tu mujer. ¿Por qué haces el ridículo por ella? ¿Por qué arriesgas tu trabajo? ¿Tu vida?

Noté los labios pegados. Me los humedecí con la lengua.

—Tiene usted razón, señor. Toda la razón. Pero no puedo hacer lo que me pide.

Hamza me apretó el hombro con más fuerza.

—¿Qué quieres decir con eso de que no puedes hacer lo que te pido? ¿No me has estado escuchando?

—Hice una promesa. A su tío. Prometí que cuidaría de ella. Ahora es... es de mi familia.

Mi madre me iba a matar. Esa idea me revoloteó por la mente, pero fue reemplazada por imágenes de la cara de Zarin: sonriéndome a través de la barandilla de un viejo balcón, tendida en el asiento trasero de un coche, sin color en las mejillas.

—¿Familia? ¿Que ahora es de tu familia? —Hamza se rio y aplaudió—. ¡Mirad a este chico! ¡Miradlo!

No hacía falta que lo dijera, pues ya me estaban mirando de todos modos: Alí, el cajero, que había recibido un puñetazo en mi nombre, los otros chicos, que se encontraban detrás de los mostradores, e incluso unos cuantos clientes sueltos.

—He aquí el clásico ejemplo de un tonto —prosiguió Hamza—. ¡Y no solo eso, sino que piensa que yo también soy tonto! Que el viejo Hamza, con su experiencia y su sabiduría, lo está aconsejando mal. Todo por una chica. Y, mientras tanto, hace que la vergüenza recaiga sobre nosotros.

Me concentré en el logotipo bordado en el delantal de Hamza y recordé la clase de árabe que Zarin había intentado darme una vez. Pude oírla diciendo: «*Laam, ha, meem, ba, ain, jeem, ya, noon*. Repite después de mí. No es tan difícil». Fue una de las pocas veces que se había mostrado paciente y formal conmigo, nunca la había visto comportarse de un modo tan formal desde que nos conocíamos.

¿Le había dicho cuánto me había recordado a mi padre entonces? Papá, con su infinita confianza en mí, su infinito optimismo. Papá, que me contó la historia del poeta persa cuando le diagnosticaron leucemia hacía cuatro años.

—Había una vez un poeta —me dijo—. Un hombre que viajaba con una compañía de artistas por el desierto, en algún lugar de la antigua Persia, de camino a Yazd.

Al principio, papá me habló de las aventuras del poeta, de sus encuentros con gitanos itinerantes y mujeres con los ojos bordeados de kohl. Pero la historia se volvió truculenta rápidamente. Unos bandidos asaltaron a la compañía por el camino. Los bandidos mataron a todos salvo al poeta, al que decidieron torturar por diversión, cortándole los brazos y las piernas y dejándolo allí tirado, en la arena abrasadora, a merced de los carroñeros. Esos carroñeros, grandes y majestuosos buitres y aves rapaces, atacaron sus extremidades desmembradas, pero no lo que quedaba vivo de él. Sin embargo, el poeta sabía que no lo hacían por piedad. Los carroñeros simplemente observaban y esperaban, lanzándole aire caliente a la cara al batir las alas. Aguardaban porque sabían que el poeta iba a morir.

Papá me contó que, destrozado de una forma inconcebible, el poeta le habló al Único Dios Verdadero.

—Ahura Mazda —gritó el poeta, invocando el nombre que un sacerdote de su aldea le había enseñado—. Ahura Mazda, has sido injusto conmigo. Me has quitado los brazos y las piernas y ahora me estás quitando también la vida. Pero soy joven. Demasiado joven para morir. Seguiré vivo todo el tiempo posible. Lucharé a pesar de tenerlo todo en contra. Aprenderé a respirar aire y polvo. Aprenderé a arrastrarme por los océanos de arena que forman este desierto, por sus agrietadas llanuras de sal. Llegaré hasta Yazd, donde resides en la casa del fuego.

No obstante, los días y las noches fueron desgastando la carne del poeta. Tras morir, cuando se encontró ante el Único Dios Verdadero, lo miró a la cara.

—¿Por qué? —le preguntó el poeta.

Y Dios respondió:

—Porque un ave solo aprende a volar cuando tiene las alas rotas.

Los que creían en la reencarnación decían que el poeta renació más tarde como un gran poeta persa, cuyo nombre se perdió en la historia.

—Rumi, Hafiz, esos grandes sufíes… se inspiraron en las ideas de ese poeta anónimo, ¿sabes? —me dijo papá, abriendo mucho los ojos, como hacía siempre que una de sus historias se le iba de las manos.

Un día normal, simplemente me habría reído y lo habría acusado de inventárselo todo. Esa mañana, sin embargo, le reproché que me tratara como a un niño.

—¿Cómo va a liberarte que te diagnostiquen cáncer? —le pregunté, furioso—. Deja de mentirme, papá.

Pero ahora, al recordar esa historia, sentí su presencia de nuevo. Lo sentí deslizarse en la sala, pasar junto a las máquinas, rodear el mostrador y situarse a mi lado, susurrándome su cita favorita de Rumi al oído.

Hamza me agarró por los hombros.

—Te contraté porque vi potencial en ti. —Su voz era ahora más suave—. Potencial, *ya walad*. ¡Trabajas muy duro! Deja a la chica. Ponle fin a esta tontería. Dentro de unos pocos años, podrás convertirte en supervisor, incluso en encargado, si quieres. Te lo prometo. Tres años más y podré ascenderte. Te lo suplico, muchacho, no hagas esto. No arruines tu futuro.

Miré a mi jefe, un hombre que había confiado lo suficiente en mí como para darme trabajo en este país; tal vez el único hombre que, a su manera, había intentado llenar el vacío que había dejado mi padre.

—Lo-lo siento, Hamza. No puedo hacer lo que me pide.

Eso era lo único que yo era capaz de entender, lo más parecido a una explicación que podía dar para describir el aro que se me había tensado alrededor del corazón ante la idea de dejarla sola…, a merced de su familia, de esas hienas de su colegio.

De la pálida piel de Hamza brotaron gotas de sudor.

—¡No seas tonto, chico! No estás pensando con claridad.

Puede que no. Pero papá siempre me había dicho que el amor no pensaba. Comprendí que se trataba de elegir entre una vida segura y tranquila dentro de una jaula o una vida de libertad. Si dejaba mi trabajo, podría verme obligado a abandonar el reino en menos de una semana; a menos que Hamza aceptara traspasarle mi *iqama* a un nuevo patrono y proporcionarme un certificado de conformidad. Con los ahorros que tenía en el banco y el certificado, podría subsistir un par de meses más y encontrar otro trabajo. Pero eso parecía muy poco probable ahora mismo.

Tal vez fuera un tonto como afirmaba Hamza. Pero, por lo menos, sería un tonto por decisión propia. Me quité el delantal y se lo puse en las manos a Hamza. Lo último que le oí gritar, a través del retumbar de la sangre en los oídos, fue mi nombre.

AMOR

Zarin

—TU MADRE TE MATARÍA SI SUPIERA QUE ESTÁS conmigo —le dije a Porus en voz baja.

—Tal vez sea masoquista —contestó él.

Había transcurrido más de una semana desde que su madre me llamó, desde que *masi* sufrió uno de sus ataques en el aparcamiento de la clínica. Después de aquellos primeros mensajes, Porus no había intentado volver a ponerse en contacto conmigo, y yo estaba convencida de que no lo haría.

El problema de tener pocas expectativas es que, cuando se cumplen, tu corazón se vuelve loco de alegría, y el mío se comportó exactamente así cuando Porus se presentó en nuestro apartamento esa tarde con su uniforme de trabajo, un vendaje en la nariz y un moretón en la barbilla.

—¿Qué pasa? ¿De repente me he vuelto tan guapo que no puedes quitarme los ojos de encima?

Mis dedos se alzaron para tocarle el moretón, pero se detuvieron a unos centímetros de su objetivo y se cerraron.

—¿Quién te hizo esto? ¿Fue…?

—No me apetece hablar de eso.

Sentí ganas de gritarle. Porus no podía hacer eso. No podía ponerse a flirtear conmigo, comportarse como si todo fuera bien, cuando no era así. Como si hubiera notado mi enfado o tal vez lo hubiera previsto, alargó el brazo y me apretó la mano de forma tranquilizadora. «Por favor, no te cabrees», parecía decirme.

Masa, por el contrario, se comportó como si toda la semana pasada y la anterior no hubieran ocurrido. Al volver a ver a Porus, fue como si un interruptor se hubiera apagado en su interior y pasó de ser un hombre hosco y demacrado que me culpaba de sus problemas a aquel que Porus estaba acostumbrado a ver en los días anteriores a lo de Rizvi.

—Hola, Porus, muchacho —dijo con voz resonante, y me pregunté si incluso él se daba cuenta de lo falso que sonaba.

Cuando Porus le pidió permiso para llevarme a dar una vuelta en su camioneta, *masa* asintió con tanta fuerza que pensé que la cabeza se le aflojaría de las articulaciones que la unían al cuello y se le caería.

—Le vendrá bien salir de la casa —le había dicho *masa* a Porus—. Últimamente está muy ocupada estudiando para los exámenes. Tráela a tiempo para la cena, ¿de acuerdo?

Ni Porus ni yo nos miramos durante ese discurso, pero yo sabía que él seguramente estaría preguntándose por qué se molestaba *masa* en mentir. «Todo el mundo lo sabe —quise decirle a mi tío—. Todo el mundo sabe que nuestra familia es un desastre.»

Cuando me senté en el asiento del acompañante, pensé que Porus me preguntaría por el extraño comportamiento de *masa*. Pero no lo hizo. Simplemente rebuscó en su bolsa y sacó dos grasientos *shawarmas* de pollo con pepinillos, patatas fritas blandas y salsa de ajo.

—¿Tienes hambre? —me preguntó.

Asentí. No es que *masa* me hubiera estado matando de hambre durante la última semana, pero, con todo lo que estaba pasando, mi apetito había caído en picado. Ahora, sin embargo, acurrucada de nuevo en el asiento ligeramente desgastado de la camioneta de Porus, se me hizo agua la boca ante el olor del pollo con ajo. Arranqué el envoltorio y le di un mordisco enorme.

Mientras yo comía, Porus condujo hasta una parte del paseo marítimo de Yeda en la que yo había estado una vez, en una excursión escolar cuando era más joven. Se trataba de una franja de costa que se extendía durante varios kilómetros formando una serie de columnas de arena, en lugar de las estructuras de piedra y metal que dominaban la parte de la playa de Al-Hamra. No me habría importado que el trayecto fuera más largo, probablemente ni siquiera me habría dado cuenta, si Porus no nos hubiera llevado hasta allí en aquella chatarra verde de dieciséis años: un vehículo que parecía decidido a comprobar cada bache del camino.

El interior de la Nissan siempre olía raro: a queso feta y cordero, concretamente. Y cada vez que Porus aceleraba a más de sesenta kilómetros por hora la camioneta vibraba tanto que me daba migraña. Yo ya le había lanzado algunas sutiles indirectas a Porus para que se comprara un vehículo nuevo:

—¿Qué te pareció el Honda de segunda mano que vimos el otro día en el concesionario de vehículos de ocasión? No estaba mal… ¡y solo costaba cuatro mil riyales!

Cuando la sutileza fracasó, pasé a indirectas menos sutiles:

—¡Líbrate de este trasto, Porus!

Pero fue inútil.

—Las luces largas y las de freno son lo único que no funciona, Zarin —había contestado él, ignorando mis quejas sobre los traqueteos—. Puedo renovar la instalación eléctrica por menos de cuatro mil. Dame un poco de tiempo, estoy esperando a recibir la próxima paga.

Ahora, bajé la ventanilla de la camioneta e inhalé la brisa salada. Lo mejor de ir al paseo marítimo era la Fuente de Yeda, que se podía ver casi desde cualquier lugar, siempre que te mantuvieras cerca de la costa. La fuente estaba cerrada esa mañana para efectuar labores de mantenimiento, algo que cualquier otro día (y con cualquier otro chico) habría hecho que la cita fuera un fiasco, a pesar del *shawarma*. Pero estaba con Porus. Y, de algún modo, pese al incómodo silencio que se había hecho entre nosotros durante el trayecto hasta la playa, casi me sentía bien de nuevo.

—¿Tienes…? —Vacilé. Me temblaban las manos—. ¿Tienes un Marlboro, por casualidad?

Porus suspiró, pero, en lugar de regañarme como lo haría normalmente, se limitó a rebuscar en su bolsa y sacó el paquete y el encendedor que guardaba allí para mí. A esas alturas, ya lo conocía lo suficiente como para saber qué opinaba de mi hábito de fumar, pude notarlo en el vacilante roce de sus dedos contra la palma de mi mano. Pero no me dijo nada ese día, y me sentí agradecida por ello.

Porus abrió su ventanilla una rendija. Chupé el filtro e intenté crear anillos de humo como la oruga que fumaba en narguile en *Alicia en el país de las maravillas*, pero el humo se disipó sin crear ninguna forma en particular. Mi segundo intento fue un poco mejor, aunque esta vez el humo salió en línea recta, como una burlona imitación de la Fuente de Yeda.

Todavía me acordaba de la primera vez que *masa* me mostró la fuente: la base con forma de quemador de incienso, el agua que salía disparada con tanta fuerza que parecía humo blanco contra el cielo. Más tarde me contó una historia sobre caballitos blancos que se adentraban en el mar y cuyas crines eran lo único que se veía sobre el agua. «¿Dónde están?», pregunté, buscando a los caballos, y él me señaló sus crines: el chorro blanco que ahora llamábamos espuma de mar. En aquel entonces, nunca me cansaba de oír esa historia, y él nunca se cansaba de repetírmela.

Reflexioné sobre el trato silencioso al que ahora me sometía mi tío, salvo por aquel día en que me ordenó regresar al colegio. Nunca le había visto una mirada tan fría en los ojos: era casi tan fría como la que me dirigió *masi* la primera vez que entré en su apartamento de Bombay.

Una mariposa monarca se posó en el parabrisas de la camioneta de Porus, sus alas de color naranja y negro relucieron a la luz del sol. Verla incrementó la sensación de vacío que notaba en el pecho. Pensé que era extraño que, *a posteriori*, siempre reconociéramos cuáles habían sido los mejores recuerdos de nuestra vida.

Apagué el cigarrillo en el cenicero.

—¿Quieres salir? —pregunté, y Porus asintió.

Ya había familias reuniéndose en grupos en varias partes de la playa, desenrollando mantas de pícnic y colocando recipientes de comida. Entonces recordé que ese trozo de playa en particular era un buen lugar para que se congregaran grupos grandes y también para que los hombres pescaran en silencio. Se me relajaron los hombros al darme cuenta de que no había adolescentes en ninguno de los grupos: solo adultos o niños pequeños. Aquí no me encontraría con nadie del colegio.

Unos pilares color canela y de aproximadamente un metro de alto formaban una barandilla frente a nosotros, marcando el perímetro de la costa, con unos metros de arena al otro lado: una especie de defensa que se interponía entre los vehículos del aparcamiento y el mar. Sin embargo, no eran lo bastante altos como para desalentar a la gente de cruzarlos, así que eso fue lo que hice, subiéndome el *abaya* hasta la cadera, y luego salté y aterricé con suavidad en la arena húmeda. Un segundo después, sentí que Porus caía a mi lado. Para mi sorpresa, estaba descalzo; los granos de arena le cubrían los pies como si fueran azúcar moreno. Los suaves y blancos zapatos con suela de goma que llevaba en la charcutería le colgaban de una mano.

—Puede que la arena no esté muy limpia que digamos, ¿sabes? —le advertí. Envoltorios de comida, colillas, fragmentos de cristal…, nunca sabías qué podrías encontrarte—. Estuve aquí hace unos años y pisé por accidente una medusa muerta.

Eso era lo único que recordaba de ese sitio o de aquella excursión: la sensación de mi pie descalzo contra una masa blanda y resbaladiza. Reprimí un escalofrío y luego fruncí el ceño cuando Porus se rio de mí.

—No es gracioso —repuse—. Algunas pican, ¿sabes?

—No me importa. —Meneó los dedos de los pies en la arena y extendió los brazos—. Forma parte del *pack*. Un poco como estar contigo, en realidad.

Me puse colorada.

—¿Eso es un cumplido o un insulto?

Porus sonrió a modo de respuesta. Me recordó tanto a cómo solía comportarse antes de que pasara lo de Rizvi que sentí que se me levantaban las comisuras de la boca.

—¿Cómo te ha ido el día? —me preguntó, cambiando de tema.

—Sorprendentemente normal.

Empecé a acercarme al mar, asegurándome de elegir una senda que parecía limpia… o, por lo menos, libre de basura, cristales y medusas. Porus me siguió.

—Algunas de las otras chicas todavía tenían que hacer el ejercicio oral de Inglés, así que me pasé la mayor parte de esa clase durmiendo. La profesora de Física suspendió a la mitad de la clase en el simulacro de examen, como era de esperar. ¿Qué más…? Ah, sí, nuestro profesor de Matemáticas nos llamó cabezas huecas y dijo que acabaríamos provocándole un infarto. El resto de las clases fueron tan aburridas como siempre.

Había notado que algunas de las chicas me miraban de vez en cuando (sobre todo Mishal y Layla), pero, aparte de eso, nada más. Nadie intentó molestarme ese día ni mencionó los rumores en mi presencia. Tal vez se debiera a la presión de los exámenes finales, pero parecía que por ahora habían retomado la costumbre de ignorarme. Y no es que me quejara.

El mar estaba en calma esa tarde. Pequeñas olas se deslizaban hacia la orilla, la espuma burbujeaba sobre la arena con marcas de huellas y la dejaba lisa una vez más. Cuando era más joven, me ponía demasiado nerviosa caminar sola por el mar y me aferraba a la mano de *masa* con todas mis fuerzas, con la certeza de que el agua me rodearía los tobillos y me arrastraría mar adentro si no tenía cuidado. Ahora, sin embargo, me fui adentrando cada vez más, aunque nunca había aprendido a nadar; mis pies se movían con paso más firme que nunca mientras el agua me entraba en las zapatillas de deporte, se filtraba a través del brillante poliéster negro de mi *abaya* y me subía hasta las rodillas.

—¿Qué haces? —me preguntó Porus con voz aguda y nerviosa.

Volví la mirada hacia él y fruncí el ceño. ¿Se pensaba que iba a…? Sentí que la cara se me quedaba lívida al caer en la cuenta de que, hacía unos días, podría haberme planteado el ahogamiento, tal vez incluso podría haberlo considerado en serio. Negué con la cabeza.

—Me gusta estar en el agua —contesté—. ¿Algún problema?

Porus se mordió el labio.

—Es que… casi me ahogo en el mar cuando tenía siete años.

—Oh.

Al instante, me sentí como una cretina.

Deliberé si debía ofrecerle la mano y animarlo a entrar en el agua, pero luego decidí no hacerlo. Porus ya había hecho mucho por mí. Observé su nariz vendada y su frente magullada. Sentí una opresión en el corazón. Sabía que nunca sería capaz de perdonarme a mí misma si le pasaba algo más a Porus por mi culpa.

Obligué a mis piernas a retroceder por la orilla resbaladiza. La parte inferior de mi *abaya* pesaba un poco más a causa del agua, pero no importaba: la ropa se me secaría pronto con ese calor. Igual que las zapatillas, cuando me las quitara por fin en la camioneta.

Porus me tendió la mano para ayudarme a regresar a tierra más seca. Pero, cuando intenté soltarme, me agarró la mano con más fuerza.

—Voy a casarme contigo, ¿sabes? —Sus profundos ojos marrones estaban serios—. Me da igual lo que haya pasado.

Tiré con fuerza hasta que conseguí liberar la mano, haciendo caso omiso del calor repentino que se me iba acumulando en las mejillas. Me rodeé el cuerpo con los brazos, sin saber por qué me latía tan fuerte el corazón.

—Porus, no voy a casarme contigo.

Él permaneció en silencio. El mar se lanzó hacia delante, trayendo espuma blanca y desechos.

—¿Por qué me quieres, Porus? ¿Por qué estás tan desesperado por casarte conmigo? —le pregunté cuando el silencio empezó a crisparme los nervios.

Se produjo una larga pausa antes de que él contestara:

—Cuando papá murió, pensé que me habían arrancado una parte de mi ser. Me desenvolvía, bromeaba, sobrevivía…, pero no vivía de verdad. Estar contigo me distrajo al principio. Es que eres un incordio, ¿sabes?

No pude evitar sonreír al oír eso. Era cierto: yo era un incordio.

—Pero —continuó Porus—, de algún modo extraño, estar contigo me hizo acordarme de nuevo de él, de las cosas que hacíamos juntos, las historias que me contaba..., de los buenos tiempos, ¿sabes? La primera vez que te vi aquí, pensé en él y en la historia que me contó sobre Shirin, Cosroes y Farhad. Era la primera vez que pensaba en él sin que el dolor me comprimiera las costillas. Cuando te conté esas historias de mi libro, fue como si él estuviera sentado a mi lado. Cuando estoy contigo, casi puedo oírlo dándome consejos otra vez, cosas como «¡Dile esto!» o «¡No, idiota, eso no!». Ahora mismo, por ejemplo, puedo sentirlo negando con la cabeza por hacerte llorar.

Intenté reírme, pero lo único que salió de mi garganta fue un sonido extraño y estrangulado.

Él exhaló con suavidad.

—Zarin, no eres mala persona. A veces, la vida no va como deseamos y no hay nada que podamos hacer para remediarlo. Pero eso da igual siempre y cuando tengamos a alguien que nos quiera. El amor es lo más importante en este mundo. Y tú te mereces que te quieran tanto como cualquier otra persona.

Noté que sus dedos rozaban mi mano de nuevo, su meñique se enlazó suavemente con el mío. Esta vez, no me aparté.

* * *

Fue *masi* quien lanzó la bomba. Entró en mi cuarto, minutos después de que sonara mi alarma el lunes, y se plantó delante de la puerta, fulminando con la mirada a *masa*, que entró también con paso vacilante.

Aparté las mantas.

—¿Qué pasa? ¿Qué queréis?

—Estamos pensando en casarte, Zarin, *dikra* —dijo *masi* con una sonrisa que podría haberle provocado pesadillas a un diabético—. ¿Te acuerdas del hijo de Ratamai, Kersi?

Masa bajó la mirada hacia sus manos, que le temblaban.

—¡Todavía no tengo dieciocho años, *masi*! Además, Kersi es un niño de mamá sin pizca de carácter. Probablemente todavía le pida permiso a su madre antes de ir al baño.

Masi me lanzó una mirada dura.

—Somos tus tutores y tenemos la última palabra.

Me levanté y me volví hacia mi tío, que deslizaba la mirada entre nosotras, como había estado deslizándose últimamente, caminando de puntillas por la casa desde que *masi* sufrió el arrebato de ira en la consulta del médico.

—¿No vas a decir nada al respecto? —le pregunté—. ¿O vas a seguir llevando los brazaletes que te puso cuando te casaste con ella?

Una mano chocó contra mi mejilla. Con la suficiente fuerza como para dejar un cardenal. Pero, de momento, solo sentí el frío metal del anillo de *masa*, el caliente hormigueo que me produjo. Una bofetada. Otra novedad en el caso de mi tío.

Se hizo el silencio.

Masa y yo nos miramos el uno al otro. Se le habían puesto las orejas y el cuello rojos.

—Tu tía tiene razón —dijo, bajando el brazo—. No estás mejorando en absoluto. Estás fuera de control.

Masi soltó un suave resoplido de satisfacción. Entrelazó su brazo con el de *masa*.

—Vamos, Rusi —dijo con voz enérgica—. Ya nos ocuparemos de esto luego. Tengo cita con el dentista a las ocho y cuarto.

* * *

Llamé a Porus sin pensar.

—Quieren casarme —le solté en cuanto contestó—. Tenía pensado saltarme las clases de todas formas, y tengo un plan. Podemos huir y...

—Cálmate. Ya voy.

* * *

El tráfico en la autopista Al-Harameen siempre era intenso: los vehículos circulaban por sus carriles a velocidades superiores a los ciento veinte kilómetros por hora.

Porus se negó a huir conmigo.

—¿Huir adónde? —me preguntó—. ¿Y qué harás sin un diploma o un título? ¿Quieres trabajar en una charcutería como yo?

Por supuesto que no quería eso, aunque no se lo dije.

—Podría aprender —repuse, antes de poder darle demasiadas vueltas—. No puede ser tan difícil, ¿no?

Porus giró el volante y la camioneta aceleró para unirse al tráfico de la autopista.

—Sí, claro. Podrías aprender a matar corderos y cabritos. Seamos serios, Zarin, ¿a quién pretendes engañar? Además, ya no trabajo en la charcutería.

—¿Qué? —La noticia me dejó atónita—. ¿Por qué?

—Lo dejé hace un par de días. El motivo da igual. Pero no te preocupes, el viejo Hamza me llamó anoche. Me dijo que se encargaría de traspasar mi *iqama* si quería seguir trabajando en Yeda. ¡Incluso se ofreció a darme un certificado de conformidad! Tengo suficiente dinero para quedarme aquí un par de meses y encontrar otro trabajo. En el peor de los casos, si tengo que marcharme un tiempo, gracias al certificado, puedo regresar con un nuevo visado de trabajo sin tener que esperar dos años enteros.

—No estaba preocupada —mentí.

Observé el tráfico, que estaba empezando a ralentizarse. Esa mañana, cuando le pedí a Porus que fuera por la carretera que llevaba a la autopista en lugar de llevarme al colegio, pretendía alejarme lo máximo posible de Aziziya y de mis tíos. Ahora tenía el estómago revuelto por estar encerrada en ese vehículo y porque había caído en la cuenta de cómo le había complicado la vida a Porus. Aunque él nunca lo admitiría, yo sabía en el fondo que su decisión de renunciar había tenido algo que ver conmigo.

Bajé la ventanilla para aspirar un poco de aire fresco. El olor a humo de tubos de escape y asfalto fresco me invadió las fosas nasales. Volví a subir la ventanilla, tosiendo. *Masa* había mencionado algo la semana pasada acerca de que estaban construyendo por esta zona. Unas flechas anaranjadas señalizaban los desvíos alrededor de la obra. El camión de plataforma que iba delante de nosotros transportaba pilas de barras de hierro, probablemente hacia una de las ciudades industriales de Yeda. Las barras sobresalían del remolque y, de vez en cuando, Porus murmuraba entre dientes: «Mil uno, mil dos», para mantener una distancia segura entre la Nissan y el camión. El sol nos daba de lleno, haciendo que la cabeza me martilleara más que de costumbre. No había nubes en el cielo.

—Todo irá bien, ¿sabes? —me aseguró—. Hablaré luego con ellos si quieres. No pueden estar pensando en casarte. Eres demasiado joven.

No dije nada. Miré por la ventanilla, viendo pasar los coches y las palmeras a toda velocidad.

—Zarin, háblame, por favor.

—¿De qué quieres hablar? —le espeté—. ¿De que me propusiste matrimonio y luego te echaste atrás cuando acepté? ¿O deberíamos debatir el hecho de que eres un mentiroso como todos los demás? ¿Por qué no tomas la siguiente salida y me llevas a casa?

Porus suspiró.

—No me aceptaste, Zarin. Solo buscabas una forma de librarte del tipo con el que quieren casarte tus tíos. Y seguiré saltándome todas las salidas hasta que me cuentes en qué estás pensando.

Cerré los ojos.

—¿No es… no es posible enamorarse de alguien con el tiempo? Ya sabes lo que dicen: «Cásate con alguien que te quiera, no con alguien a quien quieras».

Porus apretó la mandíbula.

—¿Qué me estás diciendo? ¿Que crees que puedes aprender a quererme? ¿Con el tiempo?

Si quisiera ser mordaz, podría haberle señalado que no me supondría demasiado esfuerzo, físicamente por lo menos. Teníamos química. Porus besaba muy bien…, no, besaba mejor que ninguno de los chicos con los que había salido. Ahora, después de todo lo que había pasado, podía admitirlo. Pero sabía que le debía más que eso.

«Amor.» Le di vueltas a esa palabra en mi mente, la sentí retorcerse en mi estómago. Quise a Fali, por supuesto. Eso estaba claro. Tan claro como el sol en el cielo y el brillante tono amarillo de sus ojos. Porus tenía razón en eso: los animales pequeños eran mi debilidad; nunca podría matarlos. ¿Y a mi madre? Supuse que había querido a mi madre. O a los recuerdos de ella, al menos. Los recuerdos que aún conservaba, aparte de las pesadillas.

—No sé si soy capaz de querer a alguien —dije con sinceridad—. Me gustas, Porus. Me gustas mucho. Pero el amor... es algo desconocido para mí. Ni siquiera sé si estoy hecha para eso.

Me sentía vacía por dentro.

Porus aferró el volante con más fuerza.

—Quiero casarme contigo muchísimo, ¿sabes? De hecho, me hiciste una oferta muy tentadora. Pero no puedo aceptarla. Quiero que te enamores de mí primero.

—Ja. —Puse los ojos en blanco, pero mis labios se curvaron en una sonrisa—. Vas a tener que esperar muchísimo tiempo. Tal vez hasta que sea muy vieja y camine con un bastón. Tal vez eternamente.

—Eternamente. —Se rio y mi tonto corazón dio un vuelco—. Me gusta cómo suena eso.

Hizo una pausa antes de volver a hablar.

—Mira, ¿por qué no te vienes a vivir conmigo unos días? Podemos hablar con tus tíos juntos.

—Porus. —Me volví para mirarlo—. No puedo. Tu madre no…

—Yo me encargo de mi madre —dijo con firmeza.

—Pero no quiero ser una carga.

—Ahora te estás poniendo melodramática.

—¡De eso nada!

Vale, puede que un poco.

Porus me sonrió con aire de suficiencia. Luego se puso serio de nuevo.

—Bromas aparte, está bien contar con otras personas, Zarin. No tienes que luchar siempre sola.

Si otro chico me hubiera dicho lo mismo, podría haber descartado esa idea. Pero, con Porus, sabía que no eran solo palabras bonitas y promesas vacías. Él siempre hablaba en serio. Me lo había demostrado una y otra vez. Observé su cara un momento más: los ojos entrecerrados para protegerse del resplandor del sol, el puente curvo de su nariz, los suaves labios que mascullaban un insulto dirigido al conductor de delante, la barba incipiente en su fuerte mentón.

Pensé en lo que me había sugerido. La idea de quedarme unos días con él no solo me resultaba reconfortante en cierto sentido, sino que también me permitió imaginarme ciertas cosas en las que no me habría atrevido a pensar días antes. Porus no era tan irascible como yo. A *Masa* y *masi* les caía bien. Con el apoyo de Porus, tal vez pudiera contarle a *masa* lo que había ocurrido con Rizvi. Y también todo lo demás que estaba pasando en el colegio. Quizá ambos me escucharan.

—¿Zarin? —preguntó Porus en voz baja.

—Vale —contesté, sintiendo cierto alivio incluso mientras hablaba—. Sí, de acuerdo, me quedaré contigo. Pero nada de jueguecitos. Tú duermes en el sofá.

Ignoré el calor que me subió a las mejillas cuando él me sonrió.

Entonces, de pronto:

—Pero ¿qué…? ¿Por qué se para?

El camión se había detenido bruscamente. Las luces de emergencia parpadeaban como dos ojos amarillos. Porus frenó («Mil uno, mil dos») y se detuvo; el capó de su camioneta quedó a unos treinta centímetros de las barras que sobresalían.

—Uf —dijo Porus, y se giró para sonreírme durante una fracción de segundo.

En ese momento, el conductor que iba detrás de nosotros perdió el control de su vehículo y chocó contra la parte trasera de la Nissan, lo que nos propulsó hacia el remolque. Las barras de hierro atravesaron el parabrisas. Grité. Sentí un intenso dolor. Y luego no hubo nada.

LAS COLECCIONISTAS

Mishal

CUATRO DÍAS DESPUÉS DEL ACCIDENTE, UNA compañera de clase que vivía a dos manzanas de Zarin nos contó que había visto un camión de mudanzas fuera del edificio.

—Su tío estaba allí, viéndolos meter una cama pesada en el camión. Están vendiendo sobre todo libros, ropa y algunos muebles. Fuimos a echar un vistazo. La ropa era horrible: ¡cualquiera pensaría que era de un chico, no de ella! Pero había una lámpara muy bonita con hojas verdes. Y estaba a buen precio: solo diez riyales. Pero *ammi* dijo que no. Dijo que no quería nada que le hubiera pertenecido a una chica muerta.

Muerte. Ese suceso había hecho a Zarin más popular de lo que lo habría sido nunca en vida.

—¿Creéis que se... suicidó? —Alisha Babu estaba pálida—. ¿Por lo que estaba pasando?

«Por lo que le hicimos, quieres decir», pensé.

—¿Y matar a ese chico al mismo tiempo? —Layla resopló—. No seas ridícula. Fue un accidente. Un accidente, ¿vale? Sus tíos seguramente recibirán un montón de dinero del seguro.

Ahora Layla era la que estaba siendo ridícula. Pero no dije nada al respecto.

Durante la semana posterior al accidente, Alisha, Layla y yo nos reuníamos todos los días en mi casa después del colegio con el pretexto de hacer los deberes y hablábamos de las cosas que sabíamos sobre Zarin y las que desconocíamos. «Las coleccionistas», nos llamó Layla, riéndose. Pero, básicamente, nos habíamos convertido en eso: coleccionistas de las noticias, los rumores y los misterios que rodeaban la muerte de Zarin Wadia, de los fragmentos de información sobre ella que parecían emerger de vez en cuando como restos de un naufragio interesante.

Fue uno de esos días, después de una de esas reuniones, cuando encontré a Abdullah en su cuarto, lanzando revistas y periódicos viejos dentro de una caja.

—Puedes entrar —me dijo, cuando me vio merodeando fuera—. No tengo nada apto solo para adultos por aquí, hermanita.

Entré. Vi unos cuantos ejemplares de *National Geographic*, *Time* y *Sports Illustrated* y una vieja copia del *Saudi Gazette* en el que habían publicado una carta al editor que les envió Abdullah.

—Voy a donarlos a la nueva organización benéfica de padre —me informó. Se rascó la barba, que era cada vez más oscura y densa. La piel de la mejilla se le puso roja—. Si tienes libros o revistas, también puedes donarlos.

Se dirigió hacia la silla giratoria que había junto al ordenador y agarró los libros y revistas que había allí. Hice girar la silla. Una y otra vez.

—¿Cuándo te has convertido en el salvador de los niños pobres y analfabetos del mundo?

—Para ya —dijo, refiriéndose a la silla.

Después de unos cuantos giros más, hice que se quedara inmóvil otra vez. Abdullah se puso en cuclillas y apoyó las muñecas en los bordes de la caja.

—Voy a comprometerme el próximo mes. —Levantó la mirada hacia mí—. Llevo un par de meses hablando por Skype con una chica. Incluso la conocí en persona la semana pasada. Padre fue quien me enseñó su foto.

Me humedecí los labios, pero seguí notándolos secos.

—¿Quién es?

Las pestañas de Abdullah (que eran tan largas como las de nuestra madre) descendieron.

—Una de las primas jóvenes de Jawahir.

—Qué bien —dije—. ¿Y también se parece a la bruja?

Abdullah soltó un suspiro de impaciencia.

—Debería haber sabido que te comportarías así. Crece, Mishal. Ya no eres una niña. Pronto también te tocará a ti, ¿sabes?

Empecé a darle vueltas a la silla otra vez. Vueltas y más vueltas.

—Voy a ser psicóloga.

Ni siquiera sabía de dónde habían salido esas palabras; hasta ahora, apenas había pensado en mi vida después del instituto. O tal vez estaba desvelando un sueño del que me había olvidado hacía tiempo.

—¿Quién dice que no puedes hacer eso después de casarte?

—No quiero casarme.

—No seas ridícula. No eres un chico, Mishal. Cuantos más años tengas, menores serán tus posibilidades. Tal como están las cosas, padre tuvo suerte de que te hicieran esa proposición.

Detuve la silla. La sangre se me amontonó en las puntas de los dedos.

—¿Qué quieres decir? ¿Qué proposición?

Abdullah lanzó la última revista dentro de la caja y cerró de golpe la tapa de cartón. Me miré las uñas, los diminutos puntitos blancos que manchaban la suave superficie rosácea. Abdullah tenía los mismos puntos en las uñas, exactamente en el mismo sitio: en la uña del pulgar derecho y en la del índice de la mano izquierda.

—Su madre te vio en una de las fiestas de Jawahir el año pasado y le pidió una foto tuya a padre. Es un buen partido. Tiene propiedades inmobiliarias en Yeda y Medina e inversiones en Goldman Sachs. Además, es bastante joven, solo tiene treinta años. Tiene un hijo de un matrimonio anterior, claro, pero todo irá bien: su primera mujer murió en el parto. —Abdullah se levantó de nuevo. Se acercó y me rozó la mejilla con los dedos—. No será como lo que tuvimos que soportar con madre y Jawahir. No tendrás que competir con otra mujer, pequeña Mishal. Me he asegurado de ello.

El aliento le olía a chicle de menta. Y, debajo, a cigarrillos. Me fui apartando lentamente, paso a paso, deslizando mis zapatillas rosadas con lentejuelas por el suelo. Me pregunté si se me habrían dormido los pies o si simplemente se debía a la impresión de oír las palabras de mi padre saliendo de la boca de Abdullah. Mi padre, que le había asegurado a mi madre que no se quedaría abandonada días después de casarse con Jawahir: «Seguirás recibiendo tu asignación mensual. Me he asegurado de ello».

—Tienes razón —le dije a Abdullah antes de salir de la habitación—. Ya no soy una niña.

* * *

—¿Diga? —Esta vez, era la voz de un hombre.

—Hola. —Mi voz sonó ronca, como la de madre cuando se pasaba muchos días sin hablarnos—. Llamaba por las cosas que están vendiendo. Una amiga estuvo ahí a principios de semana y me dijo que había visto una lámpara. Pequeña y con la pantalla hecha de hojas verdes. ¿Aún la tienen?

Se produjo un largo momento de silencio y oí un suspiro antes de que el hombre hablara de nuevo.

—Sí. Sí, todavía la tenemos.

* * *

De la cocina llegaba un olor a *dal* (denso, sustancioso y agradable) cuando entré en el apartamento, con Layla a mi lado.

El tío de Zarin, alto, delgado y calvo, hizo un gesto en dirección al sofá.

—Sentaos, chicas. ¿Os gustaría tomar algo? ¿Agua, zumo de naranja, una Coca-Cola?

—No, señor Wadia —contesté—. Pero gracias por la oferta.

Él asintió con la cabeza.

—Iré a buscar la lámpara. Aunque puede que tarde un poco. La casa está… No ha sido fácil.

Encorvó los hombros y, durante un breve y espantoso momento, me quedé paralizada, preguntándome si se suponía que debía darle el pésame de nuevo.

Los utensilios repiquetearon en la cocina. Ese sonido sacó de su estupor al hombre, que enderezó de nuevo la espalda.

—Enseguida vuelvo.

—Esto es espeluznante —murmuró Layla en cuanto él salió de la habitación—. No sé por qué he venido contigo.

Observé los rectángulos pálidos que habían quedado en la pared color crema (el contorno de antiguos marcos de fotos), el espacio vacío que había delante de nosotras, donde seguramente estaba el televisor, y los surcos en la alfombra, donde debía haber una mesita de centro junto al sofá azul marino, que podría haber resultado cómodo si no estuviera cubierto con plástico transparente. Pasé la mano por la superficie lisa y encontré un minúsculo desgarro en la funda.

«Viniste porque eres una cotilla —quise decirle a Layla—. Viniste porque querías saber más sobre Zarin, como yo. Como todo el mundo.»

Deslicé el meñique por el desgarro para tocar el tejido de debajo, considerando si debería ser franca con Layla. No sería la primera vez que lo hacía para hacerla callar.

Pero hoy me mordí la lengua. El edificio de apartamentos de Zarin estaba a unos diez kilómetros de mi casa, como mínimo, y habría sido imposible pedirle a Abdullah que me trajera. Por lo que el hermano de Layla (o, siendo más realistas, Layla, que era a quien le había pedido el favor) me había traído aquí y me llevaría de vuelta. Su hermano se había ofrecido a esperarnos fuera del edificio mientras nosotras entrábamos a buscar la lámpara.

—No creo que sea buena idea que vaya mucha gente —había opinado él—. Somos desconocidos, no familiares.

Y, al ver al tío de Zarin, supe que tenía razón. Había sombras acechando en todos los rincones de la habitación iluminada con una luz tenue, cajas de cartón a medio llenar formaban rectángulos en el suelo. Un fuerte codazo en el costado me hizo volverme hacia Layla y otra persona: una mujer con brazaletes rojos y dorados y un camisón floreado. Por su mirada aturdida, supuse que habría entrado en la habitación por accidente.

No me cabía ninguna duda de que se trataba de la tía de Zarin. La cara de la mujer era más larga y huesuda, pero tenían la nariz y la boca iguales, la misma complexión menuda. Fue como volver a ver a Zarin a través de una lente ligeramente distorsionada. La mujer nos miró entornando los ojos detrás de unas gafas con montura redonda y dorada y ladeó la cabeza.

—¿Sois amigas de Zarin? —nos preguntó y, durante un segundo, pensé que la propia Zarin nos estaba hablando, con esa cadencia fría y burlona tan típica de ella.

—No —contestó Layla, con un forzado tono cortés—. Compañeras de clase. Hemos venido por las cosas en venta.

La señora Wadia masculló algo entre dientes que sonó muy parecido a «carroñeros» y miró hacia arriba.

—Eso sería una novedad —dijo, dirigiéndose al techo—. Que fuera amiga de unas chicas. ¿Verdad, Dina?

«¿Dina?», articuló Layla para que le leyera los labios, pero negué con la cabeza. El silencio de nuestras respuestas era casi tan denso como el aroma a comida que salía de la cocina. Como si reparara de nuevo en nuestra presencia en su sala de estar, la mujer se volvió otra vez hacia nosotras.

—¿Dónde están mis modales? Debéis tener hambre.

—No, señora Wadia, no...

—Esperad ahí.

Cuando volvió a desaparecer en la cocina, Layla se puso de pie.

—Ya he tenido suficiente, Mishal. Vámonos. Estamos tardando mucho y esto es demasiado raro. Puedes conseguir una lámpara en cualquier otro sitio.

Años después, deseé haberme movido más rápido. Haberme puesto en pie en el acto y haber salido del apartamento sin mirar atrás. No obstante, permanecí indecisa: aquella situación me inquietaba, como a Layla, pero también sentía la misma retorcida e innegable fascinación que la mayoría de la gente al desentrañar la vida de otra persona. Estaba ideando una forma de convencer a Layla para que se quedara cuando regresó la tía de Zarin, sosteniendo dos platos llenos de arroz y el *dal* amarillo anaranjado que llevábamos oliendo desde que habíamos entrado en el apartamento.

La mujer miró a Layla, que se volvió a sentar con la cara sonrojada, y luego nos entregó un plato a cada una. No había cucharas ni tenedores, pero ni Layla ni yo los pedimos.

Las manos de la señora Wadia se alzaron y temblaron en el aire.

—Según la tradición, el cuarto día después de la muerte debo cocinar *dhansak*. Con tres tipos diferentes de lentejas, cordero, puré de calabaza y arroz integral. ¿Por qué me miráis así, chicas? Comed, comed.

Layla no tocó su plato. Sin embargo, cuando la señora Wadia centró su mirada en mí, metí a toda prisa tres dedos en el montículo de arroz y tomé un pequeño bocado. Aunque la suave y jugosa comida estaba deliciosa, se me pegó al interior de la garganta como si fuera flema.

—«Mastica, niña», me decían cuando mi abuelo murió —prosiguió la señora Wadia, con un tono de voz cada vez más suave, nostálgico—. «No está bien que te olvides de comer.» Pero decidme, chicas, ¿alguna de vosotras podría comer si la única persona a la que querías hubiera fallecido y te hubiera dejado sola en este mundo con una hermana mayor a la que odiabas?

Layla se removió a mi lado, su incomodidad era palpable a pesar de que no nos tocábamos.

—Chicas, estáis de suerte, he…

El tío de Zarin apareció en la sala de estar, pero se quedó callado al ver a su mujer sentada en el brazo del sofá y los platos de *dhansak* prácticamente sin tocar en nuestros regazos.

—Khorshed. —Tensó los dedos alrededor de la base de la pequeña lámpara que sostenía—. ¿Qué haces, querida?

—Tienen que comer. —Su risa me provocó un escalofrío en la espalda e hizo que el vello de la nuca se me pusiera de punta—. Hay demasiada comida. ¿Quién más se la va a comer?

Layla y yo dejamos los platos a un lado y nos levantamos a la vez.

—Creo que deberíamos irnos. Lo sentimos mucho —dije.

Podía notar que Layla me estaba fulminando con la mirada: sabía que estaba enfadada conmigo por traerla aquí, por obligarla a quedarse. No la culpé. Yo también estaba enfadada conmigo misma.

El señor Wadia me tendió la lámpara que tenía en las manos. Ni siquiera estaba en una caja.

—Toma. Para ti. Considéralo un regalo.

Gratis. Tragué saliva con fuerza a pesar de que no tenía nada en la boca y, durante un momento, ni siquiera quise agarrarla, por muy bonita que fuera con su pantalla de cristal y la fina base dorada.

Pero mis manos tomaron la decisión por mí, extendiéndose y rodeando el frío objeto.

—Gracias —logré responder.

—Que tengáis un buen día, chicas —nos dijo el tío de Zarin, pero apenas lo escuché.

—¡A ella le encantaba el *dhansak*! —exclamó la señora Wadia—. ¡Era su comida favorita! Así que ¿por qué no está aquí, Rusi? ¿Por qué no regresa?

* * *

—¡No puedo creerme que no me llevarais con vosotras! —se quejó Alisha cuando se enteró de lo de la lámpara—. ¡Yo también quería ir!

—Lo siento —contesté, intentando sonar arrepentida, aunque no lo estaba—. Eh…, se me olvidó.

La antigua Mishal se habría inventado una mentira y luego habría añadido algunas más para que la otra chica la dejara en paz. Habría hablado del apartamento y fingido que hasta había entrado en la antigua habitación de Zarin. Se habría burlado de su tía trastornada y de su tío desvalido Habría añadido un chiste sobre el *dhansak* y lo habría llamado «buena comida para un funeral».

Mi mirada se posó de nuevo en la lámpara. No dije nada.

El tiempo fue pasando y, al final, disolvió la frágil amistad que habíamos entablado, basada en el recuerdo de una chica a la que ninguna de nosotras conocía de verdad. Perdí el contacto con casi todas ellas, salvo con Layla, cuando me fui a estudiar psicología a Riad (tras verter sucesivamente y *por accidente* tazas de té hirviendo sobre los *thawbs* de tres «solteros saudíes disponibles» y otra sobre la falda de la prometida de Abdullah cuando vino a verlo, sintiéndome satisfecha al comprobar que la blanca y bonita piel de mi hermano se volvía roja de ira).

—¿Cómo te atreves? —había dicho padre, alzando la mano para pegarme, cuando descubrió lo que les había hecho a los pretendientes.

—¿Cómo te atreves tú? —había repuesto madre, saliendo de pronto de su habitación y apartándole la mano—. Incluso un *qadi* le pregunta a una novia si quiere casarse con un hombre, ¿y tú te atreves a imponerle a mi hija un matrimonio que no desea?

Padre se quedó tan asombrado al verla después de tantos años que se apartó de inmediato. Ella se volvió hacia mí.

—Aquel día te oí. En la puerta. Lo siento. Lo siento mucho, Mishal. He sido una mala madre, ¿verdad?

—Sí, así es —contesté, antes de echarme a llorar.

Esta vez, sin embargo, no estaba en mi cuarto, sola. Esta vez, los brazos de mi madre me envolvieron, más frágiles que antes, pero presentes. Sorprendente y milagrosamente presentes.

Me resultó extraño verla salir de su estupor y comenzar a ejercer de nuevo el papel de madre, pidiéndome que le dejara revisar mis deberes como si tuviera siete años e incluso regañando a Abdullah una vez por llegar tarde a casa. Fue raro contarle mi decisión de estudiar psicología y mostrarle los folletos de universidades que Layla me había dado. Era consciente de que me encontraría sola. En una ciudad diferente, tal vez en un país diferente. Pero, al menos, estaría sola según mis propios términos.

—Todo irá bien —me aseguró madre con suavidad y, durante un momento, la vi de nuevo: la mujer que jugaba con Abdullah y conmigo, que me regañaba por mi mala conducta, en cuyos ojos se percibía ahora un brillo de orgullo—. Te irá bien.

Madre me ayudó a guardar la lámpara, que me llevé conmigo a Riad primero y luego a Londres, adonde fui con una beca. Mientras yo estaba fuera, se divorció de padre y regresó a Lucknow. La primera prometida de Abdullah lo dejó y él se casó con otra chica. El tiempo pasó y limó algunas de las grietas de nuestra relación, haciendo que volviéramos a hablarnos, a mandarnos mensajes y a comunicarnos por Skype.

—Oye. ¿Te acuerdas de Rizvi? ¿Del colegio? —me dijo Abdullah una mañana por Skype.

—¿Tu amigo? —pregunté, haciéndome la despistada, aunque me estremecí para mis adentros.

—Sí. ¿Recuerdas que las chicas lo adoraban? —Abdullah esbozó una débil sonrisa debajo de la barba—. Bueno,

346

pues su madre me envió un correo la semana pasada. Resulta que ha muerto.

—¿Qué? —Mi cuidadosa y fingida actitud de indiferencia se desmoronó ante el impacto de la noticia—. ¿A qué te refieres? Digo, ¿cómo?

—Lo encontraron junto a un contenedor de basura en un callejón de Hyderabad. Drogas. *Crack*, concretamente.

Ambos guardamos silencio durante un minuto.

—Me encontré con él, ¿sabes? —añadió Abdullah—. Hace un par de años. Estaba viviendo con un amigo. Su padre lo echó de casa después de que Farhan intentara apuñalarlo por no darle dinero para drogas.

Aquella noticia no debería haberme sorprendido, pero, aun así, me quedé atónita. Así que los rumores eran ciertos. Esas historias sobre él y Bilal y... Negué con la cabeza. ¿Qué sentido tenía? Ya estaba muerto.

—Cuando lo vi, estaba tan colocado que apenas me reconoció. —La voz de Abdullah se volvió más baja, pensativa—. Pero entonces levantó la vista, solo una vez, y me dijo: «*Ya* Aboody, metí la pata, ¿verdad? Con Nadia, Aliya, Zarin... Con todas esas chicas. Las veo en sueños. Las drogas... las drogas hacen que esos recuerdos vuelvan. Pero tampoco puedo vivir sin ellas. Supongo que este es mi castigo, ¿eh?».

—Caray —contesté, pues no se me ocurría nada mejor que decir.

—Sí, ya. —El ceño de Abdullah se hizo más pronunciado—. Después, empezó a suplicarme dinero. Me sentí asqueado. Y, sin embargo, me dio lástima. Así que le di todo lo que llevaba en la cartera. Fue la última vez que lo vi.

No dije nada. Al final, Abdullah cambió de tema y nos pusimos a hablar de otras cosas. Pero la muerte de Rizvi y su confesión se me quedaron grabadas en la mente. Tanto que, horas después, cuando levanté la mirada hacia el cielo nocturno, me pregunté si ella lo sabría. ¿Los muertos sabían estas cosas?

La lámpara, en general, era maniática, tan temperamental como lo había sido su dueña. Algunas noches, me quemaba si me acercaba demasiado (el cristal podía calentarse bastante rápido) y, otras veces, la bombilla se negaba a encenderse, por muy fuerte que apretara el interruptor. No obstante, la noche en que me enteré de la muerte de Rizvi, funcionó sin problemas. Me quedé dormida de espaldas, con las manos detrás de la cabeza y la mirada clavada en el techo, donde los cristales proyectaban verdes y amarillos destellos de color en medio de la oscuridad.

EPÍLOGO

Zarin

—¿TE ACUERDAS DE LA PRIMERA VEZ QUE sentiste la lluvia en la cara? —me preguntó Porus—. Yo recuerdo que era un niño en ese entonces. Iba en un barco con mi padre. Caía una ligera llovizna. Y le hice una pregunta muy tonta a papá: ¿hay mar en el cielo?

Una calidez cargada de electricidad hacía zumbar el aire que me rodeaba. Por su voz, supe que Porus estaba sonriendo, a pesar de que ya no podía verlo.

—Cuando nací, estaba lloviendo —comenté a la ligera—. *Masi* me dijo que mi madre dio a luz en casa. Me dijo que no sabía si debía ponerme en una cuna o estrangularme.

—Estás de broma.

—Por supuesto.

La otra vida no era como me la había imaginado. De todas las cosas que podría estar haciendo después de morir (arder en el infierno, tal vez, o quizá hacer trabajos forzados en el purgatorio), estaba aquí, flotando en una extraña zona entre la vida y la muerte, sobre el escenario de mi propio accidente, hablando con Porus como si estuviéramos en el centro comercial o en su camioneta un día normal. ¿Cuándo se había convertido Porus en mi constante, en mi ancla entre la vida y la muerte? Aunque, claro, ¿cuándo no lo había sido?

Recordé la colonia, la enorme sonrisa contagiosa de Porus, la camiseta azul de Tendulkar que siempre llevaba puesta. Nunca lo supe, nunca me imaginé que llegaría a entablar amistad con él, o que volvería a verlo en Yeda. Yo nunca había creído en el destino, pero esto se le parecía mucho.

—Así que soy tu destino, ¿eh?

Fruncí el ceño. Me estaba leyendo de nuevo la mente.

—No hagas eso —le dije.

Pero no iba en serio. Y, por su forma de apretarme la mano, me di cuenta de que él lo sabía.

—¿Alguna vez has sido feliz? —me preguntó—. Quiero decir de verdad, Zarin. Por tu forma de hablar, cualquiera pensaría que tuviste la peor infancia del mundo.

Suspiré.

—Vale, bien. Fue en el colegio. La primera vez que jugué bajo la lluvia. Tenía siete años. El patio de recreo estaba inundado. El agua me llegaba a los tobillos y, a mi alrededor, todo el mundo estaba jugando con barquitos de papel. Cuando volví a casa, *masi* estaba derramando un cubo por la ventana. Estaba tan ocupada con eso que ni siquiera me grito por ponerme a dar saltos por la alfombra y hacer esos horribles ruiditos de chapoteo.

Él se rio y, de repente, todo se volvió más alegre a mi alrededor. Mi corazón se inundó de calidez. Noté que sus dedos se aflojaban ligeramente.

—Mi padre me aseguró que estaría esperándome cuando yo muriera —me dijo Porus—. Claro que, cuando lo dijo, se refería a cuando yo fuera muy viejo. Y esperaba que mamá también estuviera allí con él.

Su padre, que siempre había asistido a sus funciones escolares, hasta que la leucemia lo confinó al hospital. Su padre, que le había enseñado que el cielo era una bola de luz que surgía del mar. Me pregunté qué clase de criaturas vivían en esas aguas, si de verdad eran de colores tan vistosos y tenían alas como había dicho su padre.

Por supuesto que él estaría allí, estaba pensando Porus ahora. Y, en cuanto brotó ese pensamiento, el pánico hizo acto de presencia. Le aferré el brazo con más fuerza.

—¡Ay!

—¡Lo siento! —Deslicé los dedos por su brazo y lo tomé de nuevo de la mano—. No pretendía agarrarte tan fuerte. Pero estabas descendiendo otra vez.

Podía sentir el peso de las palabras que habían quedado sin decir y de los recuerdos, anclándonos al suelo, al accidente en la carretera, que unas grúas estaban despejando.

Entonces, Porus dijo:

—Zarin, voy a probar algo, ¿vale? No te asustes.

Su mano se escapó de mis dedos.

Mi corazón cayó en picado y yo también: como una piedra en medio de un estanque.

—¡Porus! —grité, presa del pánico—. Porus, ¿qué haces?

Él me agarró de nuevo por la muñeca y me quedé allí, meciéndome en el aire, manteniéndome a flote gracias a su ingravidez, hasta que volvió a hacerme ascender.

—Bien jugado. —Solté una risa forzada—. Conseguiste engañarme.

—No soy yo, Zarin. Eres tú. Tú eres quien nos lastra.

—¿Qué quieres decir con eso? —Mi corazón parecía tan fino como un alambre; en cualquier momento, me faltaría el aire—. No puedo ser yo. ¡Tú eres el que no deja de pensar! De recordar esos momentos con tu padre.

Porus me acercó más a él, me dio un ligero tirón que me atrajo hacia la calidez que experimenté cuando empezó a hablar de su padre.

—Eso es lo que debes hacer tú también. Tienes que recordar, Zarin. Tienes que recordarlo todo y luego dejarlo ir. Debes permitirte sentir.

—¿A qué viene eso de «dejarlo ir»? ¿Ahora te has vuelto budista? —Se me cerró la garganta—. Además, no tengo muchos recuerdos felices.

Porus cerró los ojos. Aunque no nos tocábamos, salvo por las manos, pude notar el roce de sus pestañas contra mi mejilla, una húmeda calidez cubriéndome los globos oculares, como si unos párpados se cerraran sobre ellos. Yo también cerré los ojos. Vi a su madre, sentada en su habitación de Yeda, mirando pasar los coches abajo en la calle, riéndose cuando Porus le tapó los ojos con las manos y dijo: «¿Quién soy?». Sentí fluir el recuerdo por mis venas: fresco y líquido como una solución salina a través de una vía intravenosa.

Cuando volví a abrir los ojos, la escena que teníamos debajo parecía más lejana, separada por un fino filamento de nubes. El tráfico circulaba de nuevo con fluidez por la carretera, todos a los que conocíamos se habían ido hacía mucho tiempo.

—¿Sabes a lo que me refiero? —me preguntó—. ¿Lo entiendes?

Me recorrió un escalofrío. Cerré los ojos. En la oscuridad, una forma surgió despacio. Una mujer sentada en un rincón de una habitación, con brazaletes que tintineaban, cantando suavemente una canción de cuna. Un bebé le rozó los labios con su manita. Ella la agarró y le dio un beso en la palma.

—¿Madre? —me oí decir, y entonces sentí vergüenza por la confusión y el anhelo que percibí en mi propia voz—. ¿Esa era mi madre?

¿El bebé era yo?

Noté el aliento de Porus en la mejilla.

—Inténtalo —me susurró—. Inténtalo de nuevo.

* * *

Un hombre con bigote y un reloj de pulsera de oro me lanzó alto en el aire.

—*Majhi mulgi* —me llamó mi padre en marathi. «Mi niña.»

Después, levantó la mano y la hizo descender sobre una mujer de cabello oscuro, cortándole el labio con el borde de su reluciente reloj de oro.

—¡No vuelvas a pedirme que deje mi trabajo, Dina!

Un sumo sacerdote ataviado con una túnica blanca se ocupaba del fuego sagrado en un templo de fuego, entonando los versos de una antigua oración, con una máscara blanca sobre el rostro. Más tarde, ese mismo sacerdote le dijo a *masi* que no podía iniciarme oficialmente en la fe zoroástrica.

—Permitirle venir al templo con usted es una cosa, señora Wadia, pero ¿que haga el *navjote*? No puedo. Sin un padre parsi, es imposible.

Un hombre con labios rojos y una camisa anaranjada acariciándome el pelo.

—Qué labios tan bonitos —me dijo—. Qué piernas más bonitas.

Otra vez la mujer de cabello oscuro (comprendí que era mi madre), gritándole al hombre:

—Puede que fueras el mejor amigo de mi marido cuando estaba vivo, pero, si vuelves a tocar a mi hija, te mato.

Una mujer vestida con un sari blanco, hablando con una anciana que llevaba un perro en brazos.

—La sangre es la sangre, Khorshed, querida. Lo que hay en la sangre no cambia.

Cuando levanté la vista del libro que estaba leyendo, me habían dado la espalda, sus rostros estaban cubiertos de sombras.

El hombre de labios rojos sacando un revólver en una calle abarrotada y apuntándome. Mi madre apartándome de un empujón.

—Vete, Zarin. Huye.

El frío roce de su brazalete de oro contra mi mejilla. El destello plateado de un arma en medio del aire cargado de humedad. Un estallido. La sangre brotando de mi madre, gotas cálidas y pegajosas sobre mis labios.

—¿Qué ha pasado? —La mujer que hizo la pregunta tenía un lunar sobre los labios, exactamente igual que el de mi madre. Observó mi rostro cubierto de sangre y luego miró de nuevo al agente de policía—. ¿Qué le ha pasado a mi hermana?

* * *

Cuando mi madre murió, nuestra vecina, la señora D'Souza, me dijo que se había convertido en una estrella: brilla por las noches, pensé para mis adentros años después, como cuando bailaba en aquel bar de Bombay.

Ahora, mientras flotaba con Porus sobre la carretera, me pregunté si mi madre también habría sobrevolado su propio cadáver, si habría regresado alguna vez para echarme un último vistazo.

—La sangre por sí sola no hace que alguien sea de tu familia —oí que la Señora del Perro le decía una vez a *masi*—. Hay muchas familias por ahí, incluso en nuestra comunidad parsi, que buscan un niño al que adoptar. Nadie te culparía, ¿sabes? Nadie te culparía por querer olvidar.

Me imaginé la cara de mi tía. Sus ojos pequeños y oscuros bajo las grandes gafas bifocales que siempre llevaba. Su rostro esquelético y cansado. Siempre con tanto miedo.

Tal vez habría sido mejor para ella olvidar. Dejarme ir y empezar de nuevo como le había sugerido la Señora del Perro. Crear nuevos recuerdos y dejar que los viejos y perniciosos se desvanecieran.

—No puedo —le había explicado *masi* a la Señora del Perro—. Rusi le tiene demasiado cariño. Nunca la dejará marchar.

Pero hubo momentos, incluso entonces, en los que me pregunté si esa era toda la verdad. Si había algo más que solo ira en la forma de *masi* de agarrarme de la muñeca con fuerza, en su vigilancia constante, en sus furiosas y a veces maliciosas diatribas contra mi madre. ¿Era amor?, me pregunté ahora. No estaba segura.

Intenté atisbar hacia lo alto, hacia las estrellas que imaginaba que se encontraban en algún lugar de la estratosfera, y sentí que algo que había dentro de mí salía con un suave susurro: el aleteo de un centenar de mariposas, la liberación de un aliento largo tiempo contenido.

Un momento después, noté un cambio en el aire que había a mi lado.

—¿Te acuerdas de la primera vez que nos vimos? —me preguntó Porus—. No justo la primera, sino aquí. En Yeda.

—Te refieres a la segunda vez —lo corregí. Aquella extraña pregunta o quizá el recuerdo en sí mismo me hizo sonreír—. Me dedicaste una sonrisa radiante y me tendiste la mano. Yo me encogí y me comporté como si tuvieras la peste bubónica.

—Ahora me agarras la mano con tanta fuerza que parece que no me fueras a soltar nunca.

No dije nada. Tal vez porque, de algún modo, sentí que al final tendría que soltarlo. La melancolía que percibí en su voz me indicó que Porus también lo sabía.

—¿Crees que nos reencarnaremos? —me preguntó después de un momento—. ¿Que volveremos a encontrarnos en otra vida?

El sacerdote de nuestro templo de fuego de Bombay habría dicho que no. La reencarnación era un concepto hindú o budista, no zoroástrico. Pero ¿quién sabía la verdad? Y, de todas formas, yo no era zoroástrica del todo.

—Puede que sí. —Aquellas palabras hicieron que algo se volviera más ligero en mi interior, me hicieron sentir optimista pese a todo. Me reí—. Puede que incluso salga contigo.

En realidad, nada de «puede». Regresaríamos, decidí. Y saldría con él. Si él todavía quería.

Sentí su cálida risa antes de notar el roce de sus labios. Suave como un suspiro. Profundo como una promesa. Tuve la extraña sensación de estar dentro y fuera de mi cuerpo al mismo tiempo: podía oír los pensamientos de Porus, sentir su alegría junto con la mía. No sabía qué ocurriría después de soltarlo o de que él me soltara a mí. Pero, por ahora, no iba a pensar en eso. Por ahora, iba a aferrarme a él, a los músculos de sus bíceps, a la redondeada curva de una rótula, a los fragmentos de los cuerpos terrenales que habíamos dejado atrás.

Glosario de palabras y frases

abaya (árabe): prenda negra parecida a una capa que usan las mujeres en Arabia Saudí.

Ahura Mazda (avéstico): el creador del mundo; Dios, según los escritos zoroástricos.

akhi (árabe): hermano mío.

arrey (gujarati / hindi): caramba.

As-salamu alaikum (árabe, formal): la paz sea contigo.

Ashem Vohu (avéstico): oración zoroástrica.

attar (árabe): perfume.

bidi (hindi): cigarrillo liado barato que se vende en la India.

beta (hindi): hijo.

bhai (hindi): hermano.

chor (hindi): ladrón.

dhansak (gujarati): guiso zoroástrico de lentejas.

dikra (gujarati): niño/a.

dupatta (hindi): tela usada para cubrir el cuerpo o la cabeza; se lleva con el *salwar-kameez*.

¿Ey su che? (gujarati): ¿Qué es esto?

habibi (árabe): literalmente, significa «amor» o «mi amor»; se utiliza entre amigos o amantes o para dirigirse de forma informal a desconocidos del mismo sexo.

halalá (árabe): unidad de la moneda oficial de Arabia Saudí; un riyal saudí se divide en cien halalás.

humata, hukta, huvareshta (avéstico): buenos pensamientos, buenas palabras, buenas acciones.

Inna lillahi wa inna ilaihi raji'un (árabe): Le pertenecemos a Dios, y a Él regresaremos.

iqama (árabe): permiso de residencia o carné de identidad saudí.

isha (árabe): quinta y última oración diaria del islam; se recita de noche.

jaanu (gujarati): expresión de cariño que significa «vida».

yumu'ah (árabe): viernes.

kabaadi (hindi): persona que compra artículos de segunda mano, sobre todo ropa, en la India.

kaka (gujarati): tío paterno.

kameez (hindi): túnica.

¡Khallas! (árabe): ¡Basta!

khatara (hindi): vehículo averiado.

khodai (gujarati): Dios.

kusti (gujarati): cordón sagrado de lana que se utiliza en las oraciones zoroástricas y se lleva alrededor de la cintura, sobre un *sudreh*.

loban (gujarati / urdu / árabe): incienso utilizado en las oraciones zoroástricas.

ma'salaama (árabe): adiós.

magrib (árabe): cuarta de las cinco oraciones diarias del islam; se recita al anochecer.

malayali: persona procedente del estado de Kerala, situado al sur de la India, que habla el idioma malayalam.

malido (gujarati): pudín dulce a base de sémola, harina de trigo integral y frutos secos que se utiliza como ofrenda en las oraciones zoroástricas.

masa (gujarati): tío materno.

masha'Allah (árabe): expresión de alegría o alabanza; literalmente significa «como Dios lo ha querido».

mashrabiya (árabe): ventana en voladizo cubierta con celosías de madera tallada y que se puede encontrar en edificios de la zona antigua de Yeda y en otras partes del mundo árabe.

masi (gujarati): tía materna.

masjid (árabe): mezquita.

miswak (árabe): ramita para limpiar los dientes, una alternativa tradicional al cepillo de dientes moderno.

miyan (urdu): apelativo de respeto, podría equivaler a «señor».

muecín (árabe): aquel que llama a la oración desde una mezquita.

mumbaikar (marathi): habitante de Bombay.

mutawa (árabe): miembro de la policía religiosa; plural: *mutaween*.

navjote (gujarati): ceremonia para iniciar a un niño en la fe zoroástrica.

nicab (árabe): velo que llevan las mujeres en el mundo árabe.

parsi: miembro de la comunidad zoroástrica en la India.

qadi (árabe): juez islámico.

qayamat (urdu): Día del Juicio Final.

rava (gujarati): pudín de sémola.

riyal (árabe): moneda oficial de Arabia Saudí.

salat (árabe): ritual musulmán de oración que debe llevarse a cabo cinco veces al día a la hora establecida.

salwar (hindi): pantalones.

sayeedati (árabe): señora.

shurta (árabe): policía de tráfico.

soo-soo (hindi, argot): orina.

sudreh (gujarati): camiseta sagrada que llevan los zoroástricos.

thawb (árabe): prenda larga que llevan los hombres y las mujeres saudíes.

walad (árabe): muchacho.

wasta (árabe): contactos o influencia (normalmente en el Gobierno).

ya (árabe): interjección utilizada para dirigirse a una persona en particular; se puede traducir como «Oh».

Nota de la autora

LA PALABRA «QALA» DE LA ACADEMIA QALA proviene de «*qala't*», que en árabe significa fortaleza o ciudadela. Cuando empecé a escribir este libro, tenía la intención de explorar cada sala y cada pasillo de este mundo ficticio, y de la Arabia Saudí que conocí y en la que crecí. No me di cuenta de lo enorme que sería esta tarea ni de con qué frecuencia tendría que repasar mi propio pasado para darle sentido al presente de mis personajes.

Aunque todos los lugares emblemáticos y los distritos de Yeda son reales y aún existen, muchos de los sitios mencionados en esta novela son ficticios (en Yeda: la Academia Qala, la charcutería Lahm b'Ajin, el almacén Al Hanoody y la policlínica Al-Warda; en Bombay: la colonia parsi de Cama y Char Chaali). Cualquier inexactitud es exclusivamente culpa mía.

Mi historia personal es diferente de la de Zarin y de la de Mishal. No obstante, eso no hace que sus historias sean menos ciertas ni menoscaba la realidad de vivir en un mundo que todavía define a las chicas de diversas formas sin permitirles definirse a sí mismas.

Este libro es una carta de amor para todas ellas.

Agradecimientos

MI MÁS SINCERA GRATITUD PARA EL ONTARIO Arts Council por financiar este proyecto.

Gracias:

Mamá, por inspirar mi amor por la lectura, y papá, por ser el primero en leer todo lo que escribía.

Bruce Geddes y Sayeeda Jaigirdar, por leer este libro en sus numerosas versiones a lo largo de los años y ser los mejores compañeros de crítica que cualquiera podría pedir.

M. G. Vassanji, por ser el primero en mirar a Zarin Wadia con ojo crítico.

Joe Ponepinto, por publicar la historia de Zarin en *The Third Reader* en 2008, cuando solo constaba de cinco mil palabras.

Barbara Berson, por sus valiosos consejos sobre uno de los primeros borradores de este libro.

Eleanor Jackson, por defendernos siempre a este libro y a mí.

Susan Dobinick, por ver el potencial de este libro.

Janine O'Malley, por responder pacientemente a todas mis preguntas y por ocurrírsele el mejor título final.

Elizabeth Clark, por diseñar la preciosa portada de este libro.

Melissa Warten, Chandra Wohleber, Mandy Veloso, Kelsey Marrujo y todas las demás personas que trabajan en FSGBYR, por su apoyo para que *Una chica como ella* fuera el mejor libro posible.

Brian Henry, Lauren B. Davis, Sherry Isaac, Mayank Bhatt y Heather Brissenden, por brindarme ánimo mientras escribía este libro a lo largo de los años.

Y, por último, pero no por ello menos importante: Yeda, por los recuerdos.